Staread
星文文化

超人冻感 著

难 NanCai 猜

长江出版社
CHANGJIANG PRESS

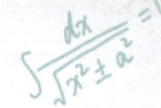

学生档案

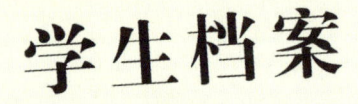

姓名	沈言	生日	5月31日
年级	大三	专业	金融
兴趣爱好	打篮球、拼乐高、看动漫		

外貌气质：

高个子，剑眉星目，
有一些书卷气，
长期运动让他的身材
保持得很好，
臂膀肌肉曲线
流畅而优美。

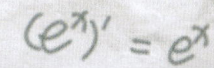

学生档案

姓名	赵林萧	生日	11月8日
年级	大三	专业	金融
兴趣爱好	发论文、看动漫		

外貌气质：

个高腿长，有一双凤眼，面部线条清晰有力，轮廓分明，显得很酷，有种清冷孤傲的气质。

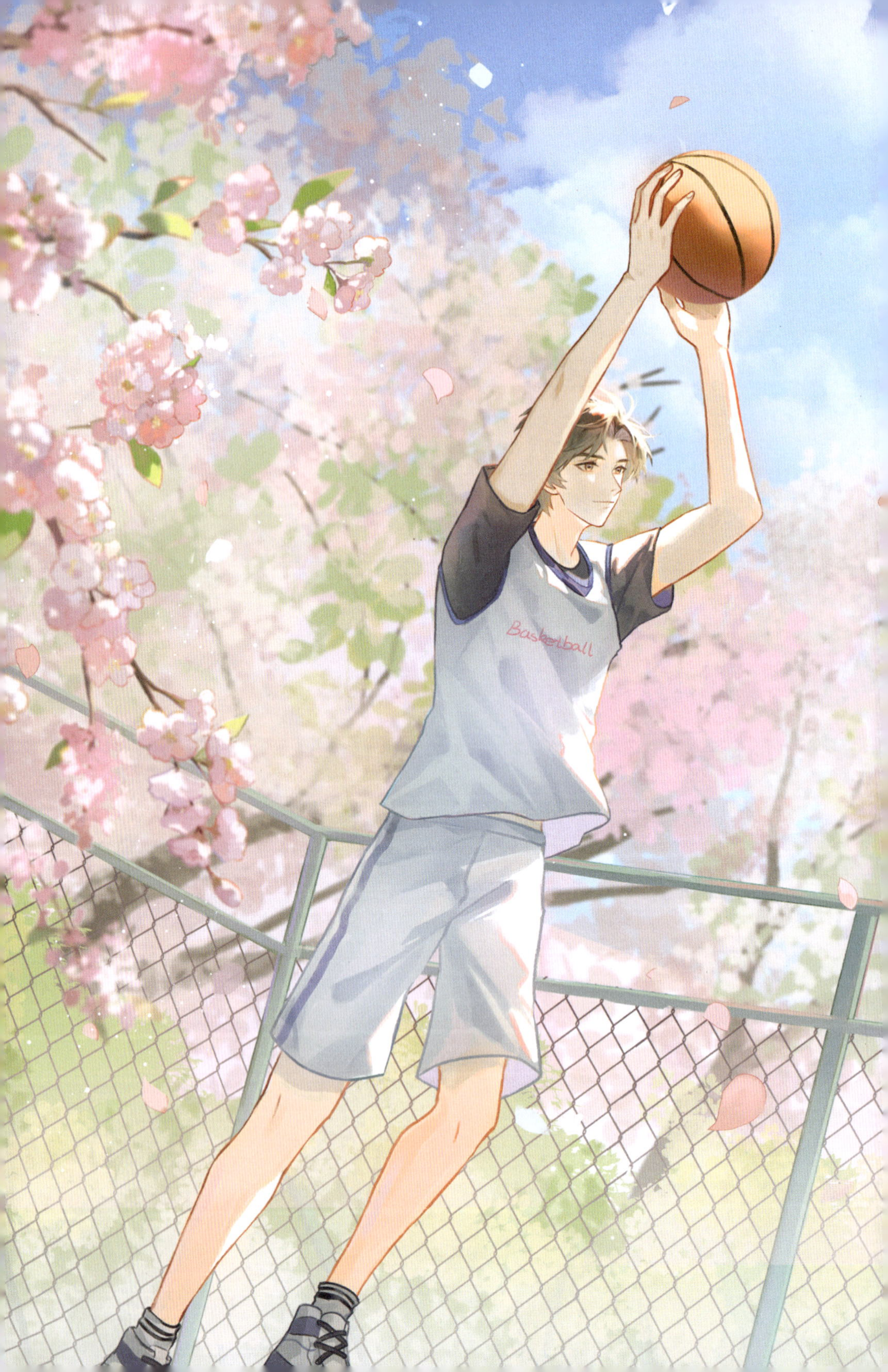
Basketball

朋友就是这样，有来有回，互相把对方放在心上。

第一章　超能力
001

第二章　从未想过
055

第三章　神奇的婚礼
127

第四章　天道好轮回
195

第五章　好朋友
251

309　番外 初识

目 录
Contents

NAN　　CAI

沈言

赵林苏在沈言的心里是单独成列的，独占了一个位置。

第一章　超能力

公园篮球场里明亮的夜灯将球场点亮，一群年龄参差不齐的人正在里头打夜球，篮球砸在地上的声音和球鞋与地面的摩擦声交错着。

篮球场围网外面围了一圈乘凉看热闹的人，时不时地叫好助兴，尤其是那几个玩滑轮的小孩，脚上的滑轮鞋火花带闪电，噼里啪啦地冒光，兴奋起来扒着网大叫，宛若身在蹦迪现场。

伴随着围观群众长长的尖叫声，篮球"唰"地一下进了篮筐，是一个干净利落的空心球。

进球的是一个高个子男生，他以后仰姿势轻盈落地，飞扬起的球衣下闪过清晰的腹肌轮廓。

沸腾的叫好声中，夹了一句不知道从哪个方向传来的女声"帅哥——"，又引来一阵起哄声。

男生没循声转头，只是跟着笑了笑，神情很坦然。

沈言打了半小时后下了场，他拿起长椅上的毛巾擦了下汗，一口气喝下大半瓶水，喉咙的干渴得到缓解，一连数天的郁闷好像也被冲了下去。

爽！

半个多月没出来打球，出来玩上这么一场，真是过瘾。

管他呢，又不是世界末日，该怎么活怎么活，再这么在家里憋下去，就会憋出病了。

沈言捏了捏水瓶，看到场上又进了一个球，他用力拍了下手掌，大声发泄般喊道："漂亮！"

"野生球局"散场，跟球友们挥手再见后，沈言单肩背着包往家走。

晚上八九点，正是街上人多的时候，鬼鬼祟祟做贼似的过了一个多月，沈言受够了那个窝囊劲，便走得昂首挺胸、目中无人。

不幸中的万幸是他个子高，视线自然也高，他这么刻意地扬着下巴，大街上鲜少有人能跟他迎面四目相撞。

偶尔"啪"地一下，两道视线撞上，沈言也是"稳如老狗"，面无表情地将视线移开。

"没看见，不重要，别联想。"九字箴言在脑海里转了一圈，沈言暗暗吐出一口气，继续迈出潇洒不羁的步伐。

小区跟公园隔着一条街，做足了心理建设后，沈言越走越顺，越走越带劲，双脚带风地走进单元楼，险些一脚踹到楼下保安养的狗。

狗没事，只是有点受惊，对着沈言汪汪叫了两声。

"不好意思啊，吓着你了。"沈言蹲下身跟狗道歉。狗也不记仇，见沈言一蹲，马上就屁颠屁颠地往他跟前凑。

摸了两把毛茸茸的狗头，沈言毫无心理负担地小声逗狗："珍妮是谁，你朋友？"

杂毛狗睁着圆溜溜的大眼睛，歪着脑袋，满脸的纯洁无知，头上"珍妮"两个字随着它歪头的动作在它头上如同滑滑梯一样往下溜。

画面有点奇怪，不过沈言现在已经习惯了。

这狗虽说是保安养的，其实就是这栋楼里的吉祥物，也不知道是什么品种杂交的，体型很小，身上的黄毛连成一片，性情温顺，有事没事就往楼道里的阴影处一趴，半天都不带吭声的，大眼睛水汪汪地盯着人看，甚是乖巧可爱。沈言是这狗的"榜一大哥"，经常给它带肉干和零食。

"今天没带吃的，"沈言摸了两下狗肚子，"吃太多对你身体不好。"

狗把脑袋往地上一趴，看起来还挺听话。

确定了楼道里没人，沈言跟狗聊了五分钟的天，能聊的不能聊的都聊了点。聊完之后，沈言身心舒畅，又觉得轻松了很多，心满意足地跟狗说了声再见，心想他得为这么可爱懂事的小狗做点什么。

"叫'珍妮'的狗？"沈慎拿了罐冰啤酒，眉头微皱，满脸疑惑地看向自己的亲弟,"咋了,你被狗咬了?"

"没有,"沈言洗完了澡,浑身清爽,对他哥头顶的"贞子"视若无睹,"就是想帮朋友个忙。"

"帮朋友忙?"沈慎喝了口酒,瞪眼道,"你朋友被狗咬了?"

"没人被狗咬,你在业主群里问一声就行。"

沈慎点点头表示同意。

沈言默默转身,蓦地又再次回头,看着他哥头上随着喝酒动作上下如同坐过山车的字,决定除了狗之外,也关心下他这位亲哥:"哥。"

"嗯?"

"跟你说个事。"

"说啊。"

等确定他哥把嘴里的啤酒咽下去之后,沈言才缓缓开口。

"注意身体,晚上少看点恐怖片。"

"滚!"

沈言最终还是接受了现实。

既然生而不凡,那就这么着吧。

反正他问过他哥了,他们家里有没有什么特殊的病史。他问得太含蓄,他哥以为他得了什么大病,急得摇着他的肩膀问他是不是体检出了什么问题,癌症指标还正不正常。

沈言说道:"不是,不是普通的病,我的意思是……"他干脆一不做,二不休,咬咬牙说道,"超能力之类的。"

沈慎被他问得呆住了,半天没回过神,可能没想到沈言会问出这么"中二"的问题。

沈言看他那反应就知道自己这是多余问了。

人生寂寞如雪,全家就他这一个变异体。

那段时间,沈言如饥似渴地博览群书,一头扎进了网络上的变异异能流小说里。

小说之中觉醒了异能的主角要么是咸鱼翻身"打脸"众人,要么就是"爷摊牌了，爷就是'龙傲天'，都给爷跪下唱《征服》"。

主角的结局基本是无上尊者起步，称霸全球不是梦，最牛的一个直接一拳打爆地球，成为宇宙之主，时间空间一把抓，无论什么厉害人物，全都被主角吊着打。

小说里的人生很美好，沈言却没有从中受到一丝丝启迪。

其中一本小说开局就说主角觉醒了异能，可惜是最弱的治疗系异能。

沈言一看就怒了，治疗系异能还弱？真是身在福中不知福！

之后他又仔细浏览了许多小说，沈言悲伤地发现，他这个能力还真是一点可参考的东西都没有。

一对上眼就能看见别人想一起玩的朋友的名字，他成什么了？

为什么别人觉醒异能会称霸世界，他觉醒异能却变成八卦狗仔？

整整一个月，沈言几乎就没怎么出过门，人都白了两个度。

想想人一辈子不能被倒霉的事给拖累死，暑假的后半程，沈言终于还是鼓起勇气出门了。

至少别人都不知道他能看见，沈言觉得自己现在已经能够坦然面对了。

没看见，不重要，别联想。

就当一切如常，什么都没发生，说不定哪天他又变回来了呢？

扣上帽子，沈言下楼晨跑，经过楼道给狗喂了块肉干。

"你还挺专情的。"

沈言抚摸着狗头，手指从"珍妮"两字中穿过："我哥说这栋楼里没有叫珍妮的狗，你到底在哪里碰到的，这么念念不忘。"

狗不会说话，沈言也没辙，摸了两下狗头之后走人。

跟狗交流没障碍，面对人，沈言还是能躲着点眼神就躲着点，他实在不想被动窥探别人的隐私。

自己哥哥没多大事，别人，还是能不看就不看吧。

在公园的跑道上跑了几圈，沈言逐渐找回了点正常生活的感觉。

其实想通了也就那么回事，就当没看见呗，日子该怎么过还是怎么过，好长一段时间不出来活动，人身上的骨头都懒了。

耳机里快节奏的音乐让他越跑越舒服，胸腔打开，大口大口地呼吸着公园里的新鲜空气,沈言抬起头,目光逐渐变得淡定起来。

"珍妮——停——"

前头有个瘦瘦的姑娘正拉着狗跑,沈言跑了过去,听到熟悉的名字又停了下来,回过头。

那姑娘已经拉住了绳,绳那头牵着的狗黑脸立耳,乌油油的毛发闪着光。狗狗似乎察觉到了沈言的视线,猛地一回头,眼神机警锐利,盯得沈言心里一跳。

好威猛的一条德牧!

看着坐着都得有半米多高的大狗,沈言人傻了。

"好了,珍妮,回去了。"

姑娘有点不好意思地拉开了企图往沈言身边嗅的狗。

沈言愣在原地,目送着德牧慢慢走远,好一会儿才回过神。

说不定是同名,叫"珍妮"的狗不可能就这么一条。

沈言回去,刚到楼下,一直懒洋洋的杂毛小狗忽然兴奋起来,"汪汪"地冲他叫,还往他小腿上乱嗅,好像他身上沾了什么它喜欢的味道。

狗头上的"珍妮"两字跟着一块儿乱蹦,两条短腿奋力地往他膝盖上爬。

沈言顿时无语。

牛。

有梦想,谁都了不起!

对于小狗的梦想,沈言表示爱莫能助,承诺明天多带点肉干后就匆匆逃离。

早上9点,沈慎已经出去上班了,沈言冲了个澡,回房间拿上手机打了个越洋语音。

语音接通,沈言随手把手机扔桌上擦头发,直奔主题道:"明天几点接机?"

电话那头笑了笑,带了点揶揄。

"凌晨3点落地,来吧。"

"那么晚,算了,你自己打车回吧。"

"随便。"

两个人也不是互相客套的关系,沈言停下了擦头发的动作,问道:"怎么样,美帝国主义的糖衣炮弹消化完了吗?"

"糖衣炮弹?"

赵林苏自嘲道:"我是来接受剥削的,起得比鸡早,睡得比狗晚。"

沈言乐了两下:"你自己争取的交换名额,怪谁?"

暑期交换生这事,看着光鲜亮丽,实际上竞争激烈很辛苦,沈言一开始就没想过要去,就想着暑假好好放松放松。高中读书已经下了死劲,以为上了大学能轻松点,结果上了大学学习照样紧张,难得放个暑假,不多约几场球、多打几盘游戏,岂不浪费青春?

哪像赵林苏这厮,非要出风头去什么暑期交换,实际意义其实也不大。

但他这个暑假也不好过。

沈言叹了口气。

这回轮到赵林苏乐了。

赵林苏的笑声就算不配上他那张带着嘲讽的脸,光听着也挺想让人揍他。

"东拉西扯的,是不是就想问我有没有碰见唐怡?"

沈言差点哑口无言。

"神经,我想知道唐怡的事还用得着问你?我有她微信。"

"那你给她发个微信。"

"发微信干吗?祝她订婚快乐?"

语音那头的赵林苏又笑了一声。

"原来你知道。"

沈言无语半天:"她发朋友圈又没屏蔽我,我怎么可能不知道?"

那头赵林苏还在笑,笑得很意味深长。沈言本来没觉得有什么,也被他笑得恼羞成怒,骂了一声后直接就挂断了语音。

用力又擦了两下头发,沈言心里是真后悔。

当年就不该告诉赵林苏他喜欢唐怡这件事,白白让这小子笑了两年。

等着瞧,他现在可是有超能力了。

三十年河东三十年河西,莫欺少年穷。

别让他知道赵林苏喜欢谁。

他笑不死他!

说起跟赵林苏的友情,那还要追溯到沈言小学三年级。

当年沈言在班上属于德智体美劳全优的五好小学生，时任班上的副班长，正班长是个姑娘，人长得很可爱，沈言跟她关系挺不错的。

三年级下半学期，班里转来一个新同学，就是赵林苏。

赵林苏的父母都是学者，夫妻俩一个研究地质，一个研究植物，经常天南海北地飞，而且还喜欢带着儿子一块儿飞，压根没想过自己儿子上学的事。还是家里老人实在看不下去了，从不靠谱的夫妻俩手里把人给抢了回来，送进了正规的学校。

赵林苏十岁之前几乎没上过几天学，天天在外头跟他爹妈上演荒野求生，风餐露宿和蛇虫鼠蚁打交道，基本就算个半野人，进学校没多久就成了老师的重点关注对象。

一开始，班主任特意把赵林苏跟班长安排成了同桌，想让文静的小姑娘好好带一带这不懂纪律的"小野人"。

结果没两天小姑娘就哭着找老师，求老师给她换座位，班主任和颜悦色地开导她："我们遇到困难不能轻易放弃，赵林苏是有点不守纪律，那你身为班长，是不是该好好帮助他呀？"

小姑娘抽抽噎噎地点头："是的。"

"好，那你跟老师说说，到底遇到了什么困难？"

小姑娘哭得更伤心了："赵林苏他上课在抽屉里玩虫子。老师，我害怕。"

班主任惊呆了。

别说了，他也怕虫子。

当时沈言正巧来给数学老师交作业，他听完之后立即自告奋勇："老师，我不怕虫子，我可以跟赵林苏做同桌。"

于是教化小野人的重任就落在了副班长沈言头上。

从此以后，沈言就踏上了跟赵林苏长达十年的漫漫友情路，从小学到大学有打有闹，一直都没分开过，什么叫"铁瓷"？这就是了。

发现自己身上的异变时，沈言首先想的当然是跟他亲哥沈慎商量。

奈何亲哥的"二次元"浓度过高，沈言想，他哥要是知道了，一定会"中二病"发作，说不准能干出什么奇怪的事。

况且他哥成天一副无所不能的社会精英模样，要是告诉他亲弟早已看穿他"二次元"的真面目，保不齐他哥得嗷嗷叫地上吊。

第二个能商量事的人，就是赵林苏了。

沈言都能想象得到赵林苏听完之后那张嘲讽脸憋笑憋得想死的表情，说真的，这事如果摊在赵林苏身上，搁他他也得笑。

笑归笑，损归损，赵林苏这人还是靠谱的。

这世界上除了他亲哥，也就赵林苏能真信他身上会发生这么诡异的事，一般人估计他还没开口说几句就会劝他去精神病院看看了。

沈言很确定自己没病。

变异的事，那能叫病吗？

一觉醒来，沈言看了看手机。

手机界面让人眼花缭乱。微信通知十几条，还有十来个未接电话，全是赵林苏半夜3点左右打来的。

沈言以为他落地以后出了什么事，一下就清醒了，划开屏幕一看，十几条微信全是重复的内容。

"到了，起床接机。"

"到了，起床接机。"

"到了，起床接机。"

……

刷完屏还不过瘾，又打了五六个语音电话，语音电话打完还不过瘾，又打了十来个电话。

沈言无语了。

要不是他习惯把手机设为静音不振动，照这夺命连环 call 的架势，死人都得被赵林苏从坟墓里掘出来。

缺德到冒烟的玩意。

沈言立刻还以颜色。

"起床打鸣。"

他也一口气发了十几条，赵林苏当然是没回，半夜3点落地，现在估计睡得正香。

沈言原本想去赵林苏家里实施打击报复，想想冤冤相报何时了，他这还指望赵林苏能帮他分担点心理压力，就先放人一马。

呵，等他抓住赵林苏的小辫子，还怕收拾不了这个人？

整个暑假都没怎么出去玩过，最后两天沈言像赶场子似的猛玩，就这么迎来了暑假的最后一天。

从篮球场回去，一路上又是不小心被"辣"了几次眼睛，不过沈言现在已经越来越淡定，基本看到也不过脑子，更不像一开始那么震惊且不好意思了。

只要他不尴尬，那就没人尴尬。

回到家，沈慎加班还没回来，沈言自己热了下中午吃剩下的饭菜，边吃饭边玩手机，在微信界面划了两下，沈言点开跟赵林苏的聊天框，发了条微信过去。

sy："睡美人，时差倒完了吗？"

没一会儿，赵林苏就回了他微信。

林子："1。"

哼，还装"高冷"，沈言咬着筷子飞快地打着字。

sy："倒完时差也不汇报？"

林子："有话快讲。"

sy："明天带我一程。"

林子："几点？"

sy："8点30分吧，早课9点。"

林子："8点。"

林子："太晚了会堵车。"

沈言心想既然都想好了几点就不用问了，算了，毕竟是他主动请求搭车，就不跟这人抬杠了，公交和地铁他不是不能坐，只是还得过段日子，人群密度太大，他怕会眼花。

sy："OK，谢了，那8点在小区门口见。"

sy："早饭我来买，想吃什么？"

林子："随便。"

sy："香蕉配枣吃不吃？"

林子："君子不夺人所好，我不跟你抢。"

沈言拿着手机跟赵林苏扯了十来分钟这个话题,两人手机屏幕上满屏恶心的表情包。饭都快凉了,沈言才惊觉自己还在吃饭,这才匆匆结束了有关吃的讨论。

沈言边洗碗边感慨,他到底是怎么做到跟赵林苏维持十年友情的?

想当初他们刚当同桌时,两人都很嫌弃对方。

沈言嫌赵林苏上课玩虫、不遵守纪律、不写作业、翻白眼、瞪人、别人说话不理等等。

赵林苏呢,就嫌沈言事多、管太宽,只不过赵林苏懒得说,他就是不搭理沈言,沈言让他往东,他偏偏往西,主打的就是一个叛逆。

沈言是好学生,但不是那种没脾气任人揉圆搓扁的书呆子,老师交代他帮助赵林苏,不管赵林苏再怎么不服管,他都坚持不懈地跟赵林苏这个小野人较劲。

除了上课,两人就没有不吵架的时候,上课时沈言忙着听课,赵林苏忙着玩虫,双方没时间搭理彼此,才能换来短暂的和平。

两人同桌了一个多月,关系一直没有缓和,直到一部电视剧的上映,彻底改变了两人的关系。

那天下课,赵林苏又在学校花坛里找虫子。

沈言慢慢走了过去。

赵林苏其实已经察觉到了沈言的靠近,他就是不想搭理沈言,反正沈言一张嘴就是小学生行为准则,他听得烦,所以仍旧冷着一张小脸盯着花坛。

"喂。"

赵林苏听到了,也知道沈言就是在叫他,但他就是不理沈言,还故意拿手抠花坛里的泥,准备把沈言给恶心走。

没想到沈言不但没走,人还跟着蹲在了赵林苏身边,脆生生地问赵林苏:"赵林苏,你这是在养蛊吗?"

赵林苏根本听不懂沈言在说什么。

"你是不是跟丁春秋一样,抓虫子就是为了养蛊啊?"

赵林苏犹豫了一会儿,还是没按捺住好奇心侧过了脸,用他那张从小就得父母真传的嘲讽脸问道:"丁春秋是谁?"

赵林苏打开了新世界的大门。那个大门的名字叫作"电视机"。

从小就没怎么接触过现代文明的赵林苏自从被姥姥、姥爷接到北城后再也没看过电视。姥姥、姥爷一心想把外孙拉回和他爹妈当年一样的天才之路上，家里别说电视了，连收音机都没有。

沈言"帮助"赵林苏尽快适应新班级的事，姥姥、姥爷也从班主任那里知道了，那天晚上放学就批准沈言把赵林苏带回了家。到家之后，沈言带着赵林苏看电视剧、卡通片，用电视彻底把赵林苏给征服了，两人的关系也发生了质的改变，慢慢成了朋友。

直到《天龙八部》播第二遍的时候，赵林苏才发现"丁春秋"是个下场凄惨的反派，于是又跟沈言翻脸吵了一架。

沈言想到小时候两人为了个电视剧里的角色闹得三天没说话，不禁有些好笑又有些怀念。

不知道这家伙有没有在想谁。

或是这个人压根就没开窍。

也说不定啊。

上了大学之后，沈言喜欢上了学姐唐怡，本来他是想追人家的，情书都写好了，刚走到她的宿舍楼下，正巧就发现唐怡在跟人吻别。"出师未捷身先死"，所以被赵林苏嘲笑到现在。

反观赵林苏，沈言就没发现他对谁有意思过。

人躺在床上，沈言心中充满好奇。

明天赵林苏来接他，赵林苏头上会不会有谁的名字呢？

到时候赵林苏头上万一出现什么奇怪的名字，嘿嘿，他可得憋着点笑，等冷嘲热讽够了，再跟赵林苏摊牌。

沈言睡前胡思乱想，睡着后做了一晚上乱七八糟的梦，醒来哈欠连天地去卫生间刷牙洗脸，跟他哥打了个照面。看到他哥头上干干净净的，他不禁有些欣慰，他哥还挺能听进意见。

"早啊，今天上学了吧？"沈慎和颜悦色道。

沈言点了点头，拍了下沈慎的肩膀："哥。"

沈慎看着他的脸色态度，想起前两天兄弟俩之间对话，不由得警惕道："干吗？"

他这两天可没看。

也不知道这臭小子是怎么知道的，是不是偷听了？有天晚上还半夜去他屋里……

沈言带着两人份三明治、鸡蛋还有牛奶走了，到楼下给赵林苏发了条微信。

sy：“我出来了，你到了吗？”

林子：“1。”

"1"个头，沈言摇了摇头，收起手机加快了脚步。

他对赵林苏有教化之功，赵林苏这不说人话的毛病他也得适当背一点锅，就不跟他多计较了。

一出小区沈言就看到赵林苏那辆黑色SUV，停在他们小区门口不远处的路边，赵林苏正靠在车门上低着头玩手机。

他个高腿长，穿了条淡蓝色的休闲牛仔裤，双腿交叉地在路边暗色的石砖上，长得特别有存在感。他虽然是低着头，不怎么容易看清楚五官，但还是吸引了很多行人的视线。

沈言暗骂一句，喊了一声："赵林苏——"

接下来的三秒，在沈言的视线中如同电影里的慢镜头。

第一秒，赵林苏转过了脸。

两个多月没见，赵林苏去的是美国不是韩国，脸还是沈言看惯了的那张脸，帅得离谱，凤眼斜睨，眉目如画。

第二秒，两人视线相撞，黑色的线条出现了。

第三秒在沈言的眼中尤其漫长。黑色的线条从下到上攀爬，很快凝结出笔画不多、简简单单的两个字。

"沈言。"

之前就想过赵林苏去交流之后，一定会交到新的朋友，扩大交际圈，一改他那沉闷的性子，没想到他的头上只有这两个字。

字体加大、加粗、颜色深得像快要滴下墨汁……在赵林苏头顶飞扬的短发上迎风招展。

赵林苏倒是没在意沈言那副惊讶的样子，因为他跟沈言刚对上眼，没多看，也就是第四秒就转身去开车门了，错过了沈言的表情。

赵林苏上了车，沈言才回过了神。

他刚才看见什么了？

好像想不起来了，可能是失忆了，不知道。

轮胎碾过地面的声音由远及近地停在沈言耳边。

赵林苏摇下车窗，脸微微侧着看向沈言："上车，快堵车了。"

沈言打了个激灵，目光很迟钝地转向车内。

赵林苏正在看他，因为要跟他说话，脸偏向副驾驶的方向，头顶上的"沈言"两个字也跟着偏了过来。

沈言的视线也跟着那两个字拐弯。

"上车。"

赵林苏又重复了一遍，第二遍就没第一遍那么好的态度了，连嘲带笑："多走两步都不肯，车门也懒得自己开？少爷，您可真金贵。"

他胳膊长，探身过去从里面开了车门："上车，再不上车我就走了，你自己挤地铁去。"

听到挤地铁，沈言下意识地乖乖上了车。

一上车就本能地先把包抱到了胸前，发呆。

"安全带。"赵林苏道。

沈言的反应还很迟钝，一个口令一个动作，转过去系了安全带。

等他系好安全带，赵林苏就发动了车子，问："给我带什么吃的了？"

沈言没回答，他的脑瓜子嗡嗡的，耳朵里像有谁正在吹拉弹唱。

发了会儿呆，沈言忍不住用余光往赵林苏头上瞟。

没看错，也不是梦。

赵林苏头上实实在在的两个字——沈言。

正在沈言在思考为什么会这样的时候，他胸前忽然伸过来一只手，那只手手指特别长，沈言曾经说过这双手很适合弹钢琴，但这双手的主人就爱好玩泥巴、抓虫子，特别不上档次。

"你干吗?!"

沈言抱紧了自己，整个人迅速地像壁虎一样贴在了车窗上。

赵林苏侧过脸看他，像在看一个傻瓜。

"早饭给我。"

沈言愣住。

两人四目相对，沈言一动不动，赵林苏微微皱眉："一直盯着我看什么，我脸上有东西吗？"

沈言："有，有点……"

红灯变绿，赵林苏没再理他，又发动了车。

沈言的目光像刀子一样，一刀刀无形地割向赵林苏的头顶。

沈言又发起了呆。

见他发傻，赵林苏干脆直接把他包上的袋子给拿走了，掏出里面的三明治咬了一口，随后又把袋子扔回沈言身上。

扔的时候很随意，沈言差点被里面掉出来的鸡蛋砸到脸。

沈言心想，这是什么态度？

沈言福至心灵，想到了另一种可能性，于是人也慢慢地松弛下来。

"赵林苏。"

"嗯？"

赵林苏三两口解决了一个三明治，正在嚼最后一口。

沈言道："问你个问题。"

"不错啊，忍到现在才问。"

沈言没反应过来，等他注意到赵林苏眼中的调侃时，才懂了其中的含义，他无语道："不是唐怡的事。"

"随便，问吧。"

赵林苏目光转向前方继续开车。

沈言犹豫了一下，道："哎，你还认识其他叫沈言的人吗？跟我同名同姓的那种。"

他的名字没什么特别的，沈姓的人地球上没有千万也有百万，单字"言"也不是什么冷僻字，这么组合组合，理论上来说，叫"沈言"的人应该挺多的。

他刚刚是一时蒙了，进入了思想误区。

沈言跟等彩票开奖似的心提到了嗓子眼，等着赵林苏的回答。

"有啊。"赵林苏很痛快地说道。

沈言的心一下放松下来，他刚才一直没敢细想，现在才终于松了口气，他轻拍了两下胸口，道："以前怎么没听你说过。"

"没听过就对了，"赵林苏慢条斯理道，"像你这么傻的，我就只认识一个。"

沈言在心里想把赵林苏揍得满地找牙。

赵林苏道："突然问这个干吗？"他用余光扫向沈言，眼神犀利，"你今天有点怪。"

沈言心中一紧。

不行，他得先稳住。

赵林苏接着问道："脑子不好使了？"

沈言怒道："闭嘴别说话，再说一个字，我就把你从车上扔下去。"

"可以，那你自己扛着四个车轱辘去学校。"

沈言气得说不出话来。

他忍不住用探究的目光去打量赵林苏，无论怎么看，都想跟他干一架。

终于到了学校，沈言连滚带爬地下了车。

赵林苏也下了车。

两人是同院同专业，上午的大课一块儿上，下午的选修课才各奔东西。

沈言下了车撒腿就跑，也不管赵林苏什么反应，反正先跑了再说。

一口气跑出了几百米，沈言才停下来回头看，发现赵林苏没追来。

沈言扶着学校林荫道上的梧桐树低着头喘气。

路上这半小时，沈言感觉自己跟过了半辈子似的，一下子老了很多，脑子里乱糟糟的。

怎么可能？不会吧？出问题了吧？

各种质疑在他脑子里乱飞，更可气的是他身边的赵林苏极其淡定，像没事人一样。

沈言再次想要仰头问苍天，这超能力到底是什么意思？专程来给他添堵的是吧？

肩膀被拍了一下，沈言心里正百转千回，冷不丁地吓了一大跳，人直接原地起跳，差点上树逃跑。等他回头看到来人是朱宁波时，才松了口气，松了口气后又骂他："怎么走路没声啊你，知不知道人吓人吓死人哪。"

朱宁波满脸憨直，不好意思地挠了下头："我叫你了，你没理我。"

"我想事呢……"

沈言抚着胸口平复呼吸，朱宁波"哦哦"两声，老老实实地站在旁边："那你接着想，我等你想完。"

沈言无声地看向朱宁波。

朱宁波是沈言大一大二的室友。

宿舍里六个人，沈言上大学前没住过宿舍，不知道男生宿舍竟也热衷于搞内斗，一个宿舍里每个室友都有八百个心眼，为了谁晚上关灯都能搞好几次投票。沈言挺烦这些事，也烦那些室友，反正他跟赵林苏关系好，基本除了晚上睡在宿舍，他大部分时间都是跟赵林苏一块儿混。

后来沈言无意中发现宿舍厕所老是由一个人拖，拖地的是个南方人，长得人高马大的，看着块头挺唬人的，却是个脾气软和的老实人，宿舍里的脏活累活恨不得全由他一个人包圆了。

这个人就是朱宁波。

沈言看不惯他们欺负老实人，帮朱宁波出了两次头，也跟宿舍里的人彻底闹僵了。他在辅导员那儿下了半学期的功夫，跑腿做事全不含糊，争取来了跟朱宁波一块儿换宿舍的机会。

本来他是想带着朱宁波跟赵林苏一块儿住的，可惜那时候赵林苏已经不住宿了，大一下学期他就自己出去租房子住了。

沈言挺能理解，从小到大赵林苏就不是个习惯集体生活的人。

还好当初没跟赵林苏住一块儿……沈言也拍了下朱宁波的肩膀，虚弱道："波儿，你才是好同志啊。"

头上挺干净的，多好。

朱宁波平白无故地受了表扬，腼腆地笑了笑。

大三之后课少，沈言就把宿舍退了回家去住了，新宿舍人都挺好的，不像老舍友那么欺负人，但是朱宁波也没处下什么知心朋友，还是挺想沈言的。

朱宁波四处环视了一下，说道："赵林苏呢？"

沈言被噎了一下："别提他。"

"你们吵架了？"

沈言又被噎了一下:"差不多吧。"

沈言收拾心情,两人一块儿去了大教室,大课人多,他们来得还算早,沈言把包放下,朱宁波在他身边坐下,沈言把桌上的挡板打开,拿着手机悄悄在下面搜索。

沈言脑瓜子生疼,拿着手机抵住太阳穴,感觉还是想不通。

"这儿——"

身边朱宁波嚷了一声,沈言跟着抬头。

赵林苏正从教室门口走进来,手上提着个包,散漫地穿过人群往他们这儿走来。

沈言看着他头上的字,立刻低下了头。

好想跑,可是他跑不掉。

朱宁波知道沈言跟赵林苏是十多年的好朋友,他是后来加入两人的小团体的,他一向很自觉,刚坐下就给赵林苏占了沈言里面的座位。

赵林苏过来走到朱宁波位置前,朱宁波站起身给他让道。

赵林苏过去,沈言低着头,两条长腿把狭窄的过道塞满了,像故意挡着不让人过。

沈言也猛然意识到了这点,刚想把腿往里收,鞋就被赵林苏踢了一下。

"犯病?"

沈言没吭声,感到莫名的紧张。

朱宁波在一旁插话:"怎么了?"

"问他吧,"赵林苏的长腿直接从过道的缝隙中挤了进来,沈言忙不迭地往后躲,赵林苏已经在他身边的位置坐下了,"脑子抽筋,下车就跑。"

沈言心想:你还好意思说!

"啊?"朱宁波尽职调解,"沈言,你怎么了?"

沈言装死,低头从包里掏书。

身边传来电脑开机的声音,同时还有赵林苏的冷嘲。

"可能是怕被我打吧。"

别太嚣张!

大学期间，除了选修课，沈言几乎每节课都跟赵林苏一块儿上，这已经快成了他的一种习惯。

谁让他们这对同桌从小学一直做到大学呢？

就算高中那会儿一人一桌，他跟赵林苏也就只隔一个过道，除了座位循环中有那么一周两人是处在一排的两端之外，基本都算是同桌。

沈言已经习惯了上课的时候身边有个赵林苏。

上大学后，虽然两人不在一个宿舍，但只要没什么特殊情况还是会约好在宿舍楼下碰面，然后一起去上课，再加上一个朱宁波。沈言觉得这样的"铁三角"挺好的，人嘛，社会性动物，有个知根知底的好兄弟一块儿上大学，多好。

沈言从来没有发现过赵林苏的存在那么强，他不自在地调整了下坐姿，往左边挪了挪。

挪动时椅子发出的细微声响在沈言耳中都宛若雷鸣。

他心跳得贼快，紧张得后背都冒出了汗。

沈言也不知道自己为什么那么慌，课完全听不进去，脑子里还是一团乱麻。

沈言扭扭酸疼的脖子，悄悄又瞄了一眼赵林苏。

这个人眉毛、眼睛、鼻子的线条都很有张力，轮廓分明，显得很酷。他此时正下巴微抬，若有所思，显然是在认真听课。

大课一上就是两个小时，下课就是饭点。

"我有事先走了。"

沈言提了包就走，朱宁波人贴着椅子让他挤过去，等沈言走出教室后他才疑惑地看向赵林苏："他怎么了？"

赵林苏慢条斯理地收拾笔记本："可能脑子抽筋了。"

朱宁波道："那我们去食堂等他？"

赵林苏站起身说："你去吧，我走了。"

朱宁波挠了挠头，有种刚开学就被抛弃了的感觉。

沈言出教室后没去食堂，他顺着人流一直走到人文学院门口的草坪，在草坪上找了块有树荫的空地坐下，坐下之后才想起来自己连早饭都忘了吃。

都怪赵林苏这神经病。沈言边在心里抱怨边掏出了包里的三明治，幸好教室里冷气足，三明治闻着没啥怪味。

嘴里叼着牛奶盒，沈言越想越愁，好端端的，赵林苏在干吗？

一来赵林苏看上去挺正常的，二来他俩相处得也挺普通的。

没感觉到有什么不正常啊，赵林苏对他的态度完全就是对待好兄弟的态度。

要么就只能相信科学了，或许就是碰巧呢？

沈言换了个思路，很受不了地"咦"了一声，沈言扭头收拾包准备走人，却一眼就看到了他包后面的一双鞋。

鞋的款式他特熟，早上刚踢过他。

沈言慢慢抬头。

赵林苏单手插兜地俯视他，头顶阳光灿烂，人模狗样的。

"我的呢？"

沈言没反应过来。

赵林苏已经坐下，直接把沈言的包薅了过去，轻车熟路地很快把牛奶、鸡蛋翻了出来。

沈言神色复杂地盯着赵林苏："那是你的吗？写你名了？"

赵林苏没搭话，很快把鸡蛋壳剥了，往他面前一递。

剥好的鸡蛋雪白晶莹，托在赵林苏干净修长的手指上，沈言下意识地往后躲了一下："神经病，谁要吃……"

他话还没说完，鸡蛋跟着手指拐了个大弯，直接进了赵林苏自己嘴里。

赵林苏对着满脸无语的沈言勾了勾唇角："想得美。"

沈言："赵林苏，你……"

你说清楚，到底是谁想得美！

下文没憋出来。

沈言顿时无语，对着赵林苏头上的两个字悲愤不已。

人太帅果然是要遭天谴的。

赵林苏这厮，面对着他竟还一脸坦然。

好阴险的家伙。

终于，在沈言的怒瞪之下，赵林苏低下了头。

好，总算这家伙还有点羞耻心，好好反省下自己到底该不该……

"哇——"

沈言直接站了起来,被赵林苏笑着瞥了一眼。

"鬼叫什么。"

迎面扔来一件球衣,沈言一把就给接住了,展开一看,顿时两眼冒光:"这……你买的?"

"废话。"

赵林苏脸上还是那种讨打的嘲讽笑:"看后面。"

沈言把衣服转过来。

"哇!"一连喊了十几声,沈言拿着球衣的手都抖了,兴奋得都快语无伦次了,"签名,还有签名!赵林苏,你从哪儿搞来的?你太牛了!"

赵林苏依旧满脸淡定,轻描淡写道:"去一趟总不能空手而回。"

沈言抱着球衣亲了两口,高兴得都快上天了。

这可是他最喜欢的球星签名的球衣!

这玩意不仅贵,还贼难弄到,真假难辨的东西,就算省吃俭用咬咬牙,想在国内收一件还得担心会不会被人坑了。

沈言实在太高兴了,抓着球衣放也不是,揉也不是,乐得原地跑了两圈。

赵林苏拉开牛奶盖子,喝了两口,抓了包起身,对还在蹦蹦跳跳的沈言道:"走了,下午3点校门口见。"

沈言想也没想地回了声"好"。

等他回过神来,赵林苏已经走远了,背影没入人群之中,头上的字也看不大清了。

沈言手里还拿着新球衣,不由得扼腕,唉,拿人手短!

反复看了几眼球衣,喜欢,真喜欢!赵林苏这家伙又不打篮球,还给他也没啥用,沈言边给自己找借口,边给赵林苏发了微信。

"谢了,多少钱?"

微信发出去,沈言就有点脸热。

这件球衣不能用钱来衡量,赵林苏肯定是知道他喜欢,才千方百计地给他弄来,花多少钱是其次的,重要的是心意。

可……可他现在搞不懂赵林苏到底什么意思。都把他弄糊涂了。

赵林苏没回,沈言也没办法,把球衣摸了又摸,上面的签名看了又看,心里还是贼喜欢。

哎，好兄弟是真好兄弟。

脑海里"叮"地一下，沈言的眼睛再次放光。

他好像有解决办法了。

下午选修课上完，沈言火速赶到学校门口，赵林苏这回没靠在车上装车模，见沈言跑过来，手往车门上拍了拍。

沈言上了车，又问了一次："这件球衣你花了多少钱啊？"

赵林苏斜了他一眼："有病？"

沈言知道他这是问不出来了。

十年的朋友，那就不是谈钱的关系，两人之间不知道互相送过多少回东西了。他们刚交上朋友那年，赵林苏过十岁生日的时候，沈言花光了自己所有的零花钱给赵林苏买了一台小霸王学习机，赵林苏当时也问过他多少钱，直接被沈言怼了回去，赵林苏没再追问，没等到第二年沈言生日，在过年时就给沈言送了套当年特别火的卡，全套，限量。

朋友就是这样，有来有回，互相把对方放在心上，感情就在里头了。

沈言拍了下包，包里正放着那件他喜欢得要死的、赵林苏给他搞回来的球衣。

暗暗深呼吸了好几下，沈言给自己打气，放松了肩膀，看着窗外的风景，装作漫不经心道："哎，要不要看动画片？最近有部还挺火的，女主贼漂亮。"

憋住！沈言在心里大声对自己说，一定要憋住，自然一点，不慌，兄弟之间推荐部片子有什么？

车速很平稳，看来赵林苏比他哥心理素质要强。

"好啊。"

听到肯定的答复，沈言悄悄吐出胸口憋住的那口气，没问题了，对对对，好好看，完美。

沈言回头看向赵林苏，想到赵林苏头上的名字马上就要换了，心里就觉得很轻松，面上也露出了淡淡的笑容。

赵林苏也笑了，唇角微勾，目光带笑地扫过来："晚上去我那儿一起看？"

沈言下车，回头对车内的赵林苏说道："到家给我发微信。"

赵林苏很随意地对他摆了摆手，一脸"发不发看心情"的表情，直接一脚油门走了，沈言差点被喷一脸尾气。

无语地目送赵林苏离开，沈言嘴角抽搐。

他们俩是十年好友不假，关系贼铁，然而日常生活中基本就是互相不把对方当外人的状态。

也不知道赵林苏是出于什么样的心理才会想到他。

沈言在楼道里逗狗。

杂毛狗头顶上的"珍妮"俩字还在，沈言摸着它头上的短毛，苦口婆心地劝道："人家是德牧，你们不合适。"

小狗听不懂，只知道吃肉干。

"哎，你知不知道赵林苏是怎么想的？"

小狗吃得全情投入，摇头摆尾。

沈言不禁在心中感叹："真是狗听了都摇头。"

赵林苏租住的那个小区离沈言家不算远，也就十几分钟车程，沈言没等到赵林苏发信息，看着时间也差不多了，忍不住给赵林苏发了条微信。

"到了没？"

"在停车。"

"快点。"

"这么急？"

沈言："……"

不知道为什么，他现在完全没法直视赵林苏发来的微信，哪怕是很正常的字眼，他都觉得哪里怪怪的。

然后赵林苏就又开始频繁地给他发信息。

"车停好了。"

"左脚先迈出车门。"

"右脚也迈出去了。"

"关车门。"

"锁车。"

沈言绷不住了，直接发了个"你神经病啊"的表情包过去。

"这不是怕你急吗？"

"……我不急。您慢慢来，谢谢。"

世界终于清静了。

沈言拿着手机又度秒如年地熬了十多分钟。

"上楼了吗？"

"洗澡。"

沈言进屋打开电脑，随便火速找了个资源，也不管内容是什么了，直接上线用QQ发给了赵林苏。

"资源发你了，记得看。"

赵林苏没回，估计是洗澡去了。

沈言也不想在那儿干等，今天的大课他没怎么正经听，管朱宁波要了笔记后抓紧自己学一学。

大课难度不低，自学起来还挺费劲，沈言一面学一面在心里骂赵林苏。

等他从知识的海洋里逃出来时，已经6点了。

沈言肚子饿得不行，赶紧去厨房泡面。

等水开的工夫，他打开了QQ。

好家伙，他四点多发过去的离线文件，这都6点了，赵林苏还没接收。

那是去洗澡了吗？杨贵妃去华清池沐浴也用不了那么久吧？

沈言咬了下指甲，只能再发一条微信给赵林苏。

"人呢？"

等了老半天，赵林苏还是没回。

沈言没办法，一不做，二不休，直接拨了个语音电话过去。

这下赵林苏接了。

"干吗？"

声音懒洋洋的，跟没事人一样。

沈言压着火道："我给你发的，你看了吗？"

"看了，怎么，还要500字观后感？"

"你连下都没下就看完了？"

语音那头赵林苏沉默了3秒，沈言心道这货居然睁眼说瞎话，真好意思啊。

赵林苏的语气还是很淡定，丝毫没有心虚的成分："不感兴趣。"

"不行，你必须看。"

"为什么？"

"因为……因为这片子特别好看，女主角特别可爱，我的女神，一般人我都不告诉他，看你是我兄弟才分享给你的，这叫分享，懂吗？"

这对话怎么显得他那么刻意？

沈言硬着头皮继续说："别扯，反正你今天必须得看。"

"睡觉之前看。"

"真的？别骗我啊，看了给我发截图啊。"

"查网课呢你？"赵林苏直接挂断了语音电话。

最后一句话的语气显然有点不爽了。

沈言也知道自己逼得太紧了，但他也没办法啊，一想到赵林苏头上顶着他的名字那个画面，他就慌得不行，只能不讲理一回了。

"真的好看。"

"你看一下嘛，包你喜欢。"

"哥，苏哥，你就信我一次行不行？"

"这资源我就给了你一个人，朱宁波我都没给。"

"说句话。"

"1。"

沈言头一回觉得赵林苏扣的这"1"是那么可爱，赶紧发了条语音："苏哥，谢谢你的球衣，哥们我无以为报。"

赵林苏隔了一会儿回道："知道了。"

完全听不出情绪的三个字，沈言叹了口气。

照这样子，赵林苏的嫌疑就有点大了。

不会是真的吧？

沈言抱头。

身后水壶烧开的尖叫声完美地诠释了他此刻的心情。

沈言在家里坐不住，于是下去打篮球去了。

每次一有什么纠结的事，沈言首选的纾解方式就是运动、流汗，把自己累得没力气去想那些事，等一觉醒来就会发现其实也没多大事。

比如现在，他跟路人不小心对视之后，就真没什么特别的感觉了。

毕竟路人头上顶的字不是他自己的名字。

底线就是这么慢慢降低的。

篮球场上已经来了一群人，人数有点超标，沈言一过去，马上就被人招呼上了。

有人来抢地盘，是几个小伙子，衣服都穿得差不多，一看就是经常一块打的。沈言这边呢，下到十五岁，上到五十岁，整个一杂牌军，打得最好的也就只有沈言。

小伙子们也是这个意思，觉得他们这群瞎玩的占着场地挺浪费，不如给他们让让地。

沈言这边的人当然不肯让，可惜一直没等到主力过来，也不敢贸然接茬，沈言一到场，立马声音都大了。

沈言本来不想掺和这事，但一看对方那居高临下理所当然地看不起他们的态度，立刻就不爽了。

"既然这样，那咱们就比吧，"沈言道，"赢的留下，输的离开。"

沈慎下班路过公园球场，听到了震耳欲聋的欢呼声。

熄火下车，沈慎很快看到了自家弟弟的身影。

他不打篮球，也不怎么懂篮球，就看到沈言从几个人的包围中穿过去，轻盈一跳，大力扣了个篮。

尖叫声差点没震破他的耳膜。

沈言得偿所愿地累得快瘫了。

对面的人确实有两把刷子，他赢得很勉强，但还是赢了。

不仅赢了，还把人给打服了。

"哥们，球打得这么好，一块儿玩呗。"

沈言撩起 T 恤擦了把脸上的汗："行啊，"他放下衣服下摆，年轻的脸上满是运动过后的亢奋，很客气道，"这儿本来就是我们业余休闲的地方，也不是什么专业场地，大家打球就是锻炼身体动一动。你们玩得也不错，我知道附近有个球场，不贵，你们可以去那儿玩，那边玩得好的更多，这地方就让给我们吧，谢了啊。"

沈言从球场出来，被他哥直接钩着脖子拽了过去："电话不接，就知道你在这儿。"

"小帅哥，球打得不错嘛，有个小美眉叫得好大声哦。"

"你说的该不会是吴伯家那个七岁的小孙女吧？"

"哈哈……"

兄弟俩嘻嘻哈哈地一块儿回了家。

痛快地打了场球，沈言心情好了不少，冲了个澡出来给他哥下饺子当夜宵。

饺子下好了，沈慎也正好冲完澡出来了。

"好香好香。"

沈慎夸张得跟沈言做了满汉全席一样。

沈言也饿了，干脆一块儿吃，被他哥那夸张的反应逗笑，看着他哥干干净净没有字的头顶，笑容微微收敛。

其实仔细想想，他干吗多嘴逗他哥呢？

他哥都三十岁的人了。

运动发泄了过剩的情绪，沈言稍稍冷静下来，咬着筷子反思自己是不是对身边人的反应太过激了。

一个人负责做饭，另一个就负责洗碗，跟亲哥说了声晚安，沈言就去刷牙，然后回了房间。

他出门没带手机，此时手机正静静地躺在书桌上。

朱宁波给他发了几条微信，问他跟赵林苏和好没。

沈言点开了跟赵林苏的聊天框。

赵林苏这人不爱发微信，当然故意对沈言犯贱除外，他这人骨子里就有点独，别人不找他，他也想不起来找别人，很被动，沈言也不知道这人怎么就对了自己的胃口。

一开始可能是他觉得赵林苏可怜吧。

十岁都没看过电视的小孩是挺让人同情的。

像个傻瓜似的。

当然后来事实证明，赵林苏不仅不傻，脑子还特别好使。

傻瓜唠不出那么多欠揍的嗑。

沈言举着手机往床上一躺，心想算了，先睡吧，明天再说。

说不定他一醒，就全都翻篇了呢。

就那么巧，沈言刚想把手机放下去，微信聊天框里有动静了。

赵林苏给他发了个腾讯会议的链接？

沈言一头雾水地点进去。

摄像头里赵林苏正抬着下巴，单手撑在脸上，用下颌线对着人。

沈言想开麦问他要干吗，发现自己竟然没有权限。

屏幕一闪，会议界面瞬间被暂停的视频播放界面占满。

沈言用了零点一秒钟直接狠狠退出。

"你自己看！我看过了！"

"……"

沈言从这简单的省略号里品出了嘲讽的味道，硬着头皮又发了条语音。

"不想看就别看了，逗你玩的。"

幻想归幻想，总不能因为幻想世界而跟现实朋友闹翻吧？

都说论迹不论心，沈言仔细思索，实在也没发现什么异常。

偶尔发病一次，可以理解。

沈言盯着手机屏，"嗖"地一下，赵林苏给他回了条语音。

"在看了。"

赵林苏语调慵懒，沈言脸红了一下。

他好像还真挺猥琐的。

手机扔到一边，沈言拉了毯子盖住脸。

上帝啊，你老人家把这破能力给收回吧，要不给他换成"最弱的治疗系异能"也行，他指定先给赵林苏治治脑子。

沈言在床上翻来覆去，半小时都没睡着。

好想知道赵林苏到底看得怎么样了。

手不受控制地去枕头下面摸手机。

朱宁波仍在做和事佬，力劝他和赵林苏速速和好，十年好友这种稀罕物朱宁波一生未曾拥有，说到动情处还发了无数个流泪表情包，千错万错都是他的错，中午一个人在食堂他饭都快吃不下了。

"放心，我俩不可能闹掰。随便吵吵，别当真。"

开玩笑，十年好友这种稀罕物，他也就拥有一个，等于是半个亲兄弟了。闹掰是不可能的。

只能希望今晚这片子能给点力，能奏效。

沈言盯着他跟赵林苏的聊天框，无意识地向上滑。

他跟赵林苏微信聊得不算少，也不算多。

就是有事说事。

打游戏碰上不会玩的打野，新买了双篮球鞋，约了一块儿去看漫展……

很普通地分享生活。

赵林苏那张嘴，除了故意犯贱的时候话特多，一般也很少说废话。

就喜欢回"哦""好""行""傻瓜"，现在通通进化成了更简单的表示收到的"1"。

"到了？"

"马上，一分钟。MVP，三十分钟十七个头，这就是爷的实力！"

"厉害。"

"来，带你打一局。"

"不打，快递单号。"

"啥东西？"

"炸弹。"

"这么牛？"

"橙子收到啦，林教授厉害，太好吃了，我哥都哭了，谢谢苏哥，感恩林教授。"

"1。"

……

沈言越划越快，眼睛掠过去，愣是没找出哪怕一点点画风不对劲的地方。

叹了口气，沈言把手机又放回枕头下面。

所以，应该就是意外吧，碰巧了。

都过去半小时了，赵林苏应该看完了吧？

沈言抱头。

别联想，别联想，别联想。

沈言失眠了，在床上一直翻来覆去地睡不着，也不知道到底几点才睡着的，睡也睡得不安稳，一大早就醒来满脸颓废。他哥在卫生间碰上他那副阳气全失的样子，很是吃惊。

"弟，你怎么了？昨晚被妖精抓走了？"

沈言无精打采地拧开水龙头洗脸，瞟了一眼他哥，见他哥头上又多了个新的名字，心生安慰，摆摆手道："没事。"

幸好今天没课，沈言哈欠连天地吃完早饭，趿拉着拖鞋回床上补觉。

昏迷前挣扎着抓起手机看了一眼。

没有新信息。

一觉又睡到十点才起来，总算是恢复了点精神，起床第一件事还是看手机。

一片安静祥和。

沈言心想：500字观后感呢？

沈言挠了下乱蓬蓬的头发，给赵林苏打了个电话。

电话至少一分钟才接通。

"干吗？"

沈言犹犹豫豫道："昨晚……片子看完没？"

赵林苏笑了笑，笑声很低沉，沈言以前没觉得，现在赵林苏一笑，他身上莫名其妙就起鸡皮疙瘩。

"看了。"

"好看吧？"

"还行。"

在赵林苏的评价体系里，"还行"应该就是很不错的意思了，沈言瞬间来了精神："是吧，我就知道你会喜欢。"

"没别的事我挂了。"

"别啊，中午我请你吃饭。"

"去哪儿？"

"就是百源商厦三楼的重庆火锅。"

"几点？"

沈言看了下手机："11点吧，饿了。"

百源商厦到他家和赵林苏家的距离差不多，沈言起床洗漱后，下楼顺便给小狗喂了块饼干，去小区外扫了一台共享单车骑车过去。

9月份，外头的天气还是很热，太阳也大，沈言飞快地骑着车穿过树荫，热风拂面，心情是自由自在。

马上，马上就天下太平，一切恢复原样了。

昨天随便找的资源，沈言都没注意主角是谁。

封面的女主可可爱爱的，笑容很甜，画风相当不错。

他虽然之前不认识她，但他宣布从今天起她就是他的新女神、大救星。

工作日这个点，火锅店里人不算多，外面没人排队，沈言在热情的小姐姐的引导下往里走。

"您朋友已经到了。"

沈言已经远远地看到了低着头正在看手机的赵林苏，突然还有点紧张。

沈言跟赵林苏都不知道吃过多少顿饭了，就没像今天这么慌过。

跟开盲盒似的。

沈言都不敢出声叫他，跟小姐姐说他已经看见他朋友了，小姐姐走了，没了领路的，沈言低着头越走越慢，几米的距离被他磨叽出了蹭红毯的效果。

大概是他真的太磨蹭，路过他身边的人都要多看他一眼，沈言有点不好意思，一咬牙迈开大步，头一抬，"啪"一下跟正在看戏的赵林苏对视了。

赵林苏似乎心情不错，眼角眉梢都是戏谑，看样子沈言刚才的"表演"已经全落在他眼里了。

沈言傻在了原地。

不是因为自己这滑稽的行为被赵林苏看了个精光。

而是……

沈言快要吐血了。

还笑！

沈言努力控制住自己的表情，僵着脸坐下。

赵林苏还在笑，这大概是遗传，他爹妈都是顶级天才，倒不是有意，就是很自然地受不了跟普通人交流，勉强自己跟人社交，笑起来要么很假，要么看起来像嘲讽，除非是碰到自己真高兴的时候，否则就是一张温和带着嘲讽的"天才脸",伤害性不大,侮辱性极强。

沈言蔫了吧唧的,低头也不看赵林苏了。

眼不见为净。

"点菜了吗?"

"请客的老板没来,不敢动。"

沈言"呵呵"笑了两声:"今天我请客,想吃什么随便点。"

赵林苏点着单,眼睛时不时地瞟向对面的沈言。

他很少见沈言这么无精打采的样子。

"哪儿不舒服?"

"没。"

"毛肚要吗?"

"随便。"

赵林苏觉得挺新鲜。

感觉上像是两个人身份互换了。

那副懒洋洋提不起兴趣的样子,在他这儿是常态,在沈言那儿,就是病态。

赵林苏把手上的菜单推了过去:"你点。"

沈言斜着眼睛看过去,一看到赵林苏头顶上的"沈言"两字就忍不住抓狂:"你昨晚到底看没看那部电影?"

赵林苏挑了挑眉:"看了怎么样,没看又怎么样?"

这是吵架的前奏。

表面上看,好像是沈言在挑事,莫名其妙地逼着赵林苏看视频,可实际上只有沈言知道他为什么那么反常。

那是因为赵林苏先反常的!

沈言在桌下攥了攥手心,伸手把菜单拿过去,嘟囔道:"不怎么样。"

能怎么样呢?十年的感情,可不是简简单单就能打散的。

"我看了。"

在沈言点菜时,赵林苏开口了,语调很平,像在做汇报。

沈言猛地抬头。

"沈言,"赵林苏点评道,"你对电影的品位不行啊。"

沈言："……"

他只是随便找了个视频，连内容都没看。

赵林苏喝了口水，淡淡道："没想到在你心里，我喜欢的电影类型是这样的。"

沈言："……"

沈言面色发红，补充道："那我可能是发错了。"

"没事。"

赵林苏转着手里的玻璃杯，似笑非笑道："我确实挺喜欢。"

沈言："……"

够了。

火锅很辣，沈言化悲愤为食量，吃得很过瘾，他这人也有个毛病，喜欢夏天吃火锅冬天吃冰，就喜欢跟这个世界对着干，感觉莫名地爽。

最后拿了西瓜收尾，沈言两口一片，一口气又吃了一盘，这才如释重负道："收工。"

赵林苏很早就不吃了，他吃得不多，也没什么特别爱吃的，不管吃什么，七分饱就够。

不像沈言，对食物有特别明显的偏好，火锅、烧烤、炸鸡、重油、重盐、重口味，每次都吃得一脸满足才停。

赵林苏看着他吃也会产生食欲，也尝试过跟着多吃两口，可惜吃着还是没劲，还不如看沈言吃来得有意思。

沈言买了单，赵林苏一点也没有跟他抢的意思，他买单的时候，赵林苏满脸与他无关地在一边玩手机。

这属于特别正常的现象。

本来就说好了谁请客，抢来抢去多没劲。

轮着请呗。

朋友之间不就这样吗？

沈言瞟了一眼赵林苏的头顶。

"一直盯着我看什么？"

被逮住了。

沈言若无其事地扭头："谁看你了，别太自恋。"

"我开车了,送你回去?"

"不用,我骑共享单车。"

赵林苏也没坚持,摆了摆手算是告别。

沈言目送他坐扶梯下地下停车场。

头顶上的"沈言"两个字跟着他一块儿下去了。

沈言没骑车,选择直接走回去。

心情还是有点乱,很烦。

用力挠了下头发,沈言觉得自己实在没招了。

说也不是,不说也不是。

"没看见,不重要,别联想。"九字箴言在脑子里又过了一遍。

"就当没看见吧。"

这念头一出,沈言迫不及待地就想接受了。

你真钻进去想,可能想来想去也想不出一个结果,就是个钻牛角尖的事。

你不去想,对生活就没影响。

他跟赵林苏相处还是老样子啊,多自然,多简单。

反正幻想跟现实不是一回事,完全可以视作不相干的两个世界,幻想归幻想,现实归现实,两码事,分开看就行了。

就跟接受自己那奇怪的超能力一样,沈言在心中对自己说道:"多大点事,还不活了吗?"

"明天搭车?"

看着赵林苏发来的微信,沈言心道只要他不尴尬,就没人尴尬,轻挠了下晒得有点发烫的脸,果断回复:"搭!"

"铁三角"又聚齐了。

最高兴的就是朱宁波,他这个人不擅长社交,交朋友的方式只有一种,就是死命地对人好,无差别地付出,"乞讨式"交友,好不容易交上沈言这个朋友,还买一送一地搭上了个赵林苏,他觉得自己简直赚翻了,特别珍惜跟两人的友谊。

"中午咱们一块儿吃饭吧。"

去教室的路上,朱宁波已经先谋划好了,免得又落入一个人在食堂吃饭的窘境。

沈言道:"当然。"

他们三人,沈言就是那个主心骨,朱宁波基本全听沈言的,赵林苏嘴损,但一般不会发表反对意见,沈言一直都在内心暗暗以大哥自居。

其实三人里他年纪最小。

赵林苏当年插班的时候,比他年龄要大,连个学籍都没有。当时赵家老爷子也挺犯难。

这小子吧,有点野,文化水平还低,塞进幼儿园呢,太耽误事,这么大的孩子也不合适,按照年龄吧,也该读三四年级了。赵老爷子想了想,还是决定起点低点,把没怎么上过学的十岁儿童塞进了三年级。

那时候上学普遍比较早,班里大部分小孩都是九岁,赵林苏算是年龄大的了。

这也为赵林苏后来逆袭全校第一埋下了一些让人诟病的伏笔。

年龄大,应该的。

朱宁波高考成绩不理想,没有考上他心仪的学校,于是又复读了一年,所以他跟赵林苏同年。

沈言没在意过自己年龄上的弱势,他从小就当班干部当习惯了。

不管是赵林苏,还是朱宁波,他总是在潜意识中觉得自己得罩着这俩人,甭管罩不罩得住,反正他有点照顾他们的责任。

沈言刻意地去忽略"小弟"赵林苏在思想上的冒犯,硬生生忽略了整整一周。

一直憋到星期五最后一节课结束,他实在是憋不住了。

从开学到现在,赵林苏真是一天也不落啊!

大哥,你在上班打卡吗?

沈言从一开始的"抽盲盒"到现在天天"开盖有惊喜",人都已经麻木了。

沈言板着一张脸,目光悄然往身边驾驶位上瞟了一眼,又被吓了一跳,然后赶紧移开了视线。

太恐怖了。

赵林苏受邀来沈言家里吃晚饭。

"慎哥。"

"林苏来啦,"沈慎回过脸,边炒菜边笑道,"水自己倒啊,就不跟你客气了。"

赵林苏微一点头，沈慎问了他几句国外暑期交换的事，赵林苏一一作答，沈慎感慨道："你头一回来我们家的时候，个儿都不到我胸口呢，一眨眼的工夫都这么大了，大学都快毕业了，沈言人呢？"

"去上厕所了。"

"让他别坐马桶上玩手机，蹲太久对身体不好。"

赵林苏笑了笑："好。"

头一回到沈家做客之前，赵林苏很难想象兄弟俩在三年前就成了孤儿。

尤其是沈言。

大大咧咧的性子，比所有人都开朗活泼，爱笑爱说，怎么看都不像父母早逝的。

"明天去我家，我哥买了新碟，"沈言拿着钢尺掘花坛里的土，"停手，冒头了、冒头了，快挖……"

两人挖了一个课间的蚯蚓，上课前沈言把蚯蚓放生，又照样把挖出来的土填回去："手弄得太脏，写作业不好写，咱们洗洗手再回教室吧，下节课我再陪你出来玩。"

"野性难驯"的"小丁春秋"第一次很给面子地去洗了洗手。

他心想这人成天傻乐，原来也怪可怜的，就别为难他了。

后来他才发现他那点同情纯属多余。

这个人最不需要的就是同情，他自有一套快乐法则，能让自己和周围的人都一起变开心。

赵林苏敲了敲卫生间门。

"干吗？"

沈言从磨砂玻璃上辨认出赵林苏的身影，如临大敌地提了提裤子。

"别蹲太久，小心得痔疮。"

沈言心想，自己得不得痔疮关他屁事！

"家庭厨师"沈慎的厨艺了得，沈言吃得心满意足。

沈慎现在工作太忙，经常加班，沈言也难得尝一回他哥的手艺，还是沾了赵林苏的光。

他哥很看得上赵林苏，觉得此子将来必成大器，都说近朱者赤近墨者黑，沈慎很乐意看见沈言跟赵林苏一块儿混。赵林苏这个人也是贼会装，在他哥面前从不嘴贱话多，搞得他哥以为这人多成熟稳重似的。切，只能说他哥还是肤浅了。

吃完饭，沈言和赵林苏两个负责收拾。

沈言在厨房洗碗，赵林苏在外面擦桌子，没一会儿赵林苏收拾完进了厨房，手往水池里捞了个碟子和沈言一块儿洗。

厨房不大，也就一个水池，一个水龙头，两个人站一块儿洗盘子，没洗两个，赵林苏老想打闹。

"滚滚滚，"沈言干脆直接把人往后一扯，"我洗，都归我洗行了吧。"

后脖瞬间一凉，赵林苏湿淋淋的手掌拍了下他的后颈，懒洋洋道："狗咬吕洞宾。"

沈言回头怒瞪，对着赵林苏的背影握了握拳。

赵林苏出了厨房，沈慎在阳台向他招手。

两人在阳台说话。

"言言最近在学校还好吧？"

"挺好的。"

"哦，我看他最近好像有点怪。"

"可能刚开学，他还没缓过劲来。"

简单聊了几句后，赵林苏回到客厅，厨房里沈言正在收拾盘子，他擦了擦手，又用掌心用力擦了下后颈。

沈言送赵林苏下楼。

电梯里就他们两个人。沈言无论往哪儿看都躲不开赵林苏头顶上的那两个字。

就算低着头，电梯地面也一样反光，扭曲地反射出黑黢黢的"沈言"两个字。

说来也奇怪，不知道为什么赵林苏头顶上的两个字比其他人都要来得更粗、更大、更黑。

不知道是有什么特别的意思，还是因为那是他的名字。

而且这到底是什么原理？为什么反射在地面都只有他能看见？成心给他添堵是吧？

沈言不动声色地挪了挪脚，踩在电梯地面上的"沈言"两个字上。

"你多大了？"赵林苏冷嘲道。

沈言不理他，继续自己的动作。

他都大人有大量地不计较赵林苏的错误了，踩两下影子还不行吗？

显然赵林苏觉得不行，一脚也踩上了沈言影子的头部。

沈言："……你多大？"

"比你大一岁。"

"那叫比我老一岁。"

"对自己的幼稚，你好像很骄傲啊。"

"你成熟？你成熟你还……"

赵林苏盯着沈言，沈言面红耳赤，显然是憋着有话要说，然而他还是泄了气，电梯门一打开，人就先蹿了出去："……看动画片呢。"

赵林苏也跟着走了出去："你指的是你发给我的动画片？"

楼道里的小狗抬头，沈言人都走过去了，又返回来把小狗抱起来。

赵林苏常来沈家，这狗他也算认识，只是不熟悉。

在他看来这狗很笨，对陌生人毫无警惕之心，从来不叫，谁路过都能摸两下。

"偷狗？"赵林苏道。

沈言："带它出去遛遛。"

说是带狗出去遛遛，沈言全程都把狗抱在怀里，他没绳，余光悄悄瞥了一眼身旁的赵林苏。赵林苏双腿修长，走路姿势也很优雅，比杂毛狗高贵许多，而且不牵绳就能遛。

沈言在心里暗暗把赵林苏跟杂毛狗放在一块儿比，有种解气的感觉，嘿嘿偷乐了一下，说道："你知道它最喜欢谁吗？"

"你说谁？"

"小狗。"

赵林苏懒洋洋地看了狗一眼，又看了沈言一眼："该不会是你吧？"

沈言一脚踹了过去，赵林苏从容地闪身躲开："我对狗了解不深，还是你跟它比较有共同语言。"

"恭喜，这说明你还残存着人性。"

沈言心想，他要不是还残存着人性，就直接把赵林苏给灭了。

"去公园散散步消消食再回去吧。"沈言提议道。

公园里的灯已经亮了，灯光昏黄，点缀在树林花草中间，蚊虫绕光飞舞，沈言抱着狗在公园的跑道上散步，被蚊子咬得苦不堪言。

也不知道为什么，他这人特别招蚊虫喜爱，只要有他在，蚊子就全往他身上招呼，他身边的人反倒安全了。

沈言用鞋面蹭了蹭小腿，双眼像探照灯一样搜寻着大狗的身影。

赵林苏道："你这是遛狗还是遛自己？"

"散步嘛，"沈言道，"又没狗绳。"

"没什么好逛的，走吧。"

"别走别走，再逛逛，再逛逛。"

"哎——"

沈言压低了声音，难掩兴奋地说："前面、前面。"

赵林苏目光懒洋洋地扫过去。

纤瘦的女孩牵着一条大狗，大狗步态稳重，神情机警，和主人的形象有相当大的反差，很吸引人的眼球。

赵林苏扭头看向沈言。

沈言的表情和他怀里的狗几乎一模一样，探着头往那儿看，眼中满是兴奋之色。

"就是它。"

沈言颠了颠怀里的小狗："它'女神'，离谱吧？根本就不合理嘛。"

怀里的杂毛狗挺乖的，上回沈言身上沾到一点大狗的味道，杂毛狗就兴奋得不行，现在真在公园里碰见了，杂毛狗趴在他身上叫都不叫，动都不动，只顾在他怀里发抖着看。

说明狗心里还是有数的。

沈言用余光看向赵林苏。

赵林苏也看向了他，淡淡道："挺合理的。"

沈言："……"

他现在看到赵林苏头上的"沈言"两个字，已经没反应了。

没办法，是他太帅了。

"篮球赛？"赵林苏眼皮抬也不抬，跟往年一样干脆地拒绝，"不去。"

沈言真是服了。

他的篮球打得有那么烂吗？三年了，赵林苏就没来看过他一场球，倒是朱宁波场场不落，沈言也跟朱宁波抱怨过，朱宁波说："赵林苏可能是嫌吵。"沈言心想，这个人喜欢听重金属，他会嫌吵？

沈言把票扔到他的键盘上："这次你来也得来，不来也得来。"

赵林苏转头看向他。

沈言道："大学最后一场了，大四要实习，没时间打了，星期五下午又没课。"

赵林苏最终还是把票收了起来。

"有时间就去。"

沈言心道，这还不去，真是不识好歹。

是的，沈言虽已麻木，但仍未放弃。

他这个人压根就不知道什么是放弃，必须得想尽一切办法把赵林苏头上那个名字改掉！

"今天朱宁波怎么那么磨叽？"沈言道。

赵林苏道："梁教授回来了。"

沈言"哦"了一声："怪不得，那他又要拉半天肚子了。"

梁教授名为梁客青，他们专业知名的鬼见愁，对学生极其严苛，海外留学归来，履历很优秀，气质扮宛若华尔街精英，期末从来不画重点，出的题还特别难，挂科的一挂一大片。沈言还好，没挂过他的课，赵林苏也没有，他们铁三角里就朱宁波，屡战屡挂，连补考都挂，险些重修。

有传言说梁客青是看人下菜碟，要让他看顺眼了，即使考得差点也可以算及格，要让他看不顺眼，那可就惨了。

朱宁波就是实例。

能考进他们大学的，就没有笨的，可惜聪明人也分等级，而且是差之毫厘谬以千里，他们在高中时全是拔尖的，到了大学，"卷王"里还得再"卷"出个王中王，剩下的就都是陪衬。

朱宁波本来就是复读一年才堪堪进入他们学校，也是他运气好，录取分数是他们整个专业最低分。

然而好运气只能帮助他成功入校,进了学校之后,好运却变成了噩梦。

朱宁波在原来的宿舍里不受待见,也有专业最低分的这一部分原因,加上他本来就不会来事,自然就很吃不开了。

他们专业的人精本身也多,有的人一进大学就看好了以后读研的导师,铆着劲地在教授面前表现自己。

有时候人就是对比出来的,这里差点,那里差点,综合起来就成了垫底的。

朱宁波在他们专业,就是个垫底的。

本来梁客青也不会留意朱宁波这个低调垫底的,可惜朱宁波身边偏偏还有两个专业强人——沈言和赵林苏。

梁客青大概是觉得物以类聚人以群分,能跟这两位优秀学生混在一起的,应该也差不到哪儿去。他点了朱宁波上台发言以后,才发现这是个扶不起的阿斗。

梁教授对朱宁波算是记在心上了。

从此之后,朱宁波像是怕了梁客青,一到要上梁客青的课,他就紧张地在宿舍卫生间里老半天都不出来。

沈言想帮他,也不知道该从何帮起。

其实朱宁波有朱宁波的优点,踏实、肯学、上进,就是欠在了他那软面团一样的性格上。

眼看就要上课了,沈言打了个电话给朱宁波:"到哪儿了?快上课了,今天的课是梁教授回国第一天开的第一堂课,你要敢迟到,真是神仙也救不了你了。"

电话那头朱宁波喘得快要断气:"我……我马上到。"

"你快点。"

沈言挂了电话,叹息道:"等熬过这学期就好了。"

"不一定,"赵林苏手指在触摸屏上划动,给沈言看了眼学校官网上的信息,"他今年应该要升副院了,到时候管咱们的实习。"

沈言:"……"

波儿,这是天要亡你。

沈言道:"反正朱宁波只要不看见人就行,你说梁教授他有那么可怕吗?"

赵林苏摆出了他那张"天才嘲讽脸"冷淡一笑。

沈言道："我看赵教授和林教授就都挺亲切的。"

"对你他们确实还算亲切。"

"哦？"

沈言有些受宠若惊："是吗？是专门对我吗？"

"嗯，"赵林苏道，"你在他们眼里算得上灵长类中的及格作品。"

沈言就当这是在夸他了。

教室里的嘈杂声忽而降低，沈言坐正了向前一看，果然是梁客青进来了。

前段时间梁客青一直在国外，他们这节课直接就在课表上被取消了。

都说梁客青有背景，看来这背景是真硬。

"朱宁波还没来……"

沈言按着桌子，边起身边说道："我出去找找他。"

"别去，"赵林苏道，"等会儿梁客青以为他拉人做挡箭牌，朱宁波会死得更惨。"

沈言又缓缓坐下了。

他是想着万一朱宁波迟到了，他给当个垫背，能一块儿承受梁客青的怒火，不过他也觉得赵林苏说得对，梁客青说过，他最讨厌学生之间"拉帮结派"。

讲台上，梁客青正在连接电脑，他一句话没说，教室里已经全部安静下来。

这就是魔鬼教授的实力。

沈言心道：他也只能明年多为朱宁波祈祷了。

"报……报告——"

朱宁波的身影出现在了门口，脸涨得通红，头顶都快冒烟了。

沈言情不自禁地捂住了脸。

还没上课呢，报什么告啊，直接溜进来不就得了，又不是中学生。

整个教室里的人目光都集中在了教室门口，沈言压低声音道："怎么救？"

赵林苏偏过脸，也压低了声音："没得救。"

天才？就这？

灵长类中的不及格水平！

沈言紧张地看着门口，梁客青已经做好了上课准备，这才转头看向教室门口。

隔着三排座位，沈言都能看到朱宁波头上的汗。

他完全有理由相信朱宁波的背已经全湿了。

"进。"

朱宁波像牛一样冲进来，沈言连忙拿开自己的包，等朱宁波坐定后，沈言小声道："没事吧？"

"没事。"

"擦擦汗。"

朱宁波接了沈言递过来的纸巾擦汗，感恩戴德地看向沈言："谢谢。"

沈言无奈且同情地笑了笑："课还没……"

朱宁波擦了把脸上的汗，又擦了擦脖子上的汗，喘了两口气，道："还没上课呢？"

沈言像见鬼一样地看他。

朱宁波也像见鬼一样迅速哭丧了脸："已经上课了？"

"进了教室，就把嘴闭上。"

讲台上，梁客青语调冰冷。

朱宁波瞬间正襟危坐，双手端端正正，小学生一样摆在桌上。

沈言盯了朱宁波足足两分钟，直到赵林苏用膝盖撞了下他的膝盖。

沈言转过脸，赵林苏道："梁教授在往这儿看。"

沈言又机械地看向讲台。

果然，梁客青在看着他们这边，神色似乎有些不善。

沈言憋了口气，一直等梁客青移开目光才把那口气吐出来。

脑瓜子又开始嗡嗡嗡了。

刚才的画面在脑海中挥之不去，沈言的眼珠子都快掉出来了。

朱宁波竟然会想到梁客青？！

这……这比赵林苏还疯！

沈言向左看一眼，又向右看一眼。

"铁三角"里说起来就他一个正常人是吧？

毁灭吧。

沈言强迫自己别胡思乱想。

梁客青眼睛毒，眼里也揉不得沙子，谁敢在他的课上走神，指定没好果子吃。

可是朱宁波……真牛啊……

沈言看着梁客青讲课时那一张冷得要掉冰碴子的脸，实在是百思不得其解。

这么看来，他甚至觉得赵林苏都比朱宁波正常多了！

人果然是需要对比。

要是让梁客青知道了……沈言打了个寒战，不敢想朱宁波会怎么死。

下课了，梁客青身边围了一堆人。

这就是现实，再魔鬼的教授只要有实力，学生照样围着转。

沈言拉了拉书包带，视线在身边满脸犹豫的朱宁波和被围住的梁客青之间来回打转，觉得自己还是有点晕。

"沈言，"朱宁波期期艾艾道，"你说，我要不要过去……跟梁教授道个歉？"

沈言心想："你确实该道歉。"

"随你。"

朱宁波还是不动，大块头微微蜷缩，看上去一副很害怕的模样。

沈言搞不懂了，难道他这项技能对不同的人其实有不同的效果？

"算……算了。"

朱宁波还是没勇气过去。

三人出了教室，沈言的心理承受能力今非昔比，诧异过后，是荒诞的平静。

"我先回宿舍了。"朱宁波道。

沈言对朱宁波摆了摆手。

伫立在原地良久，他才转头看向赵林苏："赵林苏。"

赵林苏冲他一挑眉。

"你其实挺怕我的是不是？"沈言视线紧迫逼人，"说实话，你很忌惮我吧，嗯？是不是像朱宁波见到梁客青一样，看到我就害怕发抖，在我面前只是故作镇定？承认自己的怯懦并不丢人，直接说吧，我不会笑话你。"

赵林苏直接从他身边走了过去，手掌拍了下他的后脑勺，用实际行动证明沈言的这句话才是笑话："去买东西。"

沈言摸了下自己的后脑勺："男人的头不能随便拍，买什么东西？"

"给你兄弟买的。"

"给朱宁波买什么？"

"不是朱宁波。"

"给你自己?"

赵林苏回头一笑:"再想想。"

"我哥?"

"再想想。"

沈言想不起来,能称为他兄弟的,除了上述人选,好像就没了吧。

"谁啊?"

沈言上车:"到底是我的哪个兄弟?"

心心宠物店门口。

"去,"赵林苏下巴往里扬了扬,"给你兄弟选条喜欢的绳。"

沈言:"……"

选,选条粗的,先勒死这个嘴损的!

沈言在宠物店里犹豫了半天,还是决定不买了。

杂毛狗,说它是有人养的吧,它基本也是靠吃百家饭生活的,吃睡都在楼道下面那一块儿堆放杂物的斜角下面,连个正经名都没有;说它没人养吧,它确实也有个主人。

"算了吧,偶尔带出去玩一次还行,"沈言道,"买了绳,就有点……"

赵林苏道:"影响你遛自己?"

沈言给了他个白眼。

"确定不买?"

"确定不买。"

"不遛狗了?"

"不遛了。"

沈言斩钉截铁。

赵林苏道:"那就回去。"

走之前赵林苏买了几个罐头,沈言替狗谢了他。

"也不知道它爱不爱吃,"沈言打量着袋子里的罐头,"不过它也不挑食,给什么都吃。"

到了小区门口，沈言下车前再次叮嘱："有时间一定记得来看比赛啊。"

赵林苏手搭在方向盘上，一脸酷样，沈言很怕他开口来一句"你求我啊"，还好，赵林苏只是脸长得酷，脑子还是正常的："看情况。"

话都说到这份上了，沈言只好带着罐头下了车。

赵林苏走了，沈言提着罐头对着车屁股的方向踹了一脚。

真搞不懂这家伙脑子里到底在想什么。

本来他都想当没看见了，可赵林苏也太夸张了。

搞得他都快以为是自己的超能力出了问题。

真是奇了怪了，你说偶尔一回两回，他勉强理解一下，当赵林苏是生活无聊找刺激了，天天想，为什么？莫非他本人长得非常欠揍？

沈言被自己的想法惊得肩膀一抖。

晚上洗完澡，沈言很罕见地对着浴室里的镜子仔细打量自己。

沈言跟他哥长得不像，他哥的五官比较像他们的妈妈，沈言长得比较像他们的爷爷。

他爷爷是他们那个年代非常典型的帅哥，年轻时候的照片有一股英武凛然的气质，剑眉星目的，一身正气。

沈言从他爷爷身上隔代遗传了五官相貌的百分之八十，但也许是因为他性格比较温和，也可能是因为现在是和平年代，他眉眼间的那股劲没有他爷爷那么冲，相对来说就多了一丝俊秀的书卷气。

沈言将头转了两下，左看右看，长期的运动让他的身材也保持得很健康，该有的肌肉都有。

沈言握了下拳头，从背心里露出来的臂膀肌肉轮廓微微凸起，曲线流畅而优美。

他这一拳就算不能打爆地球，至少也能打爆某人的头。

"不去睡觉，在这儿自恋呢。"

沈慎抱着手臂靠在卫生间门口，脸上笑嘻嘻的。

沈言被镜子里突然出现的人吓了一跳，回头苦恼道："哥，你觉得我长得帅吗？"

沈慎笑出了声。

"我是认真的。"沈言道。

沈慎笑了好一会儿，才强忍笑意道："帅，特别帅，怎么突然开始关心起这个来了，有喜欢的女孩子了？"

"没有，"沈言道，"就随便问问。"

沈慎摸了摸鼻子，将笑脸压下去，认真道："帅，你怎么不帅呢？你忘了？你高二那年的圣诞节，人家女孩子都追上门来给你送苹果了。"

"那是我病了，我们班长来看我，顺便给我带的。"

"哪有那么多顺便，人家小姑娘就是喜欢你。"

沈言又不好意思了："别污蔑人家的一片好意。"他从他哥身边跑过去，窜回了自己房间。

"想谈恋爱就谈吧，"沈慎在后面喊，"勇敢去追，一定行！"

沈言关上门，心想他哥这口号喊得挺响，自己怎么不雄起一次。

在感情方面，沈言并不是一个迟钝的人，至少不傻。

不夸张地说，从小到大喜欢过他的女生不少。他当然知道班长特意上门来看他是什么意思。只是他没有那方面的意思，人家小姑娘也没直说，他也只好装傻，其实大家都不傻，他一装傻，人家也就明白了。

沈言喜欢过唐怡。

他刚进大学，去社团面试时，面试他的部长就是唐怡。

唐怡一头长发，温柔、知性，说话时有一种很特殊的调子，就是很优雅，让人听得很舒服，为人处世特别大方得体，给沈言一种知心大姐姐的感觉。

那是沈言头一回对一个女孩子心动，虽然唐怡是他的学姐，但他还是鼓起勇气想去表白。

可惜后来发现唐怡当时已经有男朋友了，沈言连追求都没开始就放弃了，他都不知道这能不能算作他的初恋。

沈言躺在床上盯着天花板。

从外表来看，赵林苏也很帅，但跟他不是一个类型。

小野人在城市里待了半年之后，身上那股书香门第的气质慢慢就显露出来了，不是那种低调自谦腹有诗书的内秀，而是锋芒毕露睥睨天下的傲气骄矜。

沈言称之为"欠揍"的气质。

欠揍的赵林苏在学校里同样很受欢迎，是那种大部分人"只敢远观不敢靠近"的欢迎。

反正赵林苏要是真想谈恋爱，肯定能谈。可是赵林苏就是没谈。别说谈了，他就没见赵林苏对哪个女生表示过好感。

沈言跷起二郎腿，眉头紧锁。

沈言想着想着都起鸡皮疙瘩了，搓了搓手臂，心想无论怎么样，赵林苏至少比朱宁波正常一点。

应该还有救吧？

篮球赛非官方活动，不正式，源自民间，没有赞助，就是几个学院的学生会一块儿搞的，属于秋季运动会之前的预热。上了大学之后，运动会不像高中那么热闹，有事请假的一大把，比运动会好玩的事太多了，大学运动会除了开幕式上的群魔乱舞有点意思外，大部分都是鸡肋。

沈言也不是正儿八经的篮球队编内人员，他是队内的黄金替补，基本大部分时间都在下面看，如果真需要他上，那他就得玩命干。

大学三年，学校学院之间举办了两次篮球赛，沈言代表他们院上过四次场，大一爆冷输给男女比例惊人的人文院，他们院简直丢人丢到了姥姥家，大二输给体院，止步四强，也算是死得光荣。

今年运气"好"，开局就抽到跟体院打。

沈言很满意。

双手向上抓着T恤，稍一用力就将T恤脱下，沈言换上了篮球服，随后又将外套穿好，篮球馆里冷气开得很足，不穿好衣服估计得冻够呛。

"怎么说，今天上去晃一圈就下？"

"不好吧，听说今天咱们院里领导要来。"

沈言拉上拉链，道："哪个领导？"

队友一脸同情："你们专业的，梁教授。"

沈言："……"

"新官上任三把火啊，"队友关上储物柜，"哥们，你自求多福吧。"

沈言过去找自己同专业的队友确认了这个消息。

"他们说得没错,梁教授今天应该会来,我女朋友是学生会传媒部的,他们今天还要派人来拍照写稿。"

"好好的,梁教授怎么突然要来看篮球赛?"

"不知道啊,不是听说他马上要升副院了吗?可能想提前适应一下当领导的感觉?"

沈言满脸无语,跟那队友对视良久:"篮球场上的表现应该影响不到专业课吧?"

队友满脸苦笑:"你说呢?反正我可不敢给他留下什么坏印象,万一被他盯上,以后可就惨了,你想想朱宁波。"

沈言心想,朱宁波怎么了?人家可牛了。

沈言道:"那你努努力,我应该不会上场了。"

队友长吁短叹,接连感慨还是沈言有先见之明,只肯当替补。

沈言心道他不是有先见之明,他是懒。

朱宁波给沈言发了条微信,说他来了。

沈言坐在长凳上,心说梁客青也来了,你看见了吗?

sy:"你在哪儿?"

定风波:"东310。"

比赛还没开始,球馆里乱哄哄的,沈言从球场出去找朱宁波。

他沿着台阶往上走,很快就发现了体格看上去更适合在球场上而不是在观众席的朱宁波。

朱宁波手里拿着一包爆米花,一杯冰可乐。

沈言道:"你来看电影?"

朱宁波憨憨地笑了笑:"门口有卖的,你要吗?"

"不要。"

沈言在朱宁波身边的位置坐下,这是他给赵林苏留的黄金座位,能完美地看到运动员的英姿。

可恶。赵林苏居然还不赏脸。

沈言在更衣室里给赵林苏发微信、打电话,赵林苏都没回。

顺手从朱宁波的爆米花桶里抓了两颗,沈言往嘴里一抛,道:"今天梁客青也要来，你小心点，我下去了。"

朱宁波讷讷地"哎"了一声。

沈言手插着口袋往回走："借过，不好意思，借过……"

回到场内，沈言才发现梁客青也下场了，正在跟球队里的球员合影，沈言不打算过去凑热闹，远远地站着，目光和梁客青的一错而过。

沈言蒙了。

"想什么呢？"

人被推了推，沈言打了个激灵，身边同样是替补的队友道："刚才你们梁教授可作出了重要指示，士可杀不可辱，比赛可以输，精神不能输。"

沈言看向主席台。

梁客青还有他们学院的书记跟体院的领导们坐在一块儿谈笑风生。

沈言心想，这人八成不是来耍威风的，他就是来看比赛的！

一声哨响，比赛开始了。

沈言坐在台下，抱臂远远地往主席台上看。

没想到梁客青看起来冷冰冰的，原来也不是不懂人情世故啊。

沈言收回视线，越发觉得玄妙。

所以真的是好鸡肋的一项异能。

沈言顿时无语，拿出手机在手上把玩了片刻。

sy："比赛已经开始了。"

sy："没空来就算了。"

收起手机，沈言也专心地看起比赛。

体院果然还是那个体院，场上几乎是一边倒的局势，上半场结束，比分很难看。

沈言被叫了过去。

队友喘着气，边喝水边道："下半场你准备准备，放心，对面说了，下半场他们会放点水，让我们这边好看一点。"

沈言"啊"了一声："我不会演，我可真上。"

"那你就真上，反正真上也打不过。"

沈言觉得他说得有道理。

果然，下半场场面好看了许多，等到最后一节暂停时，仍然是大比分落后，沈言被轮换上场，下来的是那位提前跟他打过招呼的队友。他跟沈言击了下掌，说道："你放心，我跟他们说了，说你还是真来，他们说行，他们也真来。"

……感动。

去年输给体院那场沈言也是在最后一节上场。

俗话说不要拿自己的兴趣去挑战别人的专业。实力是真有差距，光身高就已经差很多了。

沈言一米八三，在普通人里已经算很出挑的身高，到了体院那群猛男面前，立刻就成了矮子。对面就没有一个比他矮的。

"帅哥。"

沈言跟对面的一米九的大中锋打了个照面，对方笑得一脸灿烂："又见面了。"

沈言假笑了一下，道："别放水。"

对方还真就没放水，不仅没放水，打得还特别凶猛，沈言被几个人盯得很死，去年输得窝囊，沈言虽然嘴上嘻嘻哈哈的，其实心里还是憋了口气，一直想要报去年的仇，能输，但不能输得太窝囊！

"好——"

朱宁波跟着自己学院的人站起来大喊，激动得爆米花都撒了一身，听着身边的人都在夸沈言这远射有多帅，他高兴得像自己被夸了一样，鼓起勇气道："沈言加油！"

喊加油的不止他一个，他这声加油淹没其中，很是微弱。

"你们这个学生不错，"体院领导对梁客青道，"成绩怎么样？你们学院就没有差的，不错呀，文武双全。"

梁客青道："是不错。"

上半场被碾压，下半场被放水，比赛在最后一节才终于迎来了真正的高潮。

篮球是讲究配合的运动，但沈言现在玩的是完全背道而驰的个人英雄主义。

在场的所有人都看得出这场比赛开始就注定了结果，也不是什么重要的比赛，沈言一个人也不可能逆天改命，可是看到他在场上奋力地奔跑、运球，湿透的短发甩在脸上，还是叫人忍不住为他起立叫好。

胸腔已经快要爆炸了，双眼死死地盯着篮筐，沈言只有一个目标。

灌篮。

他要在场上用最暴力的方式去进这个球。

"好快……"

朱宁波紧张地攥着手看着场上穿着淡蓝色球衣的沈言运着球，风一般地穿过三个防守他的人，朱宁波不懂篮球，下意识地喃喃道："跳——跳——"

"嘭——"

这是人体撞击的声音。

倒在地上的瞬间，沈言耳边同时响起了几乎要掀翻球场的尖叫声。

"没事吧……"

"沈言——"

人都围了过来，沈言连忙摆了摆手，他的脸已经完全红了，头发也几乎全湿了，他咧开了嘴吸气："不行了，不行了，没劲了。"

"哥们够帅的，"体院的人帮忙把他拉了起来，"这个篮扣的，灌篮高手啊。"

沈言边笑边摆手，一边对着裁判示意没事一边打了个手势下场。

"不行了，累死我了，"拉了拉身上湿透的球衣，沈言道说，"我下去喘口气。"

队友也没问他为什么要下去喘气，发癫一样地狂摇了两下沈言："哇，你刚才那个球太帅了，太给我们院长脸了！沈言，我爱死你了！"

从队友的魔爪中逃出，沈言从中间道的出口下去，两边人都在嗷嗷叫。

沈言从容的笑脸在拐角无人处消失得无影无踪。

疼死他了！

钻心的疼痛从脚踝处传来，沈言扶着墙慢慢蹲下身，疼得五官都快变形了。

天知道他刚才在场上装作若无其事的那几分钟耗掉了他多少意志力。

"不会真断了吧？"沈言自言自语道。

"有可能。"

身后冷冷的声音响起，沈言猛然回头。

赵林苏身着衬衣长裤，两手插兜，一脸散漫。

"你什么时候来的？"沈言惊讶道。

"刚来，在你被人撞飞的时候。"

赵林苏过来，直接拎着沈言的胳膊绕到自己肩上把人搀扶起来："场上逞英雄的时候不是还挺能的吗？"

沈言打了个哈哈："梁教授在上面看着呢，我不得好好表现？"

赵林苏瞟了他一眼："你是不是觉得自己很帅？"

"还行。"

赵林苏一脸不想跟他多说的表情，沈言却还是笑嘻嘻的："我不帅，你说，场上谁帅？体院那两个是不是挺帅的？"

"打球的时候光看人帅不帅，怪不得被人撞飞了还笑。"

倒打一耙又来了。

"走安全通道，那儿没人。"

赵林苏冷嘲道："不走前面给你的粉丝签个名？"

沈言左耳进右耳出，不接茬："你怎么来了？不是说不来吗？"

"没说不来，说的是'看情况'。"

"哦……"

安全通道门打开，长长的楼梯出现在面前，沈言放下搭在赵林苏肩上的胳膊，扶上楼梯的扶手："你稍微看着点我。"

他手上使着劲，轻轻地把左脚往下放。

哇，怎么那么疼。

沈言龇牙咧嘴，想必刚才跳那一下确实有点用力过猛了。

左脚踩也不是，收也不是，他回头能屈能伸道："苏哥，来搭把手。"

赵林苏站在台阶上居高临下，似笑非笑地看着他："自己飞下去。"

白叫这一声哥了，真亏。

"别乱动，我背你，"赵林苏移开了视线，背上了沈言，手臂一紧，已经稳稳地下了台阶，"重得像头野猪。"

沈言："……"

差点没吓死他。

这才对味嘛！

第二章 从未想过

赵林苏开车把沈言送到了医院。

本来沈言想去校医务室处理一下，被赵林苏给拒绝了："校医务室治治感冒还行，你这样，他估计也就一句话。"

沈言道："多休息？"

赵林苏给了他个冷眼："上医院。"

打篮球嘛，真打得猛的，哪有不受伤的？沈言觉得赵林苏有点大惊小怪，不过也确实疼得厉害，他在后座仰躺着，感觉左脚踝上像针扎一样。

得亏赵林苏开车稳，不晃荡。

沈言抱着左膝盖，说道："你怎么看出来我受伤了？"

他在场上可是装得很完美，确定没露出什么破绽。

"没看出来，"赵林苏淡淡道，"我下来是要签名的。"

沈言知道赵林苏在损他，他疼得厉害，脑子一时转不过来跟人抬杠，老老实实地说道："幸好你来了。"

赵林苏微抿了下唇，不说话了。

到了医院门口，两人又起了争执，沈言坚持自己跳上那八层台阶，赵林苏嘲笑他这是要耍猴戏。

"两个选项，"赵林苏伸出两根手指，"一、我背你上去；二、在这儿等着，我去借轮椅。"

沈言道："轮椅？不用吧……"

赵林苏直接伸手，吓得沈言扶着无障碍通道的栏杆往旁边蹦："别，我等，我等。"

沈言独自在树下等着。倒没看出来赵林苏体力不错，一口气背着他下二楼，脸不红气不喘的。他还以为这个人是纸糊的呢。

沈言脑海里又不由自主地浮现出被赵林苏背下楼的情形。

……好尴尬！幸好没被人看见。

沈言头上的汗都快流下来了。

这时朱宁波给沈言打来了电话。

"我……我回去了，"沈言道，他小心地把手机听筒贴在脸上，不暴露出医院嘈杂的声音，"家里临时有事。"

朱宁波道："这样啊，都在找你呢。"

"找我干吗？"

"许俊浩说他女朋友想给你拍张照，传媒部要用。"

沈言直接愣住："算了吧。"

"他说算了。"

朱宁波在那儿传话，沈言问道："许俊浩在你旁边？"

"嗯，他女朋友也在。"

沈言一想人家女孩子就在旁边等着，这么干脆地拒绝好像不太好，他道："她要什么样的照片？什么时候要？我已经到家了，今天过不来。"

"她说最好要张正面拿篮球的照片，脸照得清楚点的。"

"不会放在官网上吧？"

"她说会。"

沈言又愣住了。

"行，我等会儿找找。"

"好的，她还问能不能加你的微信，她这里还有几张今天比赛的照片，想让你选一选。"

"可以，你直接把我微信号给她吧。"

沈言挂了电话，拿着手机在栏杆旁边转，没一会儿微信就传来了加好友申请的消息提醒，通过申请后沈言打了个招呼，话都没来得及说两句，余光忽然瞟到了一边的轮子，他一抬眼，赵林苏双手搭在轮椅上，又是一脸看戏的表情。

"你怎么跟朱宁波似的，走路没声。"

赵林苏推着轮椅下来："是我没声，还是你太投入在粉丝见面会里了？"

沈言道："不是，许俊浩的女朋友，传媒部的，问我要张照片。"

沈言扶着轮椅坐下，顿觉舒适。

身后赵林苏很利索地把他推上去："这下出风头了，爽了？"

沈言道："还好吧。"

赵林苏笑了一声，很奇怪，沈言能从赵林苏的笑声中听出不同的情绪，这回赵林苏的笑也不是嘲讽。

沈言也笑了笑："好吧，有一点点爽。"

爽！怎么会不爽，练了一年的灌篮，今天总算在场上面对专业选手正儿八经地扣了一次篮，虽说脚疼得要命，但疼是一时的，帅可是一辈子的。

跟他一块儿在公园打篮球的、那些年龄比他大的上班族时常跟他诉苦，工作忙，家庭忙，没时间打球，也没精力打了，上场跑个几圈就力不从心，只能是过过干瘾。

"还是上学的时候好，你别看上班跟上学只差那么两年，人哪，一踏入社会，那感觉就不一样了。"

沈言能明白他们的意思。他也是眼睁睁地看着他哥哥一点一点长成了一家之主的样子。

趁年轻，就最后任性一次吧。

任性的代价是两周脚不能沾地，拐杖轮椅二选一，还不一定能快速痊愈。

沈言躺在病床上，左脚固定抬高，脚上喷了消肿的药，凉得有点麻："这么久？"

赵林苏手上拿着拍好的 X 光片，说道："还好骨头没事，不然更久。"

沈言道："我自己心里有数，不可能真伤了骨头。"

赵林苏看向他："是吗？心里有数还在那儿紧张地自言自语'不会真断了'的是谁？"

沈言笑了笑，没跟他抬杠，该认的时候就认，确实也是运气好，主要他也没料到会摔倒，只是没想到体院的同学那么猛。

"我去买点吃的，你要吃什么？"

"饭吧，盖浇饭，来点肉，再来瓶甜的饮料，谢了。"

上场前沈言就吃了朱宁波两颗爆米花，他现在饿得不行，身体急需补充能量。

赵林苏站起身："用给你订桌席吗？"

沈言想，也不是不行。

微信里发来了一堆照片，沈言趁赵林苏出去买饭的空当看照片，免得这人又在旁边阴阳怪气不说人话。

传过来的照片都很大，一张十几兆，照片应该是用单反拍的，画质特别清晰，色调也干净。

沈言一张张地看，想挑几张低调点的。

他爽也就爽在那一个瞬间，达成了自己的目标，那就是爽，至于照片上官网，实话实说，沈言觉得有点羞耻。

传媒部的就是专业，拍照技术贼好，抓动态抓得特好。沈言挑了几张脸不是那么清楚且动作看起来比较厉害的。

sy："这几张可以吗？"

圆子在路上："可以呀，那我就从里面再挑一张啦。"

原来只需要一张，沈言顿时就放心了，返回去再重新翻看那些照片，心里对传媒部充满了感激。

这些照片拍得是真不错，挑两张洗出来，以后就是青春的回忆。

正当沈言一张张仔细挑选的时候，他的视线忽然在一张照片的左下角凝住了。

这张照片里他刚上场，正在跟交接的队友击掌。就在整个画面左下角的观众背景席里，一片花里胡哨的T恤、球服中，突兀而又显眼地出现了一抹洁净而纯粹的白。

沈言怔了怔。

人太多了，照片上看不太清楚。

他用两根手指点上手机屏幕。

放大。再放大。

一直将那个角落放大到铺满手机屏幕。

还是不够清楚，只能看到模模糊糊的雪白衬衣，还有微微仰起的脸。

沈言又怔了一会儿，将照片轻点回原位，锁屏的动作顿了顿，沈言点进了那姑娘的朋友圈。

第一条就是"虽败犹荣，开心开心"，下面配了九宫格图片。

沈言打开其中一张照片，照片上是刚开场抢发球的场景。

沈言的眼睛下意识地看向左下角。

"肥牛盖浇饭，橙汁。"赵林苏把饭放在台上，"不用我喂吧？"

"不用。"

沈言讷讷地拿了饭："你的呢？"

赵林苏道："在外面吃完了。"

沈言怀疑地看向他。

赵林苏张嘴："要闻闻味儿？"

沈言："……"

肥牛饭很香，也是沈言爱吃的，他拆了一次性筷子，挑了两块肥牛，眼睛余光悄悄往赵林苏身上瞟。

赵林苏正在喝桃子汽水，喉结慢慢滚动着，沈言刚偷看一眼，马上就被他逮住了。

"看什么？"

然后沈言就被噎住了。

他听到赵林苏"啧啧"两声，手背被冰凉的橙汁碰了碰："喝点。"

沈言连忙去拿橙汁，又听赵林苏道说："已经拧开了，别洒了。"

一口气灌下小半瓶橙汁，沈言喘了口气，舔了舔嘴唇，扭头忽然发问："赵林苏，你到底什么时候来的球馆？"

赵林苏手里拿着颜色粉粉嫩嫩的桃子汽水晃荡，抬起眼皮不咸不淡地看了沈言一眼："你说呢？"

沈言心里狂喊，别让他说啊，他真受不了这个。

"开赛前五分钟停止入场，"赵林苏冷嘲道，"比赛挺业余，规矩倒不少。"

沈言的心情跟坐过山车似的，这才慢慢重新把心装进肚子里。

"那你来了，你怎么不说一声？"

"干吗，你要下场给我来一段啦啦操欢迎我？"

"……"

沈言重新扒饭。

"我还以为你不来了呢。"

"不来不就错过你摔的那惨样了？"

沈言真想直接飞起左脚给赵林苏来一下子。

开玩笑的。

幸好赵林苏来了，要不然沈言最后还是得求助队友，到时候一堆人围着他，真不够他丢人的。

拐杖和轮椅，沈言选了拐杖，这至少是站着的。

上车之后他就开始发愁，自己这副样子，他哥肯定会反应过度。

沈言猜得一点没错，也活该他今天点背，电梯门一打开，沈言挂着拐杖往前刚"哆嗦"着走了两步，拉着行李箱的沈慎就迎头跟两人撞上了。

"爱弟狂魔"当场就甩开行李箱，扑到沈言面前："言言，你这是怎么了？"

沈言一听小名都冒出来了，知道他哥这是已经处于失控的边缘，忙安抚道："没事，就是崴了一下。"

"崴了？"

沈慎声音拔高八度惨叫，连忙蹲下要看沈言的脚。

沈言道："哥，我没事，真没事，已经上医院看过了。"

"还上医院了？这么严重！"

这因果关系是倒的。

"没事，我真没事……"沈言挂着拐杖蹦跶，狼狈地躲避他哥。

"慎哥。"

赵林苏从背后变戏法一样拿出个薄纸袋："沈言的 X 光片。"

沈慎的注意力立马被转移了，赶紧抢过 X 光片猛看。

沈言感谢地看了一眼赵林苏，他就知道赵林苏在关键时刻还是靠谱的。

"医生说没事，骨头没事，韧带也没伤，需要休养两周，脚不沾地就行了。"

沈慎看着 X 光片，终于冷静了一点："好端端的，怎么脚崴得那么厉害？"

沈言忙道："打篮球，不小心摔了。"

沈慎的表情堪称风雨欲来。

赵林苏插话道："先进去吧，这么站着挺累的。"及时制止了一场暴风雨的开始。

沈言被他哥搀着，路过门口的行李箱时问道："哥，你这是要出差吗？"

"你都这样了，我还出什么差！"沈慎语气不善道。

赵林苏把行李箱带了进来。

沈慎足足训了沈言十分钟，大意是他一把屎一把尿地把沈言养大，沈言身上磕了碰了，伤在弟身，痛在哥心，沈言这样真是太不当心太不像话了！

沈言小声顶嘴："我那时候已经能大小便自理了……"

因为顶嘴，又被多训了五分钟。

这种时候，需要外人来拉拉架，沈言不停地用余光给赵林苏使眼色。

赵林苏正拉着他哥的行李箱——转着玩。

"慎哥，"赵林苏提醒道，"你好像有电话。"

"电话……"

沈慎忙掏了口袋里的手机。手机果然是在振动。

电话那头是一块儿出差的同事正在催他，问他什么时候到高铁站。

"不行，我弟受伤了，腿摔断了，我走不了，我得在家照顾他。"

不至于，真不至于。

电话那头说的什么，沈言听不清，但沈慎马上拿着手机去了阳台继续说，还把阳台门给拉上了。

沈言拄着拐杖往前走了两步，阳台外头，他哥虽然是背对着他在打电话，但从他哥的肢体语言来看，显然和对方沟通得很不顺畅。

沈言忙拄着拐杖走到阳台前，把阳台门拉开一条缝，小声道："哥，你去吧，我没事，别耽误工作。"

沈慎匆匆对电话那头道："等会儿再联系。"然后挂了电话。

"工作算什么，那是给老板创造财富，你的脚比工作重要多了！"

沈慎刚说完，手机又开始振，他挥了挥手说道："你先进去，林苏，麻烦你扶言言回房间躺着。"

赵林苏过来扶人，沈言满脸为难，赵林苏给沈言使了个眼色，低声道："先进去。"

沈言进了卧室，放下拐杖在床上坐下，活动了下手臂，说道："不行，我不能耽误我哥工作，他现在正是要紧的时候。"

三十岁在他哥那个行当是个槛，是龙是虫也就是一瞬间的事，所以他哥今年才那么忙。

他起早贪黑地加班加点，别因为这么一件小事而毁了一年的努力。

沈言道："我说什么他现在可能都听不进去，赵林苏，你先出去劝劝他，让他先冷静一点，然后我再出去劝他。"

"嗯，你坐这儿别动。"赵林苏直接出去了。

沈言知道他这人靠谱，在房间里焦急地等了几分钟后，赵林苏回来了，一块儿回来的还有沈慎。

"哥……"沈言面露哀求，"我知道错了……"

"你真是吓死我了，以后打篮球一定得当心，真摔断了腿，你哭都来不及哭。"

沈慎连叹了两口气。

沈言知道这是混过去了，顿时放下了心，他看向赵林苏，感激地给了赵林苏一个"兄弟你果然靠谱"的眼神。

沈慎也回过头看向了赵林苏："既然这样，那我出差这两天就麻烦你在家照顾言言了。"

沈言差点当场痊愈起立。

"不用了，哥……"沈言忙摆手道，"我就是崴了下脚，不用人照顾。"

"就崴了下脚?!"

沈慎立刻又是一顿连珠炮式的语言输出，听得沈言脸都快绿了。

沈言只能顶着压力向他哥认错，承认自己刚才失言了，他这不是崴脚了，是丧失了作为成年男性的主观能动性，变得柔弱不能自理。

见沈言认怂了，沈慎再次拜托赵林苏："林苏，这次可真要麻烦你了。"

沈言偷瞄了一下赵林苏。

赵林苏神色如常："慎哥，就别跟我客气了，快去赶高铁，我送你?"

"不用，"沈慎拍了下他的胳膊，"你留下来看着言言。"回头又给了沈言一个警告的眼神，"我回来之前，你的脚要再出什么事，我就自己打断你的腿！"

沈言的腿：还带这么连坐的?

赵林苏去送沈慎出门，沈言仰面躺倒在床，脑子里又乱成一团。

其实他这人很少脑子乱的，无论是读书还是生活，他心里一直都有一杆秤，把事情都想得很清楚。

可自从有了这从天而降、莫名其妙的破异能后，他的生活好像就多了一些不安定因子。

其中最影响他，也最让他琢磨不透、难以理解的就数赵林苏了。

有时候沈言真想直接拍桌子问他，但又问不出口。

不是怕暴露自己的异能，而是怕两个人的关系会变得很尴尬。

"咚咚"，卧室门被敲了两下，沈言抬了下头。

赵林苏靠在门边，抱着手臂道："慎哥走了。"

沈言控制住内心那点混乱，舔了舔嘴唇："那你……"

"我也走了，"赵林苏淡定道，"刚才用的是缓兵之计。"

沈言恍然大悟，马上给赵林苏竖了个大拇指："高手！"

"你自己一个人没问题吧？"

"当然，就崴了下脚，我哥也太小题大做了。"

"走了。"

赵林苏一摆手，沈言躺床上挥手："不送了啊，大恩不言谢。"

外头传来关门的声音，沈言这才又躺回了枕头上，拱了两下，心里感到一阵踏实。

是他想多了，他怎么会怀疑赵林苏这么好的兄弟交不到朋友呢？多好的兄弟。

沈言挠了挠脸，心道以后可真该少担心了。

他老这么……这么认为赵林苏，感觉挺对不起他的。

赵林苏又没真做错什么。

谁也没法因为幻想来评判一个现实中的人，更何况那个人还是他最好的朋友。

沈言坐起身，抄起床边的拐杖，准备挂着拐杖去卫生间。

身上全是臭汗，得洗个澡。

沈言找了条毛巾往脚上包，正满世界找合适的绳子的时候，家里电话响了。

"来了——"

沈言火急火燎地挂着拐杖往外蹦跶，一接电话，他哥直接"恶龙咆哮"："打你手机怎么不接！"

"我手机静音呢。"

"一天到晚静音还带什么手机，去，叫赵林苏来接我电话。"

"叫他干吗？"沈言硬着头皮道，"有什么要交代的，你直接说呗。"

那头沈慎立刻就炸毛了："你是不是把赵林苏赶回去了？！"

沈言猝不及防，简直无言以对。

"我就知道你这小子不把我说的话当一回事，你是不是想气死我？崴脚是小事吗？你没听说过有人崴脚没当回事结果后遗症严重得都没法走路了？沈言，你能不能别逗能？！"

沈言被训得说不出话。

那边沈慎又生气道："我看我还是回去吧，毕竟麻烦人家不好。"

沈言脑子比嘴快，找补道："我没赶他走，他下去买东西了。"

"你少来。"

"真的，他刚下去没多久，我骗你干吗？"

"真的？"电话那头的沈慎半信半疑，沈言正卖力说谎，门口忽然传来开锁的声音，沈言吓得差点心脏骤停。

门打开了，赵林苏手上提着个包，沈言没来得及多想赵林苏为什么会去而复返，而且手上还有钥匙的，只赶紧对着电话道："他回来了，赵林苏，快，来，我哥找你。"

赵林苏把钥匙放好，过来从沈言手里接过了听筒，沈言双手合十地冲他拜，赵林苏直接按了电话上的免提键。

"慎哥？"

沈慎听到他的声音，说话马上客气起来："林苏，你在啊，辛苦你照顾一下言言，我办完事尽快回。"

"不好意思，刚没看手机，没关系，慎哥你忙吧，放心，沈言有我照顾，我不会让他的脚再出什么问题的。"

"好，好，谢谢，谢谢。"

总算是混过去了，挂了电话，沈言心有余悸道："你怎么回来了？"

赵林苏把手机屏幕亮给他看。

沈慎:"林苏,言言怎么样了,还疼不疼?"

沈慎:"他很能忍痛,估计疼也不会说,麻烦你多问问他。"

沈言看到这两条微信,心不由得一颤。

他哥是真心疼他。

"我看到这两条微信就知道慎哥八成会来查你的岗,"赵林苏把包放在茶几上,"所以就马上赶回来了。"

"刚才吓死我了,我以为我哥回来了。"

赵林苏道:"你哥把钥匙给我了。"

沈言哭笑不得:"真是……那你……"他犹犹豫豫地看着赵林苏。赵林苏从包里拿出了笔记本,懒懒道:"陪床80元,包夜200元。"

沈言忍不住笑了:"不便宜啊。"

"给你打折了,友情价,"赵林苏打开笔记本,瞄了一眼沈言,"什么造型?准备加入丐帮?"

沈言出来得匆忙,随便就把毛巾先系在了腿上。

沈言:"身上全是汗,我正想洗澡……"

沈言想起他和赵林苏他俩还是一块儿学的游泳。初三毕业那年,闲着没事干,两人就一块儿去学了游泳,以免他哥总担心他玩水溺亡。

游泳班一共七个小孩,他就跟赵林苏熟,那时候两人都已经抽条,十五岁的年纪,已经是手长脚长,两人都练出了一层薄薄的肌肉,没事还互相比谁的肌肉更硬。

沈言还记得那时候他跟赵林苏基本就是同进同出,一块儿到游泳馆,一起换泳裤,一起下水,游完了一起去浴室洗澡,一起出游泳馆,在游泳馆门口买雪糕,最后还一块儿回他家看电视、打游戏。

"自己洗没问题吧?"赵林苏道。

沈言当然说没问题,然后就转身拄着拐杖回了浴室,等到了浴室,他才后知后觉地想过来,赵林苏今晚好像要留在他家过夜了。

当然,赵林苏不是头一回留宿他家。他们学游泳的那个暑假,赵林苏没少在他家过夜。

后来上了高中,他跟赵林苏都分在了实验班,班级里高手如云,都是学校从下面各个区县招来的尖子，竞争强度一下子翻番了，再也不是在初中随随便便就能稳居全校前五的时候，他们一块儿瞎玩的时间少了很多，赵林苏来他家的次数才变得少了起来。

沈言拉着两条毛巾的边打结，把受伤的左脚给包严实了。

拧开水龙头，沈言把拐杖放到一边，单脚靠在墙边脱衣服。

衣服简单，裤子就有点难脱。

上衣好脱，就是边脱边保持单脚平衡站立有点小难度。

沈言只能先脱鞋袜，光脚站在地上，随后再脱裤子。

过程很惊险，好几次都差点摔倒。还好他运动细胞发达，勉勉强强地撑着浴缸往水里坐，把左脚搁在浴缸边上，不碰水，刚舒了口气，马上"当啷"一声——拐杖滑到地上了。

"沈言？"

赵林苏的脚步声和说话声在卫生间门外响起。

沈言道："没事！"

他这一嗓子扯得很亮，中气十足，力证自己没事。

"我在厅里做作业，有事叫我。"

"好，没事，没问题，你写作业吧。"

沈言听到脚步声渐渐远去，总算是把之前没呼出去的那口气呼完了，心有余悸地瞟了一眼自己狼狈的姿势，刚才万一要是赵林苏进来了……

头皮发麻。沈言一头把自己的脸栽进了水里。

水是热的，脸也是热的。

沈言草草洗完了澡，然后发现他爬不出来了。

他双手使劲撑住浴缸的边缘，半个人好不容易从水里"哗啦啦"起来，右腿就没力气了，撑不住地往下掉，前功尽弃，水花四溅。

来回折腾了好几回，浴缸里水都泼出去一半，沈言还是在滑不溜丢的浴缸里扑腾，一不小心左脚碰到墙，疼得他忍不住地叫出来。

沈言侧躺靠在浴缸边上，没力气了。

卫生间门上那块儿磨砂玻璃隐约透着光。

赵林苏就在厅里，他喊一嗓子就行。

沈言摸了把湿透的头发，心道自己就多余爱干净，早知道随便擦一擦就完事了。

喊还是不喊，沈言纠结了半天，最终还是没喊。他决定再相信一次自己，扣篮他都能扣，从浴缸里爬出来就不行？顶多手先着地呗。

沈言咬牙预备退化成爬行的动物，手刚想往地上伸，外头"啪嗒啪嗒"的拖鞋声传来，吓得他围着浴巾赶紧往浴缸里缩回去。

赵林苏没招呼没敲门，直接就把门推开了。

卫生间里水漫金山，新买的拐杖可怜巴巴地躺在地上，上头的垫子湿了一大半。

赵林苏笑了一声："这么有童心？在浴室里玩水。"

沈言坐在浴缸里，尴尬道："不小心弄洒的。"

他没敢看赵林苏，低着头看水面。

赵林苏过来了，手里扯了条毛巾往沈言头上盖，狠擦了两下。

沈言："……"

管我，我乐意。

"起来。"赵林苏往他湿淋淋的背上清脆地拍了一下。

沈言不起来："你先出去，我自己能行。"

浴室里静默了两秒，沈言又听到赵林苏轻描淡写地说道："没想到你还挺害羞。"

沈言猛一抬头："胡说什么呢！"

赵林苏眼里的戏谑调笑被沈言看得一清二楚，沈言忽然就不爽了。

沈言索性抬起湿淋淋的手臂往赵林苏臂膀上搭，冷着脸道："扶一把。"

有人搀着，从浴缸里出来就容易多了。

水珠从光滑的躯体滚落，沈言一瞬感到了热气被带走的微凉，轻轻打了个寒战。

赵林苏把他扔到卧室里的沙发上，然后头也不回地往外走："自己穿衣服没问题吧？"

"没问题，你干吗去？"

赵林苏背对着他解开了袖扣卷袖子："整理水上乐园。"

沈言："……"

沈言拿浴巾擦干身上的水，单脚跳着去衣柜里又重找了一套衣服穿上，继续单脚跳回卫生间门口。

赵林苏卷着袖子，拿着拖把正在拖地。

每次沈言刚想跟赵林苏生气的时候，那点刚冒出来的火苗就会摇摇晃晃地熄灭了。

关系好到一定份儿上，真生不起气，因为知道对方是真的对自己好。

沈言靠在门口，道："谢了。"

赵林苏没搭理他，继续拖地。

沈言也不说话了，过一会儿，他说道："你说我是不是真不该去逗那个能？我就是去年输得挺憋屈的，想把那口气给争回来，我练了一年，也没想到会摔这么一下。"

面对朋友，沈言还是忍不住想把自己的想法说出来。

浴室里的水拖得差不多了，赵林苏倚着拖把："有什么应不应该的，你做都做了。"

沈言轻叹了一口气。

赵林苏道："回去躺着吧。"

沈言"哦"了一声，扶着门框往回跳。

头发还是湿的，他没往床上躺，沙发也湿了，就剩书桌前的椅子还能让他歇会儿。

赵林苏还在卫生间里忙，沈言有一搭没一搭地擦着头发。

"借件衣服。"

沈言探了探脑袋。

赵林苏已经进了他卧室，身上那件白衬衣全是水渍，他一边熟门熟路地拉他的衣柜门一边解扣子。

赵林苏脱衣服很快，白衬衣从肩膀上"唰"地褪下。

从肩到背，肌肉线条都很漂亮，而且一看就不是绣花枕头，他平时穿的衬衣和T恤都显得宽宽松松的，感觉他人还挺瘦的，没想到居然还有点肌肉。

这肌肉……应该能一口气做上十几个引体向上吧？

"这件行不行？"

赵林苏回过身，手里拿着他一件白色T恤。

沈言在发呆，赵林苏冲他的方向晃了晃手里的T恤："喂。"

呸。

"随便你穿哪件，"沈言酸溜溜道，"练得不错啊。"

赵林苏拿手上的白衬衣擦了擦身上湿的地方，利落地套上T恤，"没你猛，会飞。"

沈言："……"

"拐杖我放到阳台晒晒，"赵林苏甩了甩衬衣，"有事叫我。"

沈言"哦"了一声，随后迟疑道："你真要在这儿过夜？"

"估计十点以后慎哥也不会查房，不过万一他半夜回来，或者明天一早……"

赵林苏突然停了话头，转头看向沈言，微微一笑："沈言，你似乎很不想让我留下来？"

"没有……"沈言连忙摆手，满脸堆笑，"我怕太麻烦你。"

赵林苏双眼盯着他，沈言有些心虚，把眼睛瞪得更大，以示清白。

赵林苏提着衬衫出去了。

沈言擦干了头发，给传媒部的同学发去一张以前拍的照片。

园子在路上："收到，谢谢，很帅！"

沈言的微信好友不多，他不喜欢加不熟的人。加了以后没话说，他觉得挺没意思的。

微信列表里基本都是同学，从高中开始往上的同学多一点，小学中学那会儿还不流行微信，都用QQ，QQ里倒是有一大堆好友，但也基本不联系了，关系还好的其实也就剩一个赵林苏了。

微信列表里几个还算熟识的大学同学发来一串的"贺电"。

"真帅啊哥。"

"牛啊，灌完篮就走，深藏功与名，妹子们都喊疯了，别把我嫉妒死。"

"帅哥，体院的人找你，估计记住你了。"

……

帅是真帅，沈言往下划，他哥又发了一大堆注意事项，说自己大概明天回，能多早回就多早回。

沈言回了句"知道了，工作优先"。

放下手机，他抓了下半干的头发，人趴在桌子上，歪着头看向挂在墙上的球衣。

衣服本来他是想收起来的，当传家宝一样珍藏在他衣柜最深的角落。

可他又老忍不住想掏出来看。

这么件好东西，全给衣柜看了算怎么回事？就得挂在墙上天天让他欣赏才够本。

其实大学里打篮球的人已经比高中少很多了，高中比初中少，高中忙学习，大学也忙学习，学习完了忙实习，实习完了忙工作。

沈言低下头，把额头贴在书桌上晃。

不就摸了把青春的小尾巴吗？怎么就跟他犯了错似的。

脚还疼着，医生说最好是躺着。头发干得差不多了，沈言起身跳回床上躺下。

传媒部的同学效率奇高，他的照片才刚传过去不到一小时，他们院官网上的报道都出来了。

输是输得真惨，比分都直接隐去了，正文内容强调他们院"赛出了风采，赛出了血性"，写得特别有正能量，发了好几张照片，沈言的个人照都有两张。文章下面浏览量已经好几千了，沈言发现自己心理还挺矛盾，想出风头，又怕太出风头。

小范围地帅一下就可以了。

只可惜在他的朋友们中，只有朱宁波觉得他很帅，一口气给他发了几十张照片。

sy："拍了这么多？"

定风波："你灌篮的时候我太紧张了，没来得及拍。"

定风波："太帅了。"

沈言略感安慰，回了句"谢了"。

定风波："我好像看到赵林苏了。"

定风波："你下去之后，对面有几个人也出去了，有一个挺像他的。"

sy："是他。"

定风波:"哦哦,那我没看错。"

沈言收起手机,心想这人也挺奇怪的,给他安排了那么好的位子,还不乐意坐。

屋子里很静,不知道赵林苏人在哪儿,大概还在客厅里做作业,反正挺安静的,没什么动静。

以前赵林苏来沈言家里做客,也经常是这样。

两个人在沈言房间,一人待在一个地方,沈言打游戏,赵林苏玩手机,沈言打嗨了叫赵林苏来看,赵林苏懒得理他,继续玩手机。沈言也不在意,他也就是随便叫两声,自己爽了就行,不在乎赵林苏是不是真的来看他操作,他的操作,不是赵林苏那种菜鸟能欣赏得来的。

反正就是各玩各的,也不觉得有什么不对,两个人都挺自在、挺舒服的。

现在沈言在床上躺着,想着怎么解决赵林苏的问题,一点也不舒服,一点也不自在。

每一次他想调整心态,认为问题得到解决,正常地去面对赵林苏时,赵林苏总能给他一个"惊喜",让他又忍不住要去怀疑,赵林苏的问题依然还在。怀疑到后面,又发现其实只是虚惊一场,乌龙而已。

既然如此,那他干脆还是问问好了。

sy:"球赛好看吗?"

沈言给赵林苏发了条微信。

两个人就在一个空间里还要发微信,沈言不好意思地挠了下脸。

估计赵林苏马上就得拿着手机来嘲讽他一顿。

林子:"有空中飞人看,能不好看吗?"

有完没完了。

sy:"我知道错了,别提了。"

林子:"没说你错。"

沈言怔了怔。

林子:"疼是一时的,帅是一辈子的。"

林子:"你不是也说了,没下次了。"

赵林苏还给他分享了一个链接,就是沈言刚才看过的学院官网的文章。

林子:"用不用给你打印出来贴在墙上?"

沈言的脸热了起来,同时心情也变得明亮起来。

还得是赵林苏,知根知底的好兄弟,懂他!

sy:"嘿嘿。"

林子:"晚上想吃什么?"

sy:"我来点,我来点,你想吃什么?"

林子:"随便。"

沈言退出微信,美滋滋地去点了个垃圾食品的外卖。

点完外卖之后,他才想起来他刚才发微信是要问赵林苏位子的事。

好好躺着。

炸鸡店就在小区外面那条街,很快就送到了,沈言听到赵林苏开门的声音,忙挣扎着起床。

赵林苏已经拿着炸鸡进来了:"在屋里吃?"

"可以啊,把窗户打开就行。"

沈言坐在床上,赵林苏坐在他房间里的小沙发上,一只手拿着炸鸡,另一只手拿着手机。

沈言咬了口鸡腿,忽然道:"朱宁波怎么说没看见你,你到底去没去看比赛?"

"看了,"赵林苏头也不抬道,"懒得往里走,随便挑了个空位置。"

沈言"哦"了一声,顿时又感到轻松。

沈言埋头吃炸鸡。

房间里全是"咔嚓咔嚓"吃炸鸡的声音,沈言慢慢放松下来,还忍不住笑了笑。

他的笑容正好被赵林苏抓到:"又在偷乐什么?"

沈言道:"没有,"他笑着说,"你刚才说'疼是一时的,帅是一辈子的',我当时也这么想。"

赵林苏抽了他桌上的纸巾擦手,慢条斯理地说:"你的想法一直都是这样,跟小学生一样简单。"

沈言"切"了一声,不跟他抬杠,继续吃炸鸡,吃着吃着他又想起楼道里的杂毛狗:"赵林苏,你带把狗粮下去看看狗吃了没?我今天忘了喂它,怕它挨饿。"

赵林苏眼皮一抬:"不错,腿瘸了也没忘了你兄弟。"

沈言:"……"

第一,他只是崴脚,没有瘸腿。

第二,赵林苏今天的晚餐也是他负责的,都是兄弟,就谁也别说谁了。

"你就下去看一眼,"沈言道,"摸摸它的肚子,大概就知道了,它有点不知道饥饱,喂就吃,也别喂太多。谢了,好人做到底,小狗会感谢你的。"

赵林苏也笑了:"小狗会感谢我?"

沈言忙不迭地点头。

"收到。"赵林苏懒洋洋地站起身说道,"狗粮在哪儿?"

"就在门口鞋柜上面。"

赵林苏摆手走了,沈言继续美滋滋地吃炸鸡,吃着吃着他有点回过味了——赵林苏刚才那个"收到"是什么意思?

小狗趴在楼道里,很乖巧安静,它整个身体都藏在阴影里,像是怕给人惹麻烦。

赵林苏拿着狗粮过去蹲下。

小狗抬起脸,像是认识他,眼珠子水汪汪的,一点敌意都没有。

赵林苏摸了一下狗肚子,果然是瘪瘪的。

他倒了一点狗粮在地上,小狗嗅了嗅,马上就开始吃了,吃得很投入,摇头摆尾的。

赵林苏靠在楼道的墙壁上,一边看手机一边等小狗吃完饭。

沈言:"你刚才是不是说我是狗?"

嘴角微微上扬,赵林苏收起手机看了一眼正在吃饭的小狗。

沈言收到了赵林苏发来的照片。

照片上小狗吃得头也不抬,尾巴卷卷地向上翘着。

沈言看得心都化了,把照片一会儿放大一会儿缩小,看了好一会儿才恋恋不舍地退出去。

明天他去学校之前一定给小狗带点零食。

手机界面上又跳出一条新的回复。

林子:"没,你想太多了。"

沈言"哼"了一声,心道算你识相。

林子："你有狗可爱？"

沈言："……"

谢了，他不需要可爱，只需要帅。

晚上，赵林苏睡在客厅。

沈言让他睡他哥的房间，赵林苏拒绝了："就睡沙发吧，万一慎哥半夜回家呢。"

"我哥说他明天回。"

"过了零点就是明天。"

沈言竟有些无言以对，觉得他哥还真有可能做得出半夜杀回来的事。

拐杖上面的垫子晾干了，沈言拄着拐杖动了动："要不你还是回家去吧，反正我哥回来看到我没事也不会说什么的。"

"不行。"

赵林苏把长腿搁在沙发上："已经答应的事，我不能出尔反尔。"

沈言心道："你不是一开始就走了吗？"

沈言只好拄着拐杖又回了卧室，到了卧室门口，又回头看了一眼。

他们家客厅本来就不大，沙发的面积也有限，赵林苏手长脚长的，躺在沙发上还要半屈着腿。

以前赵林苏来他们家过夜的时候都是跟他睡一起的。

他的床不算特别大，但也不小，他那个房间原来是沈慎的，本来就是兄弟俩一块儿睡的，父母去世之后，沈慎才搬到了父母的房间。

沈言回床上躺着，拐杖放到床头柜边靠住。

时间还早，沈言躺在床上睡不着，摸出手机又没人可以聊天。能聊的那个就在他们家客厅。

沈言想到了朱宁波。

sy："波儿，问你一件事。"

朱宁波倒是马上就回信息了，问他什么事。

sy："你喜欢什么类型的女生？"

沈言拿着手机，眼睛都快把屏幕瞪穿了，终于等到了老实人的回复。

定风波："喜欢温柔的。"

沈言："……"

为什么人喜欢的类型这么多变呢？

沈言反躬自省，发现自己跟亲哥一样，都喜欢"二次元"美女。

他喜欢过唐怡，但从来没幻想过唐怡做自己的女朋友，对于唐怡的感情带了一些美好的朦胧性质。

这么说来，他经常想待在一起的人也跟自己喜欢的人毫无关联。

所以对于朱宁波和赵林苏的心理，他还是有点参不透。

沈言躺累了想翻个身，奈何脚还是不好动，稍微动动只能缓解身上的些许酸疼。

sy："睡了没？"

林子："1。"

沈言放了手机，隔着门喊了一声："赵林苏——"

赵林苏过来了，推开门一脸淡定："要上厕所？"

沈言躺在床上，说道："沙发太窄了又湿了，上床睡吧。"

沈言一眼瞟过去，赵林苏面上却无感激之色。

沈言真想跳起来给这个人一个大耳光，这人也真是绝了。

"滚滚滚。"

沈言抬手往外挥："睡你的沙发去，好心当成驴肝肺。"

赵林苏笑了一声，扭头就走。

沈言无语地看着门口，万万没想到他还没说什么，赵林苏倒先拿乔了？

沈言对着门口竖了个中指。

然后赵林苏的身影就重新出现在了门前，对着他的中指一挑眉："你是不是害怕了？"

沈言："……"

对，害怕才有鬼。

赵林苏拿着笔记本直接从另一侧上了床。

他一上床，床就很有弹性地晃了晃，波动蔓延到沈言那儿，沈言也跟着动了动，往外挪了挪。

"睡吧，"赵林苏眼睛盯着笔记本屏幕，"多睡觉，长个。"

"我都二十多了还长个？"

"别放弃，"赵林苏拖动鼠标，往下看论文，慢悠悠道，"中国男篮等你振兴。"

过不去了是吧！

沈言看了一眼他的电脑屏，英文论文。

"你要发论文？"

"嗯。"

沈言"哦"了一声。

人到大三，面临着各方面的选择，也该做准备了。

沈言很早就想好了，他想毕业后直接工作。

赵林苏的话，应该是要继续读研、读博的，毕竟他家里人也都是走这条路的，有那么好的学术背景，不走科研这条路可惜了。

沈言稍微坐起来一点，也跟着看赵林苏看的这篇论文。

"有想法吗？"赵林苏扭头看向他。

沈言道："看看前面。"

赵林苏把论文翻回到首页，将手里的笔记本往沈言那边推了推。

沈言一目十行地快速浏览："往下。"

沈言指挥着他翻页看了几页论文，然后说道："这论文写得有点东西啊，水平可以，观点也很新，挺不错的，在哪儿找的？"

沈言看向赵林苏。

赵林苏笑了笑。笑得很得意。

沈言："该不会……作者是你吧？"

"回答正确。"

哇，这人真的自恋得让他受不了，大晚上不睡觉欣赏自己的论文？

千言万语只化作一句："发表了吗？"

"发表了。"

"SCI？"

"你说呢？"

沈言死了。嫉妒死的。

这要是他的论文，别说晚上不睡觉拿着看了，他就连吃饭、上厕所都得揣着，直接把期刊日期文在身上！

"你……"沈言憋半天，只能憋出一句苍白而贫瘠的话，"真牛。"

赵林苏道："赵教授和林教授给了很多指导意见。"

沈言边摇头边说："别说了，我不羡慕。"他扭头又追问道，"挂名还是第一作者？"

"你说呢？"

沈言不想说话了。

以赵林苏这个性，发论文必然是第一作者。

沈言仰天长叹："赵林苏，我真服了你……快，拿来我再瞻仰瞻仰。"

原本沈言以为两人这一晚多少会有点尴尬，结果他光看赵林苏的论文就看了半个多小时，时不时地对赵林苏进行一番学术上的拷打质问，完全没顾得上想别的事。

沈言对赵林苏佩服得五体投地，牛人，真是牛人。

这样的牛人是他的好兄弟！

沈言忽然觉得自己也牛起来了是怎么回事？

看得有点困了，沈言往前推了推笔记本，说道："不行了，学不进去了。"

赵林苏合上笔记本放在床头："那就睡觉。"

沈言一下又精神了。

另一头的赵林苏已经躺了下去，沈言靠在枕头上没动弹，开口说道："你发论文的事瞒得够紧啊，我一点都没听说。"

"也是，还是我太低调了。"

赵林苏闭着眼睛，垂下的短发和睫毛在他脸上打出模糊的阴影。

"应该也挂到我们学院的主页宣传宣传。"

"……"

沈言挥手在空中对着赵林苏的脖子一顿掐："能把这事翻篇吗？"

"为什么要翻篇？"

赵林苏嘴角勾了勾："不是挺帅的吗？"

沈言心道，帅帅帅，帅死你。

灯还没关，昏暗的灯光在床头荡开，沈言小心地躺下去，把伤脚往床外沿放了放，悬在外边。

上一次跟赵林苏睡同一张床好像还是高三毕业那年的暑假。

反正当时沈言没觉得有什么影响，在外面玩得太累了，回家草草洗漱倒头就睡，一觉醒来，赵林苏已经赶飞机走了。

沈言伸手把灯关了。

房间陷入黑暗，沈言也闭上了眼睛。

空调外机"嗡嗡"作响，沈言双手枕在脑后，睡意则是完全没有。

睡不着。

沈言稍微动了动。

床用得年头长了，一动，细微的"嘎吱"声立刻就把沈言想翻身的动作声给止住了。

比他想象当中要尴尬一百倍。

沈言根本控制不住自己不尴尬，只能闭着眼睛，回忆回忆刚才看的论文内容，努力助眠。

身边忽然一个大动静传来——赵林苏起来了。

沈言有点愕然地睁开眼睛。

"啪"的一声，灯开了。

沈言眯了下眼睛，睁眼看过去，赵林苏把他房间里那张小沙发搬到了床边。

"脚搁这儿。"

沙发放下，赵林苏人就出去了。

沈言把悬空的脚轻放到沙发上，问道："你干吗去？"

没一会儿，赵林苏人又回来了，手里拿了扫把跟拖把："打扫狗窝。"

"狗窝……"沈言嘟囔道，"不至于吧……"

赵林苏很快将沙发挪开的地方打扫完毕，又去阳台洗好晾好了拖把回来，上床躺下关灯。

沈言心道，灰姑娘都没他那么勤劳爱干净。

"真贤惠啊。"

"不用谢。"

沈言舒展了下腿："哎，你睡得着吗？"

"一般。"

"我有点睡不着。"

赵林苏背对着他笑了一声："要我给你讲睡前故事？"

"滚。"

赵林苏又笑了一声。

"睡吧，"沈言听他道，"有事叫我。"

沈言在黑暗中瞟向左脚边搁的沙发，心里怎么说呢……还是挺贴心的。

赵林苏，好朋友。

沈言再次闭上了眼睛，这一次，他脑袋里没那么多乱七八糟的东西了，很快就睡着了。

一夜无梦。

沈言睡到了自然醒，一坐起来睁开眼睛，他就被面前的男性躯体给吓了一跳。

赵林苏还在睡着，双手抱着手臂，头微微垂着，拱起的肩膀曲线起伏，很容易就让沈言联想到昨天晚上见过的那一身肌肉。

还真是真人不露相。

沈言慢慢往后挪了挪。

一挪，床就"嘎吱"响了一声。

沈言不敢动了。

他摸出手机看了看，才7点。

沈言又瞟了一眼赵林苏的后脑勺，还怪圆的。

沈言伸出手，轻轻挑了下赵林苏后脑勺的碎发。

没反应。

报仇，报仇，沈言憋着笑把两只手都伸过去作乱。

赵林苏估计有段时间没剪头发了，后面头发都有了点长度，沈言小心翼翼地给赵林苏编小辫，可惜赵林苏的头发太顺，刚编了点就又散开了。

哎，他手上要是有根头绳就好了，可以给这货扎个小辫子。

沈言躺在床上，双眼像探照灯一样在整个房间里搜寻，没找到什么伸手就能够到的工具。

可惜。

沈言抓了手机，头往后仰了仰，捏着赵林苏后脑勺的头发给赵林苏拍了张照。

这个人肯定是背着他偷偷锻炼了，这曲线，腰是腰腿是腿的。

在学习上偷偷进步也就算了，身体也要偷偷锻炼，真是太过分了。

沈言放下手机，伸手继续给赵林苏编小辫。

小子，看哥不把你的毛拔了……沈言玩得正嗨的时候，忽然听到："玩够了吗？"

沈言一下缩回了手，又马上故意在赵林苏的后脑勺薅了一把："醒了不吱声？"

赵林苏转过了身，整张床都跟着他的动作"嘎吱嘎吱"地响。

沈言不由自主地往后退了退。

四目相对，他就这么眼睁睁地看着赵林苏头上又刷出了他的名字。

沈言心道，算了，习惯了。

"早。"赵林苏对他笑笑，声音有些沙哑。

"我去上厕所。"沈言直接翻身下床，去摸靠在一边的拐杖。

"用我帮忙吗？"

"不用！"

"我出去买早饭。"

"不用了，我点外卖吧。"

赵林苏在门口换鞋，穿好鞋起身拿了点狗粮："还是下去一趟吧，小狗还在等着吃早饭呢。"

沈言心想：别以为我不知道你在暗示什么。

对这种幼稚的语言攻击，沈言嗤之以鼻，不屑一顾，不跟赵林苏一般见识。

赵林苏喂狗归来，买了小区附近沈言很爱吃的煎饺，沈言闻到那个味儿就已经很开心了，迫不及待道："打包他们家的醋了吗？"

赵林苏把袋子放桌上："醋，还有红油辣椒。"

沈言两眼放光："兄弟，你懂我！"

赵林苏哂笑一声："懂你还是懂煎饺？"

"都懂、都懂。"

沈言拄着拐杖坐下："快来享受这一刻。"

煎饺还是烫的，底下金黄酥脆，上面黑白芝麻香得扑鼻，一口咬下去，鲜美的肉汁四溢。沈言边吃边感叹："还是这家好吃，用的猪肉特别好。"

赵林苏边吃边摇头："本是同根生，相煎何太急。"

沈言哼笑着斜他一眼："别以为我脚崴了就提不动刀啊。"

两人边吃边聊，吃完了，沈言这位"残障人士"被赶回房间休息，赵林苏在外面收拾打扫。

沈言回到房间，在椅子上坐下来，把脚搁在沙发上，背靠着椅子，闲适舒服地转动着。

那股别扭劲终于在他心里彻底过去了。

就那样呗，也没什么。

反正两人的关系还是老样子，铁，很铁。

沈言大声道："打扫完了吗？"

没一会儿，赵林苏趿着拖鞋过来了："干吗？"

"看动画？"

赵林苏笑了笑："说清楚了，哪种动画？"

"正常的！"沈言也忍不住，不好意思地笑了笑："想什么呢你。"

"谁知道对你来说什么是正常的。"

赵林苏靠在门边："什么动画？"

"不知道，一块儿看呗，来审判一下 9 月新上的动画。论文你都发了，还不犒劳犒劳自己？"

赵林苏放下手上的活，过来坐在沙发上："9 月有什么新动画？"

沈言如数家珍地跟赵林苏盘点。

这是他俩从小学时开始的共同爱好，就是喜欢看动漫。

他还好，本来兴趣就很广泛，赵林苏的形象比较"高冷"孤傲，一般人应该很难想象这货其实也喜欢看动漫，最喜欢看的还是哆啦 A 梦这种全年龄向的。

不光是日本动漫，欧美的那些动画大电影，包括国产的这些，沈言和赵林苏也都没少看，大部分都是沈言带着赵林苏看，他觉得赵林苏不是不喜欢，而是拉不下那张脸，沈言体谅他有"偶像包袱"，并不拆穿。

两人一块儿筛选了半天，结果一部都看不下去。

"现在动画质量也太差了，没一部好看的。"沈言摇头叹气。

赵林苏道："确定是质量问题，不是题材问题？"

"题材？你是说异世界题材的太多了？"赵林苏看向他，眼神很意味深长。

"我再重申一次，"沈言举起左手两指，"我那天真的是手滑发错了，我这个人不爱看那些，谢谢。"

赵林苏挑眉："人要勇于面对内心真实的声音。"

沈言刚想再争论几句，对上赵林苏那双明亮的凤眼，不知怎么话到嘴边还是憋了回去，转过头重新看向电脑，生硬地转移了话题："动画不好看，还是打游戏吧。"

"打什么游戏？"赵林苏道。

沈言暗暗松了口气，转脸道："排位，我带你上分。"

"你自己玩吧，"赵林苏站起身，"我去再改改论文。"

下午，沈慎终于赶了回来，他对赵林苏的帮忙表示十分感谢。

赵林苏道："没事，慎哥，我跟沈言是朋友，他受伤，我照顾他也是应该的。"

沈慎拍了下赵林苏的肩膀："远亲不如近友，言言有你这么好的朋友真是他的福气。"

赵林苏笑了笑："沈言在屋里睡午觉，"他提了包挂在肩上，"昨晚他应该没睡好。"

"是吗？他是不是疼得厉害？"

"可能有点。"

"那我进去看看他。林苏，辛苦你了，这次走得太急了，也没买什么东西……"

"慎哥，"赵林苏直接打断了他，"我先回去了。"

"好，好，那我就不送了。"

沈慎心系爱弟，跟赵林苏打了招呼后赶紧冲进沈言的卧室。

"醒啦？"

沈慎一开门就发现沈言在床上坐着。

沈言对沈慎笑了笑："刚醒。"

"你可急死我了。"

沈慎连忙在床边坐下,想伸手碰沈言的脚又不敢:"还疼得厉害吗?"

"不疼,"沈言道,"真不疼,不信你看看,就稍微有点肿。"

"算了吧,你就先这么躺着,"沈慎轻摸了下他的小腿,还是没敢碰伤处,"还好有赵林苏陪你,要不然我还真放不下心。"

沈言笑了笑。是发自内心的笑容。

"嗯。"

有亲哥护理,沈言在家被照顾得更加细心周到,除了上厕所,他哥压根就不允许他下床,彻底被当成了一个废人。

沈言哭笑不得,但又不敢忤逆,只能躺在床上等周一。

sy:"到了吗?"

林子:"1。"

沈言心平气和地打字。

sy:"昨天和今天,谢了。"

sy:"给您点了个外卖。"

林子:"什么?"

sy:"豪华至尊比萨。"

林子:"可以。"

sy:"还有十分钟到。"

林子:"OK。"

沈言收起手机,摸了床头的书,翻了两页又想起了什么。

sy:"论文我还没看完。"

林子:"发你邮箱。"

sy:"谢谢、谢谢,我再瞻仰瞻仰。"

赵林苏的论文写得确实很有水平,英文很流畅,用词精准又不冷僻,读起来竟然不艰涩。

沈言看完之后觉得很佩服。

怪不得这人要跑到美国去交流,肯定背后也下了不少功夫。

当年赵林苏刚转进他们学校时就是那样,表面看上去好像只不过半个学期的时间就从文盲逆袭成为学霸,轻轻松松科科满分。

实际来说,赵林苏课后在他们家很努力地补习功课,学起来简直废寝忘食。

天才是一回事,努力也是真的努力。

沈言能跟赵林苏成为朋友,不仅是因为同情这个小野人在学校里格格不入什么都不懂,更重要的是因为他很佩服赵林苏那股劲,那段时间他自己也被赵林苏鼓舞到了,期中考试也考了个全科满分。他哥高兴坏了,为他和赵林苏买了蛋糕庆祝。

那居然是赵林苏第一次吃蛋糕,面对着花里胡哨的奶油蛋糕,赵林苏那张嘲讽脸上竟出现了有点好奇的表情。

"你过生日从来不吃蛋糕吗?"沈言问道。

"不吃,"赵林苏说,"一定要吃吗?"

"也不是一定要吃……"沈言又觉得赵林苏可怜了,"那今年生日我请你吃蛋糕吧。"

赵林苏一脸无所谓:"随便。"

沈言觉得赵林苏这嘴硬的样子看上去更可怜了。

后来沈言才知道,这家伙过生日是不吃蛋糕的,他吃的那都是纯天然、无污染的顶级食材做出的"满汉全席"。

可怜个啥!

沈言看完了整篇论文,给赵林苏发了个"哥们真牛"的表情包。

赵林苏给他把这个表情还了回来,附带了一张比萨照。

沈言笑了笑,收起手机往枕头下一塞。

帅是帅了,沈言也为此当了两周的"弱男子",挂着拐杖上学,在院系里也得到了众人的注目礼,帅中带着点悲壮,一举霸占了本院热搜,走到哪儿都能吸引一大堆人的视线,还好身边还有赵林苏和朱宁波挡挡,要不沈言真受不了。

脚伤恢复之后马上就是运动会、国庆二连击。

运动会提前跑路的人数不胜数,沈言因为在预热的篮球赛上露了脸,被学生会硬拉去举牌。沈言后悔不迭,又不好意思拒绝,上去被众人的目光洗礼一圈之后,他也抓紧时间溜了。

特别夸张的是他走的时候还有一堆人上来要跟他合影。拍了几张照片之后，沈言果断撤退。

朱宁波早在昨天一早就坐飞机回老家去了，赵林苏也是，走得比朱宁波还快，飞回老家去看家里的老人了。

沈言觉得他哥平常上班就够辛苦的了，国庆好好在家躺几天来得比较实惠，他也不想出去玩，到处都是人，没什么意思，寒假比国庆假期好玩多了。

于是兄弟俩整个国庆期间就在家过着醉生梦死的日子，睡则昏天暗地不分昼夜，醒则游戏外卖看电视剧，实在是好不快活。

国庆假期后开学第一天，沈言刚到学校就得知他们学院的热搜换了，他已经被强势挤下热搜榜一。

赵林苏和朱宁波都还没来，沈言放下包，先把两人的位置留好，诧异道："真的吗？"

班上的团支部书记邪魅一笑："我从不骗帅哥。"

沈言："……"

"刚开学才一个月就又停课？为什么？"

"不知道啊，"班里的团支部书记耸肩，"反正辅导员让我这么通知。"

"停多久？不会影响我们修学分吧？"沈言很现实地发问。

"应该不会，学校肯定会尽快安排其他老师来代课的。"

"代课？梁教授不教课了？他……转行政了？"

"也不是……"

团支书压低了声音，示意沈言附耳过去。

沈言靠过去。

"听说是停职了。"

梁客青停职了？！

沈言更诧异了："停职？为什么？"

"谁知道呢，反正现在传言有好几个版本。"

"说来听听。"

"有韩剧版的，说梁教授得了什么不知名的绝症；有泰剧版的，说梁教授勾引了院里大牛的对象，得罪人了；还有美剧版的，梁教授玩权力的游戏，斗争站队上位失败。看你信哪个了。"

沈言久久无语，缓缓道："有没有国产版的？"

"有。"

"愿闻其详。"

"混不上职称，另谋出路去了。"

沈言对各个版本都不太相信，遂前往本院八卦群"吃瓜"。

果然，群众才是传播信息的主力军。

群里的信息量就大多了，而且一会儿一个版本，信息"唰唰"往上跳，看来广大群众对魔鬼教授的"瓜"都很感兴趣。

传言这种东西往往是越传越妖魔化，沈言一开始还觉得挺有意思，看着看着就忍不住皱起了眉头。

梁客青跟女学生谈恋爱？

沈言嘴角抽搐。

梁客青不是出了名地对学生很冷淡，私下里完全不喜欢接触学生吗？

梁客青真的会跟学生发生点什么吗？他还是不太相信。

"沈言——"

朱宁波一副风尘仆仆的模样出现在了教室门口，书包、提包，还拖了个行李箱，很费劲地冲沈言挥手。

沈言连忙过去帮忙："才来？"

"是呀，"朱宁波喜气洋洋的，"早上的机票，刚到。我给你和赵林苏带了好多吃的。"

"谢谢，谢谢，"沈言忙不迭地道谢，拖着他的行李箱往里走，"晚上我们请客，给你接风。"

"哟，波儿来了。"

有人拿着水杯出来，对着朱宁波笑道："精神不错啊，果然人逢喜事精神爽。"

朱宁波一头雾水，也笑呵呵地打了招呼，转头问沈言："喜事？什么喜事？"

"坐下说。"

朱宁波东西多，沈言帮他把行李箱先放在了教室后面，卡着点来上课的同学不止朱宁波一个，教室后面已经放了不少行李。

"什么喜事？"

朱宁波在位置上坐下，把书包从肩膀上放下，眼睛亮闪闪的。

沈言不知道这对朱宁波来说是不是喜事。

今天朱宁波头上还挺"干净"。想来风尘仆仆地坐飞机赶路，应该也没精力去想别的吧。

沈言犹犹豫豫的，不知道该不该说，视线游移之间，跟正从教室门口进来的赵林苏对上了眼。

这人是真有精力。

"这里——"朱宁波用力挥手。

沈言满脸淡定，就当是赵林苏对他这个挚友的想念了。

赵林苏轻装简从，手里就拎了个包。

沈言打了个招呼："来了。"

"早。"

朱宁波道："开车了吗？我给你和沈言带了吃的。"

"开了，"赵林苏在座位上坐下，"谢谢。"

朱宁波嘿嘿一笑，又看向沈言："沈言，到底什么喜事啊？"

"喜事？"

赵林苏也看向了沈言。

被两个人一块儿盯着，沈言一下压力巨大："也不算喜事吧……"

前面团支部书记听了老半天，此时转过来插话："对你俩不算什么喜事，对朱宁波来说，这绝对算喜事了。"

听了这话，朱宁波更好奇了："对我来说是喜事？"

"对啊。"

团支部书记再次神神秘秘，示意朱宁波附耳过去。

沈言胳膊被碰了碰，他转过脸，赵林苏用眼神询问他。

沈言也只好低下头靠过去，压低了声音说道："梁教授停课了。"

"为什么？"

朱宁波的声音很大，把整个教室里学生的目光都吸引了过来。

沈言可不想再上热搜，连忙拉了拉朱宁波的衣袖。

朱宁波转过脸，脸上的表情似曾相识。

沈言刚发现自己一开始就是这个表情。

震惊、不解、痛苦、悲伤……

等等，朱宁波的表情很悲伤？

朱宁波何止是悲伤，简直急得不得了，浓眉大眼全皱在了一块儿，他也意识到自己太失态了，忙将声音放低："沈言，是真的吗？梁教授真的停职了？他不教我们了吗？"

"还没这个说法，"沈言实事求是道，"只是停课，刚开学的时候梁教授不就停过课嘛。"

"停课……那为什么突然又停课了呢？中途停课……是梁教授出了什么事吗？"

前排团支部书记忍不住又插了句嘴："朱宁波，没想到你还挺关心梁教授的，我还以为你会很开心呢。"

朱宁波没接话，焦急又认真地看着沈言。

沈言只好说道："现在还不知道到底为什么，张教授来了——先上课吧。"

朱宁波怔了好一会儿，才慢慢转过去坐直了。整个人看上去失魂落魄的。

沈言心想，这可不是个开心的样子啊……他边思索着边转过脸，和身边的另一道视线对上。

人跟人之间是不同的，不能一概而论！

赵林苏指了指桌上的手机。

沈言心领神会，火速打开微信。

林子："梁客青停职了。"

sy："什么？"

sy："真停职了？"

sy："你怎么知道？"

sy："消息可靠吗？"

林子："转发'相亲相爱一家人'聊天记录。"

沈言："……"

哦，他差点忘了，本校是赵林苏他们家三代人的母校，他肯定有人脉。

林慧："梁客青是不是林苏学院里的教授？"

赵天成："是。"

林慧："怎么停职了？"

赵天成："是因为他私人的问题，还是不要讨论了。"

私人问题？

沈言震惊了，难道梁客青真的跟学生谈恋爱了？

这可是失德的重大丑闻。

沈言急急地打字。

sy："梁客青真的跟学生谈恋爱？"

林子："没有。"

沈言大大地松了口气。

如果梁客青真的"塌房"了，他想朱宁波肯定受不了。

今天朱宁波的表现也证明了一点，对梁客青的停职，朱宁波并不开心。

sy："你知道梁客青为什么停职吗？"

林子："具体原因不清楚，只知道他是自己主动要求停职的。"

沈言很迷惑。

梁客青这个操作，属实是让他看不懂了。

除非是真的另谋出路去了？否则他不理解有哪个教授会主动离开他们学校这么好的平台。

沈言放下手机，又用余光悄悄看了朱宁波一眼。

朱宁波还是那副丢了魂的样子。

梁客青停课这事，对朱宁波的冲击有那么大吗？

"沈言，"一下课，朱宁波立刻就拉住了沈言的胳膊，求救般说道，"到底怎么回事？"

"出去说吧。"沈言看向赵林苏，赵林苏道，"去我车上说。"

沈言看朱宁波一副路都快不会走的样子，赶紧又给赵林苏使了个眼色，两人去教室后面帮朱宁波拿上了行李，沈言过去拉住朱宁波的胳膊："走，去停车场。"

停车场里的车停得很满，赵林苏把车停在了树荫下。

"开后备厢。"

"已经满了。"

沈言只能把朱宁波的行李箱横在了前座："放这儿没事吧？"

"没事，放吧。"

三人坐在了车里，赵林苏跟行李箱坐一块儿，沈言在后座"招魂"。

"波儿，醒醒。"

朱宁波晕头转向，坐在车里稍稍镇定后说道："沈言，梁教授该不会真的停职了吧？"

沈言看向前排。

赵林苏手搭着方向盘，在后视镜里跟他对视了一下，用眼神回答了沈言："说吧。"

沈言道："应该是的。"

朱宁波目光呆滞了一会儿，喃喃道："为什么？"

"不清楚，"内部消息内部分享，沈言道，"梁教授是自请停职的，应该没什么大事。"

"自请停职？"

沈言将下巴往前排扬了扬："内部消息，请勿外传。"

朱宁波这才想起来赵林苏"学三代"的身份，忙往前探身道："到底是怎么回事？梁教授为什么自请停职？能告诉我吗？"

赵林苏道："我知道的已经全告诉沈言了。"

朱宁波用手扒着车座半晌一动不动，末了慢慢点头："谢谢，我知道了。"

朱宁波推开门下车，还不忘打开行李箱给赵林苏和沈言分吃的。赵林苏也从后备厢里拿了盒东西给朱宁波。

"谢谢。"

"波儿，我们送你回寝室吧，晚上一块儿吃饭？我请客。"

朱宁波摇摇头："不用了，我有点累。"

沈言只能目送朱宁波拖着行李箱垂头丧气地离开。

这小子，还从来没见过他这么沮丧。

以前在宿舍里受欺负时还整天逆来顺受满面笑容的，导致沈言一开始压根就没发现这货一直在受欺压。

沈言手插着口袋，眉头微微皱起，若有所思地望着朱宁波离开的方向。

"他对梁客青的停职并不开心。"身边的赵林苏淡淡道。

沈言心中立刻拉响了警报："是、是吗？好像是有点，他反应有点过度。"

赵林苏转过身拉开车门："他想读梁客青的研究生？"

这是他从未想过的可能性。

"你这么说好像有点道理，"沈言边系安全带边道，"波儿跟梁教授在学习上的确是交情很深。"

客观来说，朱宁波的确是学生当中和梁客青私交算多的了——一年补考两次的关系。

赵林苏发动汽车后瞟了沈言一眼："不然呢？"

沈言："……"

国庆放假的这几天，沈言跟赵林苏聊得不多。

还是老样子，有事说事，说完了正事有闲心就互相损两句，不然就对话到此结束，谁也不会觉得尴尬。

这种自在的朋友关系，让沈言觉得很舒服。

沈言伸了伸懒腰："小苏苏，我刚刚看到后备厢里很多好东西哦。"

"喂狗的。"

别太嘴硬。

沈言"哼"了一声，不抬杠，直接说道："谢谢啦。"拿起手机点进微信群，想继续看看有没有什么内幕消息，刚划了两下，他马上伸手按住了准备发动车的赵林苏，"先别开车，朱宁波跟人打起来了！"

沈言边看手机边下车甩上车门，回头道："我过去看看。"

赵林苏也从另一边下了车："一块儿去。"

停车场离宿舍楼不远，沈言和赵林苏几分钟就赶到了宿舍，在楼下就看到了三楼走廊里乌泱泱的全是人。

沈言喊了一声，直接往楼上冲。

楼梯上早就挤满了看戏的人，沈言扒拉开人群使劲往里挤："借过，不好意思，借过……"

在大学里，打架是件新鲜事，众人围观之余，不由得啧啧称奇。沈言挤进人群，一眼就看到朱宁波正单手揪着一个人的领子把他往水池里摁。

这是要疯。

沈言大步流星地上去拉人："朱宁波！"

"道歉。"

沈言靠近了才听到朱宁波的哭腔。

"请你道歉。"

"朱宁波，你神经病吧，我道什么歉？"

沈言认得这个人的声音，是他们大一时同宿舍的。

"朱宁波，"沈言又拉了下朱宁波的胳膊，"有话好好说，别冲动。"

朱宁波一向是个老实人，因为脾气软，即使长得大块头也没什么威慑性，像个外强中干的角色，沈言却是都拉不动他。

赵林苏也过来了。两人一左一右地拉住朱宁波的胳膊，这才将人拉开。

朱宁波被他们拉开之后也泄了力，软绵绵地要倒下去，还在重复着："你道歉……"

"我道什么歉！"

沈言抬眼，目光凌厉地扫过去："张秦，你少说两句。"

张秦直接梦回两年前大一的时候。

想起那时跟这个人有矛盾，不仅没讨到好处还碰了不少软钉子，张秦冷哼了一声："物以类聚。"拉了拉T恤转身走了。

"都散了吧，"沈言扶住朱宁波，对周围的人说，"没什么好看的。"

沈言放了手，给了赵林苏一个眼神。

两人是十多年的朋友，赵林苏马上就领会了他的意思，先搀着朱宁波回宿舍了。沈言像赶鸭子一样把围观的人都赶走了，拾起扔在地上的包，拉上行李箱，向他俩追去。

朱宁波宿舍没人。

"怎么回事？"沈言进屋把门直接反锁了。

朱宁波被扶着坐到了椅子上，人像是还没回过神，胸腔剧烈起伏着，呼吸急促中带着一点难忍的哽咽。

没一会儿，宿舍门被敲响，连敲了三下，很响。

"开门！"

沈言一下听出是他们辅导员的声音，马上开了门。

"计老师，"沈言直接热情微笑，"您怎么来了？"

辅导员跟沈言挺熟，大一的时候沈言曾经为班级鞍前马后不求回报地付出，给他省了不少事，最后也只是要求换个宿舍。难得的是沈言达成目的后，还是很乐意做事，辅导员对他的印象一直不错。

"朱宁波呢？长能耐了啊，大三跟同学打架！"

"谁说打架了？肯定是误传，就是起了点小口角，问题已经解决了。"沈言满脸真诚，"我们院一向是特别遵守纪律的示范院，怎么会出现打架斗殴性质这么严重的事呢？计老师，这肯定是误传，该不会有人故意胡说，想给咱们院扣帽子吧。"

辅导员盯着沈言那张无辜的脸，拍了下他的肩膀："你小子，"然后眼睛往里一瞟，叮嘱道，"别闹事，对谁都没好处。"

沈言压低了声音，表明他跟辅导员是一条阵线："您放心，绝对没事。"

辅导员走了，沈言松了口气关上门，他也不怕张秦去搬弄是非，大三了，马上快要实习，谁都不想再惹一身骚。

沈言拉了凳子在朱宁波对面坐下："到底怎么了？"

朱宁波低着头一声不吭。

"张秦又嘴贱了？"

沈言这个人有一个不是毛病的毛病，他护短。

朱宁波的为人他清楚，别人欺负上来都没什么反应，更不要说他会主动去惹别人了。

沈言抬脸看向赵林苏。

赵林苏："是因为梁教授？"

哇，老铁，你怎么知道还有这条支线？

沈言看向朱宁波。

朱宁波果然有反应了，他抖了抖肩膀，抬起脸，双眼红红地说道："梁教授他不是那种人。"

说来也可笑，梁客青在院里一手遮天，朱宁波被梁客青收拾得死去活来，除了沈言和赵林苏会想尽办法帮朱宁波一把，其他人都在看戏。梁客青停职了，那些人却一个个都冒出来恭喜朱宁波，好像跟朱宁波同仇敌忾似的。

张秦就是其中之一。

"朱宁波，梁客青停职了，这下你可算熬出头了。"

朱宁波尴尬地笑笑，没说话，这种话他听了一路，觉得无奈又不舒服，只能默默忍受。

"我就说，梁客青就是区别对待，你看他，对我们男生要求那么苛刻，对女生态度多好，那就是一色狼。"张秦笑得很猥琐。

朱宁波炸了。

"你听他放屁！"沈言按住朱宁波的肩膀，"梁教授对男女同学从来都是一视同仁，唐怡都挂过他的科！"

朱宁波泪眼婆娑地抬头："唐怡是谁？"

沈言回答道："一个学姐，很优秀的学姐，梁教授那时候刚调来，下手非常狠，挂科的不知道有多少人，哪分什么男女。"

朱宁波点点头，带着哭腔坚定道："我知道，梁教授绝对不是那样的人。"

"好了，别哭了，你也太冲动了，你打他干吗呢？万一背上个处分，毕业的时候多麻烦，你听得不舒服，你告诉我，我出主意帮你阴他啊。"

朱宁波的眼泪掉得更凶了，一头扎进了沈言怀里。

沈言猝不及防地被大块头给搂住了，他向后仰了仰，尴尬地轻轻拍了朱宁波肩膀两下："好了，别哭了。"眼角不住地向赵林苏示意，让他把人拉开。

赵林苏盘着手，对他挑了挑眉。

信号接收失败，沈言只能由着朱宁波哭了个痛快，然后才把人劝进卫生间洗脸冷静。

带上洗手间的门，沈言松了口气，回头发现赵林苏正冲他笑，那笑容的含义，沈言马上懂了。

"我就是拿唐怡举个例子。"

沈言抬手摸摸自己的头发，语气很理直气壮。

赵林苏笑了一声，放下手道："我又没说什么。"

沈言斜了他一眼，干脆破罐子破摔："对对对，我还惦记她，下个月我就去巴厘岛抢婚，行了吧？"

"不错，勇气可嘉，"赵林苏淡笑道，"值得再上一次学院头条。"

沈言："……"

朱宁波洗了脸出来，看样子心情也平复了："对不起，沈言，今天是我冲动了，又害你给我善后。"

"我又没做什么，"沈言道，"梁教授停职了，风言风语肯定会有，你最好别放在心上。"

朱宁波点了点头："嗯。"

"张秦要是还跟你过不去，你再跟我说。"

"不会的，我不理他。"

"这就对了，波儿，"沈言看他已经冷静下来，语气也放松了，"我们不可能生活在没有蠢货的世界里，看开点，只要记住别被拉入蠢货的领域就行。"

朱宁波又点点头："耽误你们时间了，快回去吧。"

"还回什么回，"沈言回头看向赵林苏，"反正都这样了，不如出去给波儿接个风，去去晦气？"

出校门的路上，朱宁波受到了许多注目礼，他后知后觉地感到丢人，努力地缩着头走路。

沈言注意到了他，伸手拍了下他的背："别太自恋，他们看的是我。"

朱宁波感激地瞄了他一眼。

沈言撩了下头发："帅，是无法掩藏的。"

旁边的赵林苏笑了一声。

沈言转过脸："你对我的帅有意见？"

赵林苏慢悠悠地说："不敢。"

切，什么态度。

学校附近有个烤肉店还不错，三人到时，时间还早，还有包厢。

沈言坐下就先说道："这顿我请，谁也别跟我抢。"

朱宁波道："不好吧，上次也是你请……"

"上次？不记得了，肯定有原因，"沈言扫了桌边的点菜码，"这次你们俩给我带了那么多好吃的，我这个本地人没什么可回报的，就让我请吧。"

"让他请。"赵林苏倒水洗杯子,"大明星钱多。"

沈言发誓,他总有一天会找机会嘲笑回来。

沈言的视线在赵林苏身上一扫而过,心想要是他说出这件事,怕是赵林苏会尴尬得直接原地爆炸,然后把身边的他也炸成灰。

力的作用是相互的,还是算了。

烤肉吃了一轮,朱宁波才彻底放松下来,他一放松就忍不住检讨自己。

"我刚才是不是太冲动了?

"我真不该打他。

"可是他这么说梁教授,真的太过分了。"

沈言喝了口苹果汽水,忽然想到这是个很好的契机,可以试探一下朱宁波到底是怎么看待梁客青的。

他抬起眼皮,视线悄然扫向对面的赵林苏。

赵林苏吃得不多,吃相也很斯文,和他幼年时期的野人形象相去甚远。

沈言心想,这何尝不是另一种变异呢。

"别说他们,"沈言试探道,"连我都以为你跟梁教授不对付,没想到你会这么在意别人说梁教授的不是。"

朱宁波放下筷子,小声道:"梁教授很好很优秀。"

"确实,"沈言夹了块牛肉,"他学术水平确实可以。"

朱宁波低着头没接话。

沈言的目光在他身上游移着审视着,然后猝不及防地又被赵林苏给逮住了。

赵林苏看他的目光若有所思,似乎也在思考什么。

沈言马上给他俩一人夹了一块肉:"点了好多呢,多吃点。"

还附赠一个灿烂无害的笑容。

吃完饭结账,朱宁波还要抢单,沈言还没来得及拦就被赵林苏先给拦住了:"他一个人吃了三个人的量,少数服从多数吧。"

沈言:"……"

结完账,沈言想送朱宁波回去,朱宁波坚决拒绝:"我已经没事了,沈言,赵林苏,今天谢谢你们。"

"谢什么,都是朋友,怪见外的。"

沈言拍了拍朱宁波的胳膊："回去时万一碰上张秦别跟他吵。"

"好。"

朱宁波走了，沈言跟赵林苏去街边取车。

10月份，夜晚比夏天时来得要稍早一些，晚风清凉地吹拂着，沈言吃得很撑，惬意地微微仰起脸。

好舒服。

跟好友一起吃完心满意足的一餐后回家，到家洗个澡，再打两把游戏，完美。

"你刚才问朱宁波时，好像话里有话？"

冷不丁地，赵林苏忽然发问。

沈言眯着眼正在享受饭后脑子晕乎乎的那种感觉，猝不及防地差点被问得脑子短路，愣了不知道多久后，他才回道："没有啊，我就是随便问问。"

"是吗？"

沈言道："好奇嘛，你不好奇吗？梁教授对他那么狠，他对梁教授还挺维护的。"沈言慢慢反应过来了，"哎呀，刚才都忘了问他了，他是不是私下里真的跟梁教授提过要读他的研究生啊？"

"大概吧。"

赵林苏好像是失去了对这个话题的兴趣，没有再继续追问下去。

沈言在心里悄悄松了口气。

可千万别让赵林苏看出什么，要是赵林苏发现了他的超能力，后果不堪设想。

大概率这段友谊会以两个人的尴尬而告终。这可不是沈言想看到的。

车后备厢里是一箱一箱的瓜果蔬菜、干果熏肉，沈言先跑了两趟，把箱子堆在电梯前，跑了三趟才算完成任务。

"这么多，替我谢谢两位大教授，"沈言搬起最后两个箱子，"你记得有空来家里蹭饭啊。"

赵林苏拉下后备厢："慎哥最近不忙？"

"忙啊，可以我来做嘛。"

"那算了。"

沈言："……"

他的手艺虽然比不上他哥，但也算能吃好不好，山猪吃不来细糠，不吃拉倒。

沈言搬着箱子往里走，又被赵林苏叫住。

赵林苏倚在车窗边道："下面那箱，给狗吃的。"

沈言："真的假的？！"

赵林苏收回手，对他一笑，边发动车边道："假的。"

汽车绝尘而去，沈言把箱子放下翻开看。

下头那箱是肉干，上面标注了"无油无盐无糖"。

沈言轻轻一笑，对着车离开的方向竖了根中指，抱起箱子往楼道里走去："小狗，快来，你兄弟给你带好吃的了。"

沈言原本以为梁客青停职这事议论一阵也就过去了，不知道是最近大家都太无聊，还是梁客青之前太招人恨了，有关梁客青的风言风语一直就没停过。

沈言担心朱宁波再冲动，有事没事就劝他两句。朱宁波表示他不会再跟别人为了这件事起冲突了。

学院临时抽调了别的老师来代课，朱宁波也终于不再是课上那个被频频点名又每每说不出话来的专业垫底选手，教授们上完课就走，压根不提问、不点名。

这样上了几天课之后，朱宁波肉眼可见地消沉了，人都瘦了一圈。

沈言撑着脸缓缓摇头："你看他，魂都飞了。"

赵林苏把刚打的饭放下，扭头看向排队的人群。

朱宁波人高马大的，在打饭的队伍里自然十分显眼，现在弓腰驼背的，看上去很没精神。

这两天朱宁波一直是这样，上课走神，下课发愣，有好几回要不是沈言叫他，他都不知道下课了。

"朱宁波。"沈言站起身。

朱宁波和前面打饭的人撞了个满怀，身上的 T 恤将鱼香肉丝吃了个饱。

"对不起，你没事吧？"

"没事，没事。"

朱宁波被撞了，人也还是没什么反应，像游魂一样掏卡："我赔你钱，帮你再打一份。"

"呃，同学，你这是公交卡。"

"哦……多少钱?"

沈言过去把朱宁波手里的公交卡拿走,对那同学道:"不好意思同学,他有点不舒服,我去帮你重新打份饭。"

"不用了,我自己去吧。"

"真对不起。"

沈言道着歉把人送走,拉着朱宁波回去。

朱宁波坐下后,才回过神发觉自己两手空空,愣愣地看向沈言:"我饭卡呢?"

沈言无语地把公交卡还给他。

朱宁波:"这是公交卡啊。"

沈言心想:废话,你还知道这是公交卡!

"我去帮他打饭,"沈言对赵林苏说,"你看着他点。"

"我自己去吧……"

朱宁波刚要站起身,就被对面的赵林苏用手势阻止了:"坐下。"

沈言火速地打了饭回来:"两荤一素,凑合着吃。"

朱宁波道了声谢,拿起筷子开始眼神涣散地数米粒。

沈言在一旁看得直皱眉。

"挂个号吧。"赵林苏低着头喝了口汤,淡淡道。

沈言道:"挂哪科?"

"国际金融。"

一直走神的朱宁波回了魂,双眼直勾勾地看着赵林苏。

赵林苏头也不抬地吃饭,沈言则是低下头边吃边摇头。

"赵林苏……"朱宁波声音可怜巴巴的。

"吃饭。"

朱宁波又扭头:"沈言……"

"吃菜。"

三人结伴回了朱宁波的宿舍,朱宁波的室友还没回来,沈言和赵林苏站在窗边,一人一边。

沈言抱臂,俯视着缩在椅子里无精打采的朱宁波。

"朱宁波,你……"沈言斟酌了一下用词,"其实你很崇拜梁客青,是不是?"

朱宁波缓缓点头。

"梁客青停职了，你很难受。"

朱宁波再次点头。

"再难受你的日子也得过吧？"

没反应了。

沈言看向赵林苏，赵林苏对他一挑眉。

沈言心想：又来这套，装什么酷，老子也挑眉。

两人对着挑了下眉。

沈言勾了勾手指。

赵林苏又挑了下眉。

不想再这么玩下去，沈言直接上手把他的肩膀拉过来、转过去，面对着窗外压低了声音说道："你看他这症状，过两天会不会好转？"

"难说。"

"那怎么办？"

赵林苏转过脸来看他。

沈言镇定地回看过去。

"我应该能打听到梁客青的住址。"

"梁教授住哪里？"

这不是沈言问的。

朱宁波不知道什么时候趴到了两人身上，毛茸茸的脑袋挤到了两个人中间，眼睛里可算重新有光了，看得沈言心中直呼医学奇迹。

"这样是不是不大好，很打扰梁教授吧？"

光又熄灭了。

"还好，很多教授的住址本来就是公开的，学生上门请教的也不少。"

光又亮起来了。

"可是梁教授已经停职了。"

沈言看朱宁波那双眼中的光跟灯泡线路短路似的，一会儿暗一会儿亮，实在是觉得又好笑又可怜，决定还是不逗他了。

"朱宁波，你是不是真的很想再见梁教授一面？"

朱宁波用力地点头，诚恳地说："我真的很崇拜梁教授，就算他不教我们了，我也想好好跟他道个别。"

沈言将两手插回口袋："怎么说，苏哥？"

"周末吧。"

"听到了，"沈言对朱宁波说，"放心了？"

朱宁波用力点头，满面红光："谢谢你们！"

两人一块儿离开了朱宁波的寝室，沈言问赵林苏："你真能打听到？"

"嗯。"

"就知道你靠谱。"

赵林苏瞟了他一眼："你也崇拜我了？"

沈言嘴角抽了一下："对对对，崇拜，太崇拜了。"

这周剩下的那两天，朱宁波的精神亢奋得不行，跟之前那副蔫了吧唧的样子相比，完全是两个极端。

"沈言，你帮我看看。"朱宁波把自己的笔记本转过去放到沈言面前。

沈言目光扫过去。

"亲爱的梁教授：您好！我是……"

沈言："……"

"我给梁教授写了一封信，你帮我看看，我不太会说话，这是草稿，你看看还有哪儿需要改的，要是没问题了，我再拿信纸誊下来。"

沈言大脑死机了几秒，随即又镇定道："可以，没问题，我帮你看看。"

"你这算是找对人了，"身边的赵林苏说，"他最擅长写信。"

沈言斜了他一眼。

警告。

"是吗？我也觉得，沈言的表达能力特别强。"

沈言没理这俩人，认真地把朱宁波的信从头到尾看了一遍。他发现朱宁波这封信写得相当有正能量，谢师恩铭记过去教诲，表感谢展望美好未来，完全符合一个崇拜师长的学生的心理状态。

沈言情不自禁地又看向朱宁波。

朱宁波还在等他指点，满脸老实憨厚。

沈言抖了一下："写得挺好的，最重要的还是用心写了，不用改了。"

拍了拍朱宁波的肩膀，沈言心想：哥们，希望这次以后你能自觉改邪归正，阿弥陀佛。

朱宁波把笔记本拿回去，美滋滋地自言自语道："是吗？我写得好吗？梁教授真能读懂？"

沈言："……"

周末，三人在学校门口集合，赵林苏开车，沈言坐赵林苏的车来的，刚停车就看到朱宁波拿着个果篮站在学校门口，衬衣长裤小皮鞋，再加一条领带就可以去卖保险了。

沈言微微张嘴，朱宁波小跑过来，站在车窗外有些腼腆地拉了拉衬衣："沈言，我这么穿还行吧？"

沈言："……很正式。"

"是，去拜见梁教授嘛，是要正式一点，"朱宁波羞涩地摸了摸衬衣领口，"可惜我没有领带。"

"够了，这样就够了，上车吧。"沈言假笑道。

朱宁波显然很紧张，在车后座不停地摆弄衣服，抱着那个果篮，一口接一口地做着深呼吸。

"别太紧张，"沈言劝道，"严格来说，他现在已经不算我们的老师了。"

"嗯。"

沈言问赵林苏："梁教授到底住在哪儿？现在总可以说了吧。"

前两天他就问过赵林苏，赵林苏神神秘秘地不肯说，只说他已经打听到了。沈言论功行赏，每天给这厮早起带早饭，晚上点外卖，以表彰他对"铁三角"所作出的贡献，赵林苏一一笑纳，对沈言的赏赐做出了以下回复："不错，很好。"

沈言一笑置之，心想不跟你一般见识。

"到了就知道了。"

到了之后，沈言果然知道了。

梁客青竟然跟赵林苏住同一个小区！

沈言没忍住，咬牙切齿道："你是什么时候知道梁客青也住这儿的？"

"搬进这小区的第一天。"

沈言下车，朱宁波已经激动得发抖了，抓着沈言的胳膊说："沈言，梁教授真的就住在这儿吗？"

沈言没有回答，仰天轻叹。

"怎么了？"朱宁波看沈言表情不对，担心道。

沈言喃喃道："怕是梁教授……"

"进去吧。"赵林苏过来用手掌带了下沈言的后脑勺，沈言按住头，上去也给赵林苏来了一脚，赵林苏灵活闪躲，"过河拆桥？"

沈言说："少废话，把饭给我吐出来。"

两人一路"打"进电梯，朱宁波拎着果篮跟着他们，心里很羡慕。

沈言和赵林苏的关系真好，像这样可以打闹信任的亲密好友，朱宁波一个都没有，即使是沈言，朱宁波心里也很清楚，比起赵林苏，他更像个受照顾的小弟。

"有这么巧？梁教授就住在你家隔壁？"

沈言在门口换鞋。

赵林苏这个公寓他之前来过，赵林苏刚搬出来那两天，他就来给赵林苏"暖过房"。

家有黏人大哥，他倒是没在赵林苏家过过夜，也没发现梁教授就住在隔壁。

"学校的不少教授都住这儿。"

"随便坐。"赵林苏对朱宁波道。

朱宁波比沈言拘谨得多，拿着果篮提也不是，放也不是："好的，梁教授现在不在家吗？"

"他应该晚上回。"

朱宁波"哦"了一声，抱着果篮在沙发上坐下。

沈言对这里熟，钻进洗手间先去上了个厕所。

有一段时间没来赵林苏这儿了。这还是赵林苏回国之后他第一次来，从赵林苏出国的那两个月算起，加起来有三个多月没来这儿了。

还挺夸张的。

沈言很自然地顺便环顾了一眼洗手间。

这个洗手间不大，收拾得很干净整洁。这个人小时候那么不修边幅，成年后倒是爱起干净来了，毛巾雪白，水池上一点水垢都没有，跟家务能手沈慎打理的有的一拼。

"男士洁面乳……"

沈言巡视着台面上摆放的为数不多的几样东西。

洁面膏、剃须膏、牙膏、电动剃须刀、电动牙刷。

没了。

这人活得比他还糙，他还有个爽肤水呢。

沈言悄悄往淋浴房里瞄了一眼。

沐浴露、洗发水，没了。

沈言满意地点了点头。

这么看来，这个人总体来说问题不大。

"波儿，你放松点，"沈言盘腿坐在沙发上，熟练地拿了遥控器点播了一个新上线的喜剧电影，"还早呢。"

"哦，哦。"

朱宁波边说边用手背擦了擦头上的汗。

"汽水。"

沈言看也不看，抬手一把抓住抛过来的汽水。

赵林苏对朱宁波道："你呢？"

"水就行，我自己倒。"

朱宁波放下果篮起身，赵林苏已经把水倒好了递给他。

"温水。"

"谢谢，谢谢。"

沈言打开汽水喝了一口，膝盖往左边碰了碰赵林苏："这片子你看过没？"

"没有，"赵林苏在他身边坐下，也拿了瓶汽水打开，"刚上线的吧，还没来得及看。"

"评分还不错。"

沈言的手在空中抓了一把，给了赵林苏一个"哥们，你懂的"眼神。

赵林苏说道："自己去。"

沈言"切"了一声，起身去厨房的储藏柜里翻零食。

朱宁波拿着自己那杯温水，不无羡慕地看着沈言在厨房里的背影，他对赵林苏说："你们关系真好。"

赵林苏手里拿着一瓶桃子汽水，手腕垂落着微微晃动，汽水在玻璃瓶里荡漾，也看向了厨房。

他跟沈言的关系是很好。

沈言抱着一大堆零食回来："小赵，不是组织上批评你，买这么多吃的，有的都快过期了，勤俭持家懂不懂？来，波儿，我们一起做做好事，帮小赵消灭下库存。"

"不用了，我吃不下。"朱宁波紧张得连水都没喝一口。

沈言摇了摇头，自己先拆开了包薯片，给赵林苏递了过去："老板先吃。"

赵林苏拿了两片挥了挥手，沈言抱着薯片边吃边说："你这毛病得改，每次都只吃一点，太浪费了。"

沈言和赵林苏挺淡定，朱宁波就不是了，不管沈言怎么插科打诨，他都是一副反应不过来的样子，时不时地去门口看一眼楼道里电梯上来没有。

"电梯好像上来了。"朱宁波激动道。

沈言连忙过去跟朱宁波一块儿趴在门边看。

"哥们，别紧张啊。"沈言说。

"我……我很紧张。"朱宁波不争气地说道。

沈言心想：有这么夸张吗？

电梯一路往上，离他们所在的十二楼越来越近。

沈言本来不紧张的，现在被朱宁波搞得也有点紧张，他赶紧拍拍朱宁波的肩膀说："站好，站好，果篮呢？"

"在里面。"

"快去拿。"

两个人一阵手忙脚乱，沈言眼看电梯真的停在了十二楼，准备装作巧遇。

电梯门开了。

朱宁波提着果篮冲出来，一个不小心直接把沈言给撞了出去。

沈言及时转身贴在墙壁完成了紧急避险，朱宁波提着果篮冲了出来，憨厚的笑脸在看到从电梯里出来的两个人时凝固了。

上来的的确是梁客青，他怀里还搂着一个人。

沈言贴墙装死。

"咚"的一声，果篮砸在了地上，沈言的脚边滚来一个橙子。

"晚上好，梁教授。"赵林苏出来镇定地打了个招呼。

"晚上好。"梁客青看到三个学生也没什么太大的反应，面无表情地打过招呼之后就搂着人径直去了右边的套房。

听到关门声传来，沈言慢慢扭头。

朱宁波一副晴天霹雳生无可恋的凄惨表情。

沈言对着赵林苏使了个眼色。

赵林苏插着口袋过来。

沈言小声道："梁教授……这么放得开？"

"你说呢？"

"你什么时候知道的？"

"搬来这里的第一天。"

果篮里的水果撒了一地，沈言弯腰在地上捡，边捡边看朱宁波的脸色。

朱宁波脸色惨白。

落在地上的苹果磕破了一块儿，溅出许多汁水，赵林苏把苹果捡起来扔到沈言提着的篮子里："我进去拿拖把。"

"去吧。"沈言小声道。

看样子，刚才那一幕对朱宁波的冲击不小。

就是不知道是不是因为严肃师长形象的破灭。

沈言提着满目疮痍的果篮过去拍了下朱宁波的背："波儿？"

朱宁波双眼呆滞，魂从嘴里飞了出来，被沈言一拍就软绵绵滴溜溜地转了一圈。

哥们儿，有点夸张了啊。

赵林苏拎着拖把出来，指挥道："把人弄进去。"

沈言默默架起朱宁波的胳膊，把人扶到沙发上坐下。

朱宁波整个人仿佛脱了力一样直接躺了下去，脚还抽动了一下，活像中了一枪。

沈言摇了摇头，从果篮里拿了根香蕉。还好，香蕉没摔烂。

赵林苏提着拖把进来，沈言吃完了香蕉，正在削那个摔烂的苹果。

"人还好吗？"赵林苏道。

"你说呢？"

沈言终于有机会把这三个字反击回去，他的心情却并不轻松。

刚才赵林苏的态度也太镇定了，即使是他，刚刚也被吓了一大跳。

主要是那个画面的冲击感太强了。

那个画面大概也就持续了零点一秒，但它依然深深地刻在了沈言的脑海中。

沈言打了个激灵，狠狠啃了几口苹果。

联想？联想什么！

赵林苏放好拖把从阳台进来的时候，沈言正叼着苹果猛搓手臂上的鸡皮疙瘩。

"至于吗？"赵林苏淡淡道。

沈言嘴里叼着苹果说不出话，跟赵林苏对视一眼之后，才慢慢停下了动作，拿出嘴里的苹果又咬了一口，说道："呃，还好。"

看上去很尴尬，也很勉强。

"怎么样，用打120吗？"赵林苏扬了扬下巴。

朱宁波四肢瘫软地躺在沙发上，显然还没缓过神。

"算了，"沈言瞟了朱宁波一眼，"没救了。"

朱宁波依旧一动不动。

沈言没想到朱宁波的反应会这么大。不至于这样一副快死的样子吧？

沈言吃完了苹果，叫上赵林苏去厨房说话。

"梁教授经常这样吗？"沈言压低声音道。

赵林苏手掌扶着料理台："哪样？"

"就那样啊。"

沈言斜甩一下头，眼皮也跟着乱眨，很明显的暗示。

赵林苏笑了笑："不懂。"

故意的是吧？

厨房里陡然安静下来，气氛一瞬间有些凝滞。

沈言扭头说道："你既然知道梁教授的情况，来之前为什么不跟我们说一声？我们也好有个心理准备啊。"

"需要吗？"

"无论他是什么情况，好像都不影响师生关系吧？"

赵林苏说的当然没错，但是朱宁波……

沈言转身拧开水龙头洗手，说道："算了，反正都这样了。"

沈言走出厨房去"招魂"。

赵林苏仍靠在料理台上，目光投向客厅。

沈言把朱宁波拉了起来，把一个大块头搂进怀里安慰。

朱宁波哭了。

都说男儿有泪不轻弹，朱宁波却哭得很不值钱。

沈言嘴角抽搐："好了好了，别太难过了。"

朱宁波边哭边叫沈言的名字，搞得好像是沈言把他给惹哭了似的。

沈言边内心发毛边拍着他的肩膀说："多大点事，波儿，看开点。"

朱宁波显然是看不开，哭了一会儿就抱着头开始哭泣。

沈言也没有太多安慰人的经验，一时之间手足无措，不知道该怎么办才好。

肩膀上被轻拍了一下，沈言抬起头。

"让他一个人静会儿。"

两人来到了阳台。

天色已经完全黑了，小区里零零星星地亮起了灯，晚风同样很凉爽，沈言有点烦闷地捋了下头发，又回头看了一眼客厅。

客厅里的朱宁波佝偻着背，哭得不住地打战。

足足半个小时之后，朱宁波终于缓过劲了，跟沈言和赵林苏又是道歉又是感谢的，语无伦次地说了一通。

沈言也不再多说什么，现在说什么都是往朱宁波的伤口上撒盐。

赵林苏先送朱宁波去了地铁站，随后又送沈言回去。

车里很安静，沈言用手摸着脸，不知道为什么，始终有点放心不下。

"梁教授是因为这个原因才自请停职的吗？"

"应该不是。"

"……好吧。"

又是他想多了。

沈言拉了下安全带，视线在车里乱转了两圈，试探道："你好像对梁教授这件事情挺无所谓的？"

"不然呢？"赵林苏道，"租金押一付三，退租赔钱。"

沈言挠了下头发。

"今天朱宁波哭得挺惨的，我是真没想到……呵呵……"

赵林苏没接话。

沈言用余光瞟过去，车窗外霓虹闪烁，绚烂而又快速地滑过赵林苏的脸。

"不管怎么样，波儿还是我们的好兄弟，对吧？"

长眉微微上挑，冷峻的眉眼不偏不倚地直视着前方，一阵寂静后，赵林苏做出了回答。

"嗯。"

沈言下了车，对着赵林苏的车屁股挥手，把手放下后，他又忍不住叹了口气。

今晚朱宁波哭得那么撕心裂肺，搞得他的心情都有点怪怪的。

他记得他也没哭成那样过啊，也就失恋后跟赵林苏吃了顿烧烤、喝了两杯啤酒诉苦，很惨的是他好像喝了两杯就醉了，该不会醉了以后他也像朱宁波那样发疯了吧？

不会的，应该不可能，如果他真的那么失态，他打赌赵林苏一定会录像取证，然后嘲笑他到死。

他的情况和朱宁波不一样。

赵林苏的情况应该也和朱宁波不一样吧？

跟错漏百出的朱宁波相比，赵林苏简直可以算是正常得不能再正常了。

沈言拉了下包带，转身向小区内走去。

大概是前一天哭得太多，第二天朱宁波给沈言发了信息，说他要请几天假，最近就先不去上课了。

sy："好，上完课我传课堂笔记给你。"

定风波："谢谢。"

定风波："沈言，谢谢你。"

两遍谢谢的含义显然不同，沈言又回了条微信过去。

sy："客气什么，大家都是兄弟。"

余光扫到靠近的黑色 SUV，沈言连忙挥了挥手，车辆停靠在他身边，沈言拉开车门上车，说道："今天吃饭团。"

"随便。"

关上车门，把两个人的早餐分开，沈言把其中一份放在扶手箱上，赵林苏转过脸来，视线交会，沈言怔了一瞬，随即露出了难以掩饰的惊讶表情。

"怎么了？"赵林苏问道。

沈言把微张的嘴闭上，然后才说："没什么。"

赵林苏没再管他，嘴里咬着饭团开车。

沈言拿着自己的那份早饭呆呆地看着前面。

熟悉的沿路风景扑面而来，沈言扭头又看了一眼赵林苏。

空的。

今天赵林苏头上是空的。干干净净。

一连三天，赵林苏头顶都干干净净，搞得沈言差点以为自己的超能力失效了，但是他哥的稳定发挥告诉他，并没有。

要么是对赵林苏失效了？

好像也没什么根据。

所以……他这是终于解放了?!

"沈言，"朱宁波垮着一张脸，"你有什么开心的事吗？我也想听。"

沈言憋住笑，尽量不在伤心的兄弟面前表现得太得意忘形，于是说道："最近天气不错。"

本城的秋天是四季中最美妙的季节，不冷不热，不刮风不下雨，阳光和煦，微风正好。

"天气是不错……"朱宁波皱着眉，依然是满面愁容。

"对了，赵林苏呢？"

"他啊，他说有点事，让我们先去上课。"

两人先到了教室，朱宁波神色黯然地看着讲台上的秃头教授，沈言想他应该还在想梁客青的事情。

那天之后，三人再没聊起这件事，也算是心照不宣了。

朋友之间这点默契还是有的，有些事发生了，不该提的就别提。

沈言心情很不错，哼着歌打开书，然后看了下手机，发现离上课时间只剩三分钟了。

sy："干吗呢？快上课了。"

林子："1。"

沈言放心地放下手机翻书，没翻几页，赵林苏的身影就出现在了门口。

沈言忙一挥手。

最近朱宁波蔫得厉害，活得跟个移动盆栽似的，除了进行光合作用，别的基本都没什么动静。

赵林苏过来了。

"往里坐一个。"

朱宁波刚站起来准备让人过去，却被赵林苏一句话搞得愣住了："啊？"

赵林苏提着包，人站在那一排座椅的最外面，重复道："往里坐一个。"

朱宁波愣愣地又扭头看向沈言。

沈言也愣了一下，他比朱宁波反应要快，回过神马上就收拾了东西往里平移了一个位置。

朱宁波只好也跟着收拾，坐到了原来沈言的位置。

赵林苏在外面的位置坐下。

朱宁波有点不适应，往右边看了看，又往左边看了看。

人还是那两个人，怎么感觉气氛有点不一样了呢？

通常来说，都是沈言坐在中间。

虽然他们是"铁三角"，但其实朱宁波跟赵林苏联系得不多，他对赵林苏的认知，更多的还是定位在"沈言那结交了十年的铁哥们"上，如果没有沈言，朱宁波绝对不可能跟赵林苏混熟，因为赵林苏这个人看起来很"高冷"，不好接近。

"那个，已经坐好了……"朱宁波小心翼翼地对沈言说，"我们还是换回去吧。"

"坐好了还换来换去干吗？马上上课了，就这么坐呗。"沈言不在意地道。

朱宁波讷讷地"哦"了一声，又偷看了下赵林苏。

赵林苏单手撑着脸，侧脸看不出什么情绪。

朱宁波抖了抖，心中无尽悲伤，他实在是没力气去思考这两人又怎么了，再度沉浸在痛苦中。

其实沈言还是有那么一点点在意的。

跟赵林苏当了这么多年的同桌，今天突然就不坐一起了。

有点怪，但不多。

反正跟谁坐一块儿客观上都不影响听课，就那样呗，又不是小学生，非要坐在一起。

下课了，坐在最外面的赵林苏起身说道："有事先走了。"

"啊？什么……"朱宁波还没恢复状态，梦游一样地呓语。

沈言边收拾书包边问："不去食堂了吗？"

"嗯，有事，在外面吃。"

"好的。"

赵林苏走了。

朱宁波还在梦游。

沈言收拾好书包，推了推朱宁波："走了，去食堂吃饭。"

朱宁波回过神，摇了摇头，黯然神伤道："我没胃口。"

"人是铁饭是钢，没胃口也要吃。"

"算了，我真的吃不下。"

朱宁波有气无力地提起书包："对不起，沈言，我想回宿舍休息。"

朱宁波也走了。

沈言一个人莫名其妙地在原地站了一会儿，"铁三角"瞬间就只剩下他一个人了，他挠了挠头，好吧，那就独自去食堂吃饭。

沈言很少一个人在食堂吃饭，环顾四周，找了个没人的角落。他坐下没吃几口，饭搭子从天而降，一来还来了俩。

"沈言！"

沈言循声抬头，许俊浩和他的女朋友端着饭过来了，沈言连忙把嘴里的东西咽了下去。

"一个人哪？"许俊浩先笑着打了招呼，"赵林苏呢？"

"有事先走了。"

"稀罕事啊。"

许俊浩把饭放在沈言对面,问道:"这儿没人吧?"

"没,坐吧。"

"你俩不是一直焦不离孟孟不离焦的吗?哦,还有个大块头,'铁三角兄弟连',怎么今天落单了?"

沈言笑了笑:"他们都有事。"

"正式介绍一下,"许俊浩指了指身边的女朋友,"许圆圆。"

"你好。沈言。"

沈言跟这个女生在微信上沟通过几句,但还真不知道她的名字,为表示礼貌,他也重新报了下自己的名字。

"我知道呀,"许圆圆笑了笑,她人如其名,眼睛圆溜溜的,笑起来很可爱,"沈大帅哥。"

沈言尴尬地一笑。

许俊浩也大声笑了笑:"你别逗他,沈言很低调的。"

"长得这么帅,想低调也低调不起来吧?"

"哪有你这样当着男朋友的面夸别人帅的?"

"我这是实话实说嘛。"

两人一唱一和的,沈言只能在一旁尬笑当电灯泡。

许圆圆说她去学生会还有点事,很快就吃完走了,走之前还按了下许俊浩的肩膀:"剩下的就交给你啦。"

"保证完成任务。"许俊浩敬了个礼。

"我走啦,沈大帅哥。"许圆圆冲沈言摆了摆手。

沈言也抬手轻摆了一下。

等女孩子走了之后,他才在心中暗暗松了口气。

当电灯泡的滋味可真够难受的。

"我也吃得差不多了。"

"别走、别走。"许俊浩直接伸手拦住他说,"坐,坐,有事跟你说。"

"什么事?"

许俊浩奸笑了两声,说道:"刚才你也听到了吧?"

沈言:"什么?"

"我女朋友说了,让我一定完成任务,你听到了吧?"

沈言点了点头,说:"听到了,怎么了?"

"我的任务就是把你带到学生会组织的联谊会去。"

"打扰了。"

沈言抄起餐盘就要走,许俊浩赶紧起身拦他:"别啊,兄弟,帮帮忙嘛。"

"我不去,"沈言哭笑不得道,"我不是早说过了嘛,现在没兴趣谈恋爱。"

篮球队是联谊的重灾区,沈言没少被邀请过。刚开始他不去是因为他有喜欢的对象,所以不想去,后来唐怡跟男朋友出国了,沈言又觉得在大学谈恋爱也没什么意思,他有信心像唐怡跟她男朋友一样,跟某个女孩子走到那么远的未来吗?他好像还没做好这个准备。

既然这样,就不要去耽误人家小姑娘了。

"没事,你过去,你就站站岗,充充门面,队里的一大半人都脱单了,剩下的没脱单的你也知道,你懂的,没你这样的大帅哥撑场面,我们球队很没面子的。"

"你就当认识认识新朋友嘛,你看,再铁的兄弟也会抛弃你。你自己说,刚才看我跟我女朋友恩恩爱爱的,是不是还挺羡慕?"许俊浩挑了挑下巴,一脸得意的表情,"嗯?"

沈言听到"再铁的兄弟也会抛弃你"时愣住了神,拒绝的话没能及时说出口。

许俊浩抓住机会,打蛇随棍上。

"反正闲着也是闲着嘛。"

"哎呀,沈大帅哥,我女朋友都夸了你一顿饭的工夫了,你多少也给点面子。"

沈言笑着扫了他一眼,说道:"原来都是套路。"

许俊浩嘿嘿一笑:"废话,情人眼里出西施,在我女朋友心里我肯定才是最帅的!"

他见沈言没直接拒绝,拍了下沈言的肩膀,强行把事情给定了下来:"说定了啊,今晚7点,学校外面那个KTV,具体的包厢号一会儿我让我女朋友发你啊。"

话说到这份儿上,沈言也不好把话说得太死。

把餐盘放好，沈言边发微信边走出食堂。

sy："完事了吗？"

林子："还没。"

沈言心道，他该不会真像许俊浩说的那样，被兄弟抛弃了吧？

其实这两天他也觉得赵林苏哪里怪怪的，话少了很多，他以为赵林苏是因为朱宁波那事尴尬，所以就没说什么。

找了一片树荫坐下，沈言打了个电话过去。

"下午还有事吗？"沈言直截了当地问道。

"可能。"

沈言伸手抓了片飘下来的落叶，说："那晚上回去时，我就不搭你车了。"

电话那头静了一秒。

"行。"

沈言把电话挂了。

他觉得许俊浩纯粹是在胡说，不在一块儿吃午饭就叫"抛弃"？扯淡。

赵林苏最近表现挺好的，每天头上都干干净净的，这让他很是欣慰。

所以说，他之前应该是真的想多了。

赵林苏就是一时好奇。

没错，就是这样。

沈言手掌转动着落叶，在心中肯定了自己的分析。

还好，现在都过去了，他的生活也终于恢复了正常，至于那破异能，就随它去吧！

微信进了两条信息。

圆子在路上："帅哥，今晚 7 点最爱 KTV 大包 A3。"

圆子在路上："一定要来啊，有好多人想认识你呢！"

沈言扔掉树叶，还是没有办法直接拒绝女生的要求，于是就放着没有回复。

下午的选修课上完，沈言就去图书馆泡着，晚上吃了点东西，又收到了许俊浩的夺命连环 call。

"好啦，我知道啦，我会去的，已经在路上，别发信息了。"沈言无奈道。

"这就对了！"

然后沈言就听到许俊浩大喊了一声——"帅哥要来啦!"

起哄声隔着手机都震耳朵。

沈言说:"许俊浩,你别搞得太夸张,这样我真不去了。"

"哎呀,你放心,我已经提前跟他们都打好招呼了,咱们沈帅天真单纯,我让他们都悠着点。"

"越说越离谱,"沈言说道,"我挂了。"

"好,好,一定要来啊,来啊……"

沈言挂断电话后还觉得手机里头似乎还残留着许俊浩呼唤的回声。

算了,去就去呗,反正今晚也不搭车。

直到沈言进了包厢,许俊浩才真正放下心,带头起立鼓掌:"帅哥来了!"

"你这样我就走了。"沈言哭笑不得道。

"别,别……"

包厢里已经坐了许多人,正在非常热闹地聊着天,好在包厢比较暗,沈言也没来得及尴尬,就被许俊浩拉着坐下了:"果盘、零食、饮料,小的都准备好了,请唐长老慢用。"

"唐长老?"沈言嘴角抽搐。

许俊浩挤眉弄眼道:"你一直这么洁身自好的,这可不跟唐长老似的吗?"

沈言:"那你这儿是盘丝洞?"

"别胡说,我们这儿都是仙女,没妖精。"许俊浩对众人大声道,引起了一阵哄笑。

沈言用叉子叉了块西瓜,说道:"我看你就挺像妖精。"

众人顿时笑声更大。

联谊会跟上次篮球赛一样,是非官方组织的,人比沈言想象中要多,包厢里很快就嗨了起来,唱歌的唱歌,聊天的聊天,玩游戏的玩游戏,震得沈言耳朵疼。

许俊浩说话算话,说让他充门面就让他充门面,没拉着他去认识人。沈言找了个角落吃果盘,准备待足半小时给够人面子后再找个借口走人。

"怎么不去跟他们一起玩?"

身边突然传来人声,一开始沈言都没注意那话是对着他说的,对方重复了一遍又加上了他的名字，他才扭过头。

还是个熟人，一米九大中锋。

"我不会玩。"沈言简单道。

"很简单的，就是扔扔骰子。"

"我对这种游戏不感兴趣。"

"哈哈，"那人仿佛觉得沈言这话多有趣似的，笑得前仰后合，"就喝喝酒，你是不是不会喝酒？"

沈言不中激将法，笑笑道："是啊，不会。"

那人的笑容渐渐含蓄，抿了抿嘴，说道："你真有意思，上次打完球还想认识一下你，可惜你先走了，听说你脚受伤了，还好吧？"

"早没事了。"沈言打了个哈哈。

"来，沈言，躲在这儿呢！"许俊浩突然走了过来，"缺人呢，快来一起！"

沈言被他拉了过去。

"一个不留神，你怎么还被他缠上了？"

沈言刚坐下就被许俊浩勾住了肩膀咬耳朵："他不是什么好人，你离他远点。"

"大帅哥来了也不跟我们一起玩，太'高冷'了。"有人开玩笑道。

沈言抬头，不好意思地笑了笑。

"这不是来了吗？"许俊浩用膝盖碰了碰他，"一块儿玩两圈。"

沈言说道："我不会啊。"

"不会才好玩呢，"许俊浩招呼道，"各位注意啊，这里有个菜鸟，来，大家一起上，好好欺负欺负他。"

沈言还要推辞，手里已经被塞了杯子。"杯子干净的。"许俊浩趴在他肩膀上说，"象征性玩两把，哥们马上带你撤退。"

"还加人吗？"

大中锋也过来了。

全场就数他个子最高，站在那儿压迫感十足，沈言平常也自诩猛男，跟这个人一比也还是觉得自己有点弱。

"人太多玩不开了。"许俊浩借口道。

大中锋微微一笑："是吗？"

"没事，我玩了好几圈了，你来吧。"

有人马上就起身给猛男让了座。

沈言慢慢转头看向许俊浩，试图用友好的眼神杀死这个正在赔笑脸的"好队友"。

许俊浩也没想到体院里这号人会来，还盯上了沈言，正在想怎么找借口带人跑路，视线移到门口，突然眼睛一亮，猛拍了下沈言的肩膀："沈言，你看谁来了！"

沈言转过脸。

包厢门被推开了半扇，推门的人一半身体挤进了光怪陆离的室内，一半还卡在晦暗的室外，黑衬衣的袖子卷了一半，露出手腕上一块同样纯黑的运动腕表。

是赵林苏。

沈言怔了怔，心想这人怎么来了，随后下意识地招了招手。

赵林苏对他微微点头。

沈言松了口气，不知道为什么，他刚才有个瞬间觉得赵林苏会假装没看见他。

都怪许俊浩胡说八道，挑拨离间！

赵林苏走进包厢，却没有像沈言想的那样走到他身边，而是走到里面，坐在了某个角落里。

什么意思？

"可以换个位置吗？"

沈言扭头，大中锋正在亲切友好地跟他身边的人交流，猛男的交流效果立竿见影，那人马上就起身让了座。

"刚才还没聊完，"大中锋坐下，对沈言笑了笑，"自我介绍下，我叫韩赫，双赤赫。"

"哦，"沈言态度不算热情，也不算排斥，客气道，"我的名字反正你知道了。"

"哈哈，是啊，去年就注意到你了，你球打得特别好。"

"一般吧，比不上你们专业的。"

"我也不是篮球专业的，我学冰雪运动的，主攻单板。"

"那你篮球打得真不错。"

"运动项目多多少少我都会玩一点吧，你呢？最喜欢打篮球？"

"差不多吧。"

沈言有一搭没一搭地跟人聊天,悄悄留意着赵林苏那边的动静,但是没跟赵林苏有任何眼神交流。

他有点不爽。

赵林苏什么意思?不是说有事?有事就是来联谊会?那干吗不叫他一起?搞得神神秘秘的,来了也不跟他坐一块儿。

这才刚正常几天又变得不正常了?

他也没惹他吧?

许俊浩有点眼力见儿,回到沈言身边,凑过去低声道:"吵架了?"

"我说没有,你信吗?"沈言无语道。

许俊浩笑了笑,没太当回事,兄弟之间有点不开心,分分钟就能和好。

"游戏会玩吗?"身边的韩赫又说道,"我教你。"

"不用,"沈言说,"看两圈就会了。"

他人又不傻,玩个游戏还用人教?

不用两圈,沈言看一圈就会了,这游戏纯靠运气,倒是很公平,就是输了之后的惩罚很离谱。

输了,喝一杯,这很正常。

得找个人一起分担那一杯酒,找不到则惩罚翻倍,这就很离谱了。

沈言被拉下水玩了一圈,输的那位扭扭捏捏地去女生那边找帮忙的,结果铩羽而归,拉着身边的朋友一顿鬼哭狼嚎后喝了个交杯,众人一阵起哄爆笑,差点把包厢屋顶给掀翻了。

沈言先是跟着笑,笑着笑着就有点尬住了。

有时候真是怕什么来什么,沈言想再玩一圈走人的,结果那把输的就是他。

沈言的杯子里被火速地倒上了颜色鲜艳的鸡尾酒。

"大帅哥不怕,肯定有妹子愿意美女救英雄,快去快去!"

联谊会,当然联谊是主题,无论是自己找对象,还是看别人找对象,这帮人都是热情无比高涨。

许俊浩笑得发抖,大喊道:"唐长老失算啦,有没有女施主来救救他!"

女生堆里也是一阵笑声。

沈言被众人围着哄笑，无奈地抽了下嘴角。

"别闹了。"

"人帅也不能搞特殊啊，快去快去！"

众人一块儿起哄，对开帅哥玩笑这事喜闻乐见。

"我喝两杯。"沈言干脆道。

"哇，这么有魄力。"

"直接倒吧。"

"这酒度数不低，"韩赫在众人的尖叫声中弯腰说道，"你不是说不会喝吗？不如我帮你？"

沈言扭过脸冲他笑了笑："我开玩笑的，哪有男人不会喝酒的。"

"真会？"韩赫微笑道，笑容和态度其实都很有风度，不像许俊浩说的那么缠人讨厌。

沈言也客气道："谢谢，真会。"

包厢内光线摇晃闪烁，角落中的一道视线直直地落在人群中。

一杯酒很干脆利落地下肚，引起了一阵阵尖叫声，随后沈言毫无停顿地举起了第二杯一饮而尽，面不改色，空酒杯"啪"的一声被放在桌上，别说包厢里的女生了，连男生都快疯了。

"言少，看不出来啊，酒量可以！"许俊浩惊得连称呼都换了。

沈言笑笑不说话，站起身说："走了。"

"现在才8点不到，夜生活才刚刚开始呢，再来一局，最后一局……"

其实沈言脑子已经有点晕了，想站起身，脚又有点发软，手里又被塞了骰子盒，只能硬着头皮再玩一局。结果运气不好又输了。

"怎么说，言少？还是再来两杯？"

沈言笑笑，感觉一股火辣的热气直冲上脸："行啊。"

韩赫伸手拦了下倒酒的人："算了吧，我看他有点不行了。"

"谁说我不行？"沈言想也不想地反驳道。

"就是，咱们沈大帅哥酒量跟颜值一样出众。"

"咕咚咕咚"两杯酒倒满，许俊浩本来就玩疯了，听韩赫一说，他也往回收了收："言少，要不你给个机会，咱们分一杯，让我喝半杯？"

沈言摇头:"我一个人喝。"

"这两杯喝完,我真得走了。"

沈言边说边去拿桌上的酒杯,手指刚碰到杯子,一只戴着黑色腕表的胳膊就伸过来,把酒杯拿走了。

沈言抬起脸,看到是赵林苏,他笑了笑,感觉越发头昏脑涨:"干吗?都说了就喝两杯。"

"我找他有点事。"赵林苏对许俊浩道。

许俊浩被那双凌厉的凤眼看得有点发怵:"啊,好,好。"

"出来。"

沈言站起身,脑子晕得厉害,不假思索地说:"那么凶,想打架啊。"

许俊浩也有点怕了。

赵林苏先出去,沈言也跟着出去,包厢里的人顿时议论纷纷,许俊浩硬着头皮说:"不会的,这俩关系好着呢,不用操心,你们玩你们的。"

好好的联谊会,可别节外生枝。

许俊浩没敢出去找,就怕撞见斗殴现场,惹一身骚。

赵林苏没跟沈言打架,正带着沈言走小路去开车。

"我头好晕啊……"

"活该。"

"啪",后脑勺被拍了一下。

赵林苏回眸斜睨,面色冷得像快要结冰似的,他背上的人还一脸惊奇:"哇,大哥,你这西瓜好脆!"

在这人耍帅地喝下两杯酒后,赵林苏就知道他最多再撑十分钟,十分钟后就会慢慢变成路都走不了的胡言乱语的傻瓜。

"干吗突然不理人?"沈言问道,还扒拉着他的头发。

赵林苏继续背着人往前走,在心中回答道:"你说呢?"

"苏……"

有那么一个瞬间,赵林苏有一种想把背上的人扔下去的冲动。

折磨人也该有个分寸。

将人往上颠了颠,防止他继续向下滑落,赵林苏低声道:"安静。"

沈言显然已经听不懂人话了，咂了咂嘴，继续呓语道："苏……苏式月饼……"

一觉醒来，沈言的头疼得都要炸开了。

"不错啊，学会喝大酒了，把这个喝了。"

沈言手里被塞了杯蜂蜜水，迷迷瞪瞪地把水喝完，眯眼说道："哥……"

……嗓子怎么哑成这样？

沈言瞬间睁大了眼睛，指了指自己的嗓子。

沈慎冷笑道："再去唱啊，昨天晚上不是唱得挺嗨的吗？"

昨天晚上……昨天晚上他是去KTV参加联谊会了，可他没唱歌啊，不就玩了两把游戏，喝了两杯酒，再然后赵林苏就把他叫了出去……

记忆就到这儿了。

沈言断片儿了。

"昨晚是赵林苏送我回来的？"沈言沙哑道。

"除了他还有谁？"

"前年你失恋不也是……"沈慎及时地闭上了嘴，但是已经来不及了，沈言瞪大眼睛盯着他，沈慎转移话题道，"快点去洗个澡，出来吃饭。"

沈言掀开被子跳下床，将企图逃窜的哥哥锁喉。

"你怎么知道那件事的？赵林苏告诉你的？"

"没有、没有……"

沈慎边拍沈言的胳膊边笑道："你不知道自己喝醉酒什么德行啊，能说的不能说的全往外秃噜。"

"我自己说的？"

"是啊。"

沈言难以置信："我喝醉了说胡话？"

"不像胡话，听着还挺真的。"沈慎忍俊不禁道，"哎，那个叫唐怡的姑娘真那么温柔漂亮吗？你给她写的情书到底放哪儿了，我怎么没翻着啊？"

"哥——"

洗完澡，总算清醒了许多，嗓子也没那么哑了，沈言精神萎靡地在饭桌前坐下："你怎么不去上班？"

"上午休息半天，喝点汤暖暖胃，等会儿我开车送你去学校。"

沈言"嗯"了一声，喝了两口汤后又忍不住问沈慎："我喝醉了真的会乱说话？"

"没有，"沈慎安慰道，"话不多。"

"昨晚我说什么了？"

"也没什么，就是唱歌，"沈慎也喝了口汤，"我还挺佩服赵林苏的，你唱成那样，他还能好好地把车开回来，驾驶素质真不错。"

沈言听了心里一咯噔："我唱什么了？！"

"想知道？"沈慎坏笑了一下，"不告诉你。"

不说拉倒，他才不会追着问呢。

在车上，沈言绞尽脑汁地回忆昨天晚上发生的事，倒是又回想起了一点细节。

他又认识了一个男同胞！

不过好像还好……人家也挺有礼貌的。

倒是赵林苏这家伙，昨天晚上在KTV里假装跟他不熟。

不过他怎么又是赵林苏送回来的？出了包厢之后两个人说了什么做了什么，沈言一点印象都没有了，脑子里完全缺失了这段记忆。

他该不会对赵林苏说了什么不该说的吧？！

微信里毫无动静。

不会的，不会的。

他要是真的跟赵林苏说了什么，以赵林苏的性格，绝对会录屏留证，狠狠嘲笑他。

正当沈言松了口气，刚要退出微信时，赵林苏发来了一段视频。

救命。

视频预览界面黑乎乎的，沈言也不敢贸然在车里点开，只能默默锁屏，祈求上天眷顾，希望别是他质问赵林苏为什么不去找别的朋友玩的视频！

到了学校之后，沈言赶紧找了个没人的角落打开微信。

赵林苏就给他发了个视频，其他什么都没说。

沈言颤颤巍巍地点开视频。

视频里一片漆黑，非常安静。

"累了？"

这是赵林苏的声音，听上去很冷静，应该不像是受到了冲击的样子。

沈言心情稍稍安定。

"累？"

这是他的声音，听上去已经有点哑了。

他到底干吗了，怎么声音那么哑？

"男人不能说累！"

他吼那么大声干吗！

沈言一脸尴尬，接下来黑屏的视频里就传来了鬼哭狼嚎的歌声。

"兄弟抱一下，说说你心里话……"

沈言："……"

他唱了十几秒，一直都在重复这一句，一句比一句撕心裂肺、情感充沛。

沈言度过了人生中最漫长的二十秒。

但是视频只播放了一半！

"唱得好，"赵林苏声音淡淡的，"歌神。"

说反话是吧？

"谢谢！"

可惜喝醉了的他并没有意识到，沈言听见自己兴高采烈道："那哥们就再给你来一首！"

"啊朋友再见，啊朋友再见……"

嘶吼的歌声中掺杂着赵林苏若有似无的笑声，视频慢慢播放完毕，黑屏。

问题不大。

沈言冷静地锁屏，然后对着空气打了两拳。

第三章 神奇的婚礼

"怎么样啊？"

沈言刚坐下，许俊浩就过来了。

沈言不记得自己昨晚有没有在包厢里也失态，只能冷静道："什么怎么样？"

许俊浩上下打量他，问道："昨晚上你跟赵林苏没打架吧？"

沈言："没。"

他只是给赵林苏开了一场以友情为主题的演唱会。

"那就好，"许俊浩拍拍胸口，"话说你酒量可以啊，够帅的，"许俊浩模仿他喝酒的姿势，"把我女朋友都给帅迷糊了，"随后又羞涩一笑，"把我也帅迷糊了，言少，人家好喜欢你，你好帅帅哦。"

沈言抬手把他的大脸推开："下次再有这种活动别来找我。"

许俊浩双手合十扭成了麻花："不要嘛，言少，你好无情好冷酷，人家更喜欢你了……"

"……死远点。"

把人打发走，沈言左边放包右边放书，下意识地占了两个座，占完之后他又有点愣神。

他本来以为昨天课堂上赵林苏没跟他挨着坐是偶然，那在KTV里赵林苏没过来，好像就有点不像偶然了。

那赵林苏应该就是有意的。

什么意思，不想搭理他？

沈言觉得莫名其妙，伸手碰了下占座的书。

不想搭理他，昨天应该也不会送他回家……

算了，还是先占着吧。

朱宁波先到教室，还是一样地无精打采，在沈言身边坐下，说了声"早"。

"早，你吃早饭了吗？"

"吃了。"

朱宁波放下书包，扭头往里看了一下："赵林苏……"

沈言也往里看了一眼："还没来。"

"你们吵架了吗？"

"没啊。"沈言一头雾水，怎么连朱宁波都这么问。

朱宁波边掏书边说："要不我先坐里面，把外面的位子留给他？"

"没必要，"沈言道说，"他爱坐不坐，惯得他。"

"你们别吵架啊……"朱宁波虚弱道，扭头正好看见赵林苏从教室门口进来，连忙先站了起来。

他一站起来，沈言就知道肯定是赵林苏来了，他本来也没想和赵林苏吵架，不过气氛都烘托到这里了，他也就仰头望天，假装眼里看不到人。

装"高冷"，谁不会？

朱宁波直接出来让座，让赵林苏进去。

沈言耳朵里留意着脚步声。

"让一让。"

沈言在心里偷笑，昨天不是不肯跟他一块儿坐吗？哼，他也有他的小脾气，沈言继续仰头，装没听见。

"歌神。"

沈言肃然起立，伸手向里："您请。"

赵林苏坐了进去，沈言黯然低头，垂下了他高傲且宿醉着的头颅："苏哥，不好的视频请不要乱传。"

"看心情。"

沈言抬头怒视，视线正被赵林苏逮住。

沈言闭了闭眼睛，又睁开眼睛，又闭上眼睛，又睁开眼睛，这样反复几次后他扭头就往桌上趴下了。

幻觉，一定是幻觉。

怎么赵林苏头上又顶着他的名字？而且比之前更大、更粗、更黑！感觉像要裂开一样。

好恐怖！

沈言的脸趴在胳膊里，用余光悄悄往赵林苏头上瞟。

看一眼，又把脸重新埋进胳膊里。

合着就放了个三天小长假是吧？跟他搁这儿玩捉迷藏是吧？

沈言心中悲愤，心想难道是昨晚自己的演唱让把赵林苏觉得他很孤单？

下课，这次终于是许久没有过的三人食堂行。

一切好像又恢复了正常，但又好像不是那么正常。

"下午你还有事吗？"沈言试探地问道。

"没，"赵林苏头也不抬道，"你有事？"

"我没事啊……"

"那就3点在校门口集合。"

沈言"哦"了一声，喝了口汤后又问道："你昨天说有事，就是去联谊会？"

"喀喀……"

朱宁波被呛到了，他抬眼震惊道："赵林苏，你昨天去联谊会了？"

赵林苏没吭声，沈言帮他回答："是啊，也不早说，我还以为他有什么正经事呢。"

朱宁波惊讶得合不拢嘴，总觉得赵林苏和"联谊会"这三个字极度不搭。

"不正经吗？"赵林苏抬眼说道，"我看你好像玩得还挺开心的。"

"也没有很开心吧。"沈言低头吃饭，他现在头还疼着呢。

朱宁波恍然大悟："原来沈言你也去了？"

沈言点点头，随即又道："不是故意不带你啊，我也是临时被许俊浩拉过去的。"

"我不是那个意思，"朱宁波摆了摆手，"我的意思是，你去了，怪不得赵林苏也去了呢。"

"跟他没关系。"赵林苏头也不抬道。

沈言也连忙对朱宁波道："是他先答应去的。"

朱宁波懂了，点点头："那是赵林苏去了，你才去的。"

沈言感到头疼："不是，我们俩是分别答应的，我不知道他要去，他也不知道我……算了算了，不重要，你吃饭吧，乖，多吃点。"

又无语地看了一眼赵林苏头上的名字，沈言心道，去联谊会有什么用，这不根本没改，情况还越来越重了！

车在小区门口停下，沈言下车，赵林苏没多停一秒就走了。

沈言又搞不懂了。

他进了卧室，沉思良久，拍案而起。

不入虎穴焉得虎子，知己知彼百战不殆！

怕什么！看看又不会怎么样，赵林苏都敢想，他难道还不敢看吗？

拼了！

sy："导员找我有点事，我先去学校了，今天不搭车。"

沈言发完微信上了地铁。

他已经很长时间没有坐公共交通了，为以防万一，他穿了件薄卫衣，把卫衣帽子戴上，全程几乎都低着头。

当然，也还是不可能完全避免和人对视，视线里仍然像玩游戏一样持续地出现不同的名字。

这些名字从一张张毫无异常甚至有些冷漠的脸上方出现。

其实更多的是一些很普通的人名。

这些普通的名字又是来自谁呢？他们的爱人？恋人？还是朋友？

沈言用力摇了摇头。

不要窥探别人的隐私啊！

朱宁波到教室的时候，惊讶地发现沈言竟然坐在靠墙的位置，他拎着书包过去，然后无措地站了一会儿。

"坐啊。"

沈言指指他身边的位子。

朱宁波一头雾水："今天我又坐中间？"

"不好吗？"

朱宁波诚实地摇了摇头："不太好。"

"哪里不好？"

"一直都是你坐在我们中间啊。"

"偶尔也要换换口味嘛，再说了，坐在哪里有什么区别？"沈言直接把他拉下坐好，"你今天就坐在这里。"

朱宁波叹了口气，放下包说道："所以你们还是吵架了。"

"没有，"沈言头疼道，"我发誓好吧，真的没有。"

他就是忽然觉得赵林苏前天的做法是正确的。

既然搞不清楚为什么会出现这样的情况，那就先适当地调整下距离试试看。

沈言拿着笔无意识地按着，目光时不时地瞟向教室门口。

当赵林苏的身影出现时，沈言一瞬间表情有些僵硬，他低头假装翻书。

"赵林苏来了。"朱宁波提醒他。

沈言"哦"了一声，没敢抬头。

赵林苏在门口原地站了半分钟，朱宁波不知所措地冲他挥手。

"早。"

赵林苏过去，在留着的空位上坐下。

"早。"朱宁波道。

沈言手里攥着笔，觉得不说话会有点刻意的尴尬，于是微微向前探身，隔着朱宁波小声地说了声"早"。

沈言又看到了自己的名字。

比起昨天超恐怖的外形，今天他的名字要稍微趋向于之前的"正常"态。

赵林苏没对座位的安排发表任何意见，让沈言感觉轻松了不少。

对啊，又不是小学生了，其实本来就没有必要非得挨在一起坐。

沈言专心听课，在听到教授说"这次小组作业四人一组，自行组队"时，他的心思又微微一动。

下课了，趁着教室里喧闹的瞬间，沈言宣布了自己的想法："这次小组作业我们分开做吧。"

"啊？"朱宁波惊讶得眼珠子都快瞪出来了。

赵林苏没什么反应。

沈言硬着头皮自顾自道："每次小组作业我们都一起做，感觉思路都固化了，这都大三了，不如试试跟别的同学一起组队，说不定可以摩擦出一些新的火花。赵林苏，你说呢？"

"想法不错，"赵林苏低着头将笔记本放回包里，"我同意。"

"波儿，你如果有困难的话，还是可以跟我或者赵林苏一起，都行，看你意思。"

朱宁波愣住了。

"我……"朱宁波犹豫了一会儿，"我也自己去找人组队吧，"他神色变得坚定，"也不能总是依赖你们。"

小组组队讲究的就是一个快，既然说定了，朱宁波马上就起身去找人组队。

消沉了好几天，他终于好起来了，而且好像变得比之前更积极一些了，沈言很欣慰。

赵林苏收拾好了包，然后就直接走了。

沈言看着赵林苏走出教室，愣住了。

赵林苏……该不会是生气了吧？

沈言拿手机给他发了条微信。

sy："你不找人组队吗？"

林子："线上找。"

赵林苏回复得很快，态度也很正常。

沈言又发了条微信过去。

sy："辅导员的事还没办完，下午我可能也要留校，你自己回去，不用等我。"

林子："1。"

手指点了下屏幕，沈言略微叹了口气。

"沈言。"

沈言抬头，跟他打招呼的是隔壁班的一个男生。

他们这门课是大课，三个班合在一起上。

沈言大一的时候帮了辅导员很多忙，几乎把他们专业的人都认齐了，他认识这个人，他叫章谦。

"朱宁波在找人组队，你有队伍了吗？"章谦问他。

"还没。"

"那跟我们一队吧。"

"你们?"

"我，廖静，还有黄梦璇。"

沈言无所谓跟谁组队，反正大学同学里除了赵林苏和朱宁波，其他人对他来说都大差不差。

"可以啊。"

"那加个微信吧，我把你拉进我们小组群里。"

沈言加了他的微信，问道："你们是固定小组?"

"最近是，"章谦对他有点得意地笑了笑，像是炫耀般道，"我在跟廖静谈恋爱。"

沈言无声地看了一眼他头顶上的"黄梦璇"三个字，心情很复杂。

"好了，那我就先走啦，组会时间到时候在群里通知。"

沈言点了点头，长出了一口气。

人类真是复杂。

沈言第一百零一次在心中讨厌起这项超能力来。

既没什么用处，又给他增添烦恼。

下午的选修课结束，沈言按照组会通知如约去学校的咖啡店开会。

章谦和廖静已经到了，沈言来的时候，章谦正在排队买咖啡，廖静则坐在位子上打字。

大学同学跟高中同学不同，即使是同班，也很有可能不熟，沈言和廖静就不怎么熟，其实他在面对女孩子时是有点害羞的。廖静先客气地打了声招呼："你好。"

"你好，喝咖啡吗?"

"我去点。"沈言迈出去一步又回过头来，"黄梦璇今天来吗?"

廖静脸色有些淡淡的："她说她身体有点不舒服，稍微迟到一会儿。"

沈言点了下头，也过去排队。

他来到队伍里之后，章谦才发现了他："来啦?"

沈言点点头。

他想既然是男女朋友，章谦应该会帮廖静买咖啡，剩下黄梦璇，他作为另一个男生组员也应该帮她买一杯吧，否则等会儿黄梦璇来了再去自己排队买咖啡，可能会有点尴尬。

章谦果然只买了两杯。

沈言要了一杯冰美式，想想女孩子可能会比较喜欢喝甜的，就又点了一杯热的巧克力榛果拿铁。

沈言拿着两杯咖啡回去，章谦道："你喝两杯啊？"

"不是。"

沈言放下咖啡，笑道："占个座。"

"这又不是在教室里，还用占座，"章谦对廖静谄媚一笑，"对吧？"

"人家那是绅士风度，"廖静长了一张很清秀又冷静的面孔，长发齐腰，不施粉黛，戴了一副银丝边眼镜，看上去有点不好惹的样子，"给黄梦璇买的吧？"

沈言笑着点了点头："不知道她喝不喝得惯。"

"帅哥买的，毒药她也会喝啊。"

廖静的语气有些阴阳怪气，沈言悄悄又瞟了一眼章谦头上的名字，心想他这该不会是卷入了什么狗血八点档剧情了吧？拜托，他自己还一屁股事没解决呢！

"黄梦璇怎么还没来？"章谦道，"你们住在一个寝室，你走的时候没叫她一起吗？"

"她要化妆打扮，我哪有那个闲工夫等她。"廖静翻了个白眼，章谦有点尴尬地笑了笑。

沈言感觉这两人不像男女朋友，倒像是上下级？而且廖静和黄梦璇住在一个寝室，这关系是真有点复杂……

"那我们是等，还是先讨论？"章谦小心翼翼道。

"先讨论吧，"廖静又哼了一声，"反正她来了也说不出什么有用的，只是混平时分罢了。"

看来她俩这关系不是一般差。

沈言不想卷入什么奇怪的战争，赶紧打开书讨论，想速战速决地把任务分配讨论完了就先走人。

"沈言，你之前好像一直都是和赵林苏、朱宁波一起的吧？"廖静道。

"是。"

"你是负责发言的吧?那我们组这次发言也交给你,可以吗?"

"我没问题。"

廖静笑了笑,沈言看她笑起来还挺温柔的,终于稍稍松了口气。随后廖静脸上的笑马上就消失了,冷着脸将视线移到咖啡馆的小熊玩具上。

沈言对面的章谦挥了挥手。

沈言心想,应该是黄梦璇来了,也扭头打算跟人打个招呼。

秋天的天气还不算太冷,个子娇小的女生穿了一身天蓝色的套裙,白丝袜,高跟鞋,拎了个粉色的包包,打扮得非常娇俏可爱,头上还斜斜地戴了个淡灰色的贝雷帽,棕色长卷发垂在耳边,看上去完全是校园中的"女神"打扮。

沈言看呆了。

"哇,这次跟大帅哥搭档,好开心哦。"

黄梦璇的声音跟她的形象一样可爱,她一眼看到沈言旁边空位上的咖啡,拿起来闻了一下,惊喜道:"是给我的吗?天哪,还是我最喜欢的巧克力口味呢,谢谢大帅哥。"

沈言僵硬地点了点头。黄梦璇在他身边坐下,一股香水味袭来,沈言不由得下意识地摸了下鼻子。

"拜托,你是来开组会,不是来联谊的,穿成什么样是你的自由,喷那么多香水会影响到别人。"廖静直接不客气地开始批评。

"我觉得这款香水很好闻啊,"黄梦璇毫不示弱地甜美一笑,"你不喜欢的话,那就不要呼吸好啦。"

"你……"

"别吵架、别吵架……"章谦出来打圆场,"还是继续讨论吧。沈言,你还好吧?"

"我没事……"沈言放下手,悄悄做了个深呼吸。

冷静。

冷静。

一定要冷静。

他是见过世面的人了,一定要冷静。

"谁要跟一个花瓶吵架？"

"什么意思？你嫉妒我漂亮啊？"

"你觉得是就是吧。"

两个女生毫不相让地唇枪舌剑，沈言悄悄地用手挡住脸，章谦也学着他的样子撑起手臂，低声道："她们两个就是这样，一见面就吵。"

沈言用余光悄悄在贝雷帽上"廖静"那两个字上掠过。

人类，可真是复杂啊。

组会草草结束，沈言几乎是落荒而逃。

自从有了这个异能之后，他就没过过几天正常日子。

这三个人的复杂关系太复杂了。

这时候，沈言想到了赵林苏。

每当他有什么想不明白的难题，一般都会选择和赵林苏讨论，从他认识赵林苏开始就一直是这样。

可是这个问题，显然不适合跟赵林苏讨论。而且，他现在正在跟赵林苏保持距离。

不知道赵林苏有没有找到组队的人选。

沈言很快就开始忏悔了，他竟然完全忘了组队明显更困难的朱宁波。

沈言赶紧打了个电话给朱宁波。

"波儿，找到人组队了吗？"

"找到了，我跟三个女生一起组队。"

朱宁波听上去很开心："是她们主动邀请我的。"

"是吗？那太好了。"

"大概是她们看我一直被拒绝，怪可怜的吧。"

"波儿，你别这么想。"

"没关系，这是事实嘛，"朱宁波笑呵呵道，"我会好好表现，不拖她们的后腿。"

沈言也笑了笑，说："相信你一定能行，"他顿了顿，又说，"找时间我们再一起吃个饭，好好聊聊。"

"嗯，你呢？你组队了吗？"

"也有了。"

"我就知道，你跟赵林苏应该很抢手的。"

"赵林苏组队了吗？"

"我不知道啊。"

沈言"哦"了一声，小声自言自语："应该组了吧。"

"你说什么？"

"没什么，你好好干，看你表现啊。"

沈言挂了电话，犹豫再三，还是给赵林苏发了个微信。

sy："找到人组队了吗？"

林子："找到了。"

沈言放心了。

养成一个习惯大概需要 21 天，想要破坏这个习惯却只需要 1 秒钟。

开口说要分开就可以了。

沈言心中莫名地觉得有些伤感。很奇怪，他又不是要跟赵林苏绝交了，而且他也非常支持赵林苏多交朋友。

可是以赵林苏那种被动的个性，如果他不主动联系他的话，那是不是就跟绝交差不多了呢？

第二天，沈言还是选择了搭地铁，他的理由是辅导员这段时间一直都要他去帮忙，时间上不方便。

赵林苏收到微信，说知道了。

这就是这几天里赵林苏跟沈言发的最后一条微信。

有几节三个人一起上的大课，不知道是出于默契，还是因为习惯被打破了，三个人没有再坐在一起。

先提出来的是朱宁波。

朱宁波说他想跟自己的组员一起坐，这样会方便一点。

"我也想尝试改变一下，沈言你说得对，现在都大三了，还有一年多就毕业了，我不能读个大学一点长进都没有吧。"

对于朱宁波想要成长的勇气，沈言当然举双手赞成。他也希望看到自己的朋友变得更好。

于是朱宁波走了。

沈言坐在靠墙的位置，犹豫着要不要拿东西占座时，赵林苏进来了，在门口远远地和沈言对视了一眼。

赵林苏这个人天生很酷，面无表情的时候也像是在生气。

今天赵林苏头上是干净的。

"这里有人吗？"

嗲嗲的声音传来，沈言抬头，黄梦璇正歪着头站在他身边冲他笑。

沈言踌躇了一下，再次将视线投向门口时，赵林苏人已经不见了。

他环顾四周，发现赵林苏已经在前排的某个座位坐下。

"我今天香水喷得不多，"黄梦璇娇俏道，"可以坐你身边吗？"

"可以。"

沈言收回视线，说："我没有觉得你的香水味不好闻。"

"我就知道都是廖静在乱说。"

黄梦璇今天还是套裙打扮，精致到了头发丝，连拿出来的笔记本电脑也是装饰得粉粉嫩嫩的。

沈言低垂着脸，冷静了片刻后拿起手机。

林子："知道了。"

他退出聊天界面。

小组组会群里已经又有十条未读信息了。

黄梦璇发了张自拍，自拍里带了沈言的侧脸。

黄梦璇："跟帅哥一起学习。"

廖静："……"

黄梦璇："羡慕的话，也可以过来一起啊。"

廖静："你不要打扰别人就行了。"

黄梦璇："帅哥可是很欢迎我呢。"

黄梦璇："帅哥说我的香水味很好闻。"

廖静："呵呵。"

……

整个群里都是她们两个人在吵架。

沈言心想，他没别的意见，就是她能不能别用"帅哥"做他的代称？

还有，黄梦璇到底是讨厌廖静，还是不知道怎么和人友好地做朋友？

这是他跟黄梦璇第二次见面，黄梦璇的头顶上仍然顶着"廖静"这个名字。

沈言说："你跟廖静是室友？"

"是啊，"黄梦璇头也不抬地打字，"我们从大二开始就是室友啦。"

"你们好像一直在吵架？"

"没有啊。"

黄梦璇抬头对他甜甜一笑："我们是在讨论哦。"

沈言第一次觉得女生也有点恐怖。

女生之间的友谊好像跟男生之间的友谊很不一样。一般来说，闺蜜都比兄弟要亲密一些。

"所以你们是闺蜜？"沈言试探道。

"那倒也不是，"黄梦璇收起手机，"我们……就是彼此看不顺眼的关系吧。"

沈言"哦"了一声。

黄梦璇转过脸，双手合十："帅哥，你好像对我很有兴趣哦。"

沈言咳嗽了两声："我……我没这个意思。"

黄梦璇笑得花枝乱颤："跟你开玩笑啦。"

沈言被她笑得有点脸红。

"你是我碰到的第一个帅但是不讨厌的男生呢。"黄梦璇道。

沈言不知道该怎么接话，只好道："是吗？"

"一般来说，帅哥都是很不谦虚的啦，因为长得帅，从小到大都受人追捧，多多少少都会有些自视甚高，所以我有点讨厌帅哥。"

"也不是都这样吧。"

"那当然，不能因为帅就一棍子全打死嘛。不过我一直以为你是有点'高冷'的类型呢。"

"我吗？不会吧，我看上去'高冷'吗？"

"可能是因为你总是跟赵林苏在一块儿吧，他看上去就很'高冷'啊。"

沈言勉强翘了翘嘴角："也还好吧。"

黄梦璇捧着脸说:"刚才一直都是你在问我,现在也该换我问你啦,你们是吵架了吗?"

沈言万万没想到,身边换了个女生坐一块儿他还是避不开这个问题,连忙回避道:"上课了。"

黄梦璇笑了笑,说:"不想说就算啦,我可不会为难不讨厌的帅哥。"

沈言觉得自己有点招架不住黄梦璇,但好在黄梦璇也没再继续说什么。

下了课,朱宁波走之前来跟沈言打了个招呼,说他去跟组员讨论。沈言叫他加油,目光在教室里逡巡着,赵林苏高挑的身影已经融入了离开教室的人群。

"那我们也留下来讨论吧。"

黄梦璇拿着手机说:"群里的管家婆通知了呢。"

沈言"哦"了一声,慢慢收回了视线。

"他们说去102,那间教室等会儿没课。"

"好。"

沈言跟黄梦璇一起走,走着走着,肩膀被撞了一下,他一扭头,许俊浩正在对他挑眉坏笑,眼神还不住地往黄梦璇身上瞟。

上次联谊会后,许圆圆把他的微信号推给了许俊浩,许俊浩正在微信里对他进行各种调侃。

许俊浩:"可以啊,'璇女神'让你小子拿下了。"

许俊浩:"还是我说得对吧,女朋友比兄弟好多了。"

许俊浩:"找机会一块儿情侣约会啊。"

sy:"我们只是一起做小组作业,你别乱说。"

许俊浩:"哈哈,懂的、懂的。"

sy:"真的。"

许俊浩显然不信,继续发各种调笑暗示的表情,沈言只能屏蔽无视了。

"有人传我们的绯闻啊?"黄梦璇在他身边说。

"……啊?"沈言不好意思道,"对不起啊,他们看到就乱说。"

"没关系,"黄梦璇说,"跟帅哥传绯闻,我不吃亏的呀。"

沈言觉得黄梦璇外表看起来像个软萌小公主似的,说话却是常常语出惊人,性格算是意外地有些不拘小节的爽朗。

老实说，是他喜欢的朋友类型。

拥有那个破异能，沈言没得到一点好处，对于周围人的想一起玩的朋友，他基本也是采取无视的态度。当然，除非对象是他自己。

幻想这种东西，实在太模糊太难以界定了。

沈言也不想干涉别人。

"那个，我能问一个有点涉及隐私的问题吗？"沈言道。

黄梦璇踩着高跟鞋轻快地下着楼梯，说："体重不可以问哦。"

"不是，我是想问，你跟章谦熟吗？"

"章谦？"黄梦璇的表情变得很微妙，看上去有些不屑，"那个死缠烂打的癞蛤蟆啊。"

"啊？死缠烂打？他追你？"

"什么呀，他敢追我？"

黄梦璇撩了下头发，说："他追的是廖静。"

"啊？"

沈言又震惊了："他不是廖静的男朋友吗？"

黄梦璇停下了脚步，扭头严肃道："谁说的？是章谦这么说的，还是廖静告诉你的？"

"章谦是这么说的。"

黄梦璇脸上再次露出了那种娇俏又傲气的笑容，甩了下头发，说："所以说他是癞蛤蟆啦，想吃天鹅肉想疯了吧。"

沈言也有点迷糊了，问道："所以他们不是男女朋友的关系？"

"至少现在不是。"

沈言跟着她下楼，心想，应该就是章谦在追廖静，但他又幻想着黄梦璇，所以这个人是吃着碗里瞧着锅里，又或者是因为不敢追黄梦璇所以退而求其次？

廖静看上去是比黄梦璇要好接近那么一点。

沈言心想，既然这样，那他好像也没有立场多嘴。毕竟追求谁是章谦的自由，他没有在行为上对两个女生劈腿或是同时追求两人。

论迹不论心，就先这样吧。

沈言跟黄梦璇来到了102教室。

章谦正好出来倒水，沈言和他打了个照面。

"快进去吧，廖静等你们好一会儿了。"

章谦错身出去。

沈言肩膀被他碰了碰，下意识地跟着转身。

章谦的头上有两个名字。

"黄梦璇""廖静"。

这……这……这又是什么意思？

"别坐我这儿。"

"干吗？我今天又没喷香水。"

"你的化妆品味道也很重。"

"我上次说了，不喜欢我的味道，你可以不呼吸啊。"

"那为什么不能是你离我远一点呢？"

两个女生又在吵架。

黄梦璇没有坐在椅子上，而是坐在了廖静身边的桌子上，廖静正皱着眉不停地批评黄梦璇身上太香，但她始终都没有真的起身离开。

而黄梦璇也是一脸笑意，上身斜向廖静的方向。

今天廖静的头上也有了名字，"黄梦璇"。

"怎么站在门口不进去？"

章谦打了水回来，沈言也赶紧进了教室。

黄梦璇从桌子上下来，拉开椅子在廖静身边坐下，沈言跟章谦坐在两人对面。

讨论的过程意外地顺利，主要是之前黄梦璇一直挑衅廖静，只要她乖乖地跟着流程走，障碍瞬间就消失了一大半。

讨论结束，四人终于确定了各自的分工。

"要不要一起吃午饭？"章谦提议道。

沈言没说话，黄梦璇在看自己的美甲，廖静说："我们去吧。"

黄梦璇抬起脸，说道："一起就一起了，帅哥呢？"

章谦悄悄踢了下沈言的鞋。

沈言转过脸，发现这人一脸"跟两个美女吃饭的机会千载难逢，大哥，你快走吧"的表情。

"那就一起吧。"

四人结伴去了食堂。

章谦殷勤地要给廖静打饭，沈言不知道自己该不该也给黄梦璇打饭，黄梦璇已经眨巴着眼睛把饭卡递给了他："拜托啦。"

沈言也没说什么，拿着饭卡就走了，跟章谦一前一后地在队伍里排队，他比章谦要高一个头，眼睛不经意间扫过，猛然停了一下。

章谦好像在更新一个帖子。

论坛很眼熟，是他经常刷的篮球论坛。

这个论坛最火的不是篮球板块，而是聊天板块，因为男生比较多，名声很差，有时候沈言自己都不乐意提自己还逛这个论坛。

沈言的视力和记忆力都不差，就那么一下，他就记住了这个帖子的名字。

"猜猜谁是我女朋友？上图求打分。"

两人打饭回去，刚放下饭，黄梦璇就变脸了，说道："你有病呀，她对花生过敏的。"

"啊？是吗？"

章谦给廖静打了个小菜，里面有花生。

"没关系，"廖静说，"我不吃就行了。"

章谦说："你吃我这份，我这份没有花生。"

"哟，"黄梦璇接过沈言手里的餐盘，"真恩爱啊，谢谢。"

"谢谢"是对沈言说的，沈言微微点了点头。

"你嫉妒啊？"廖静也学着黄梦璇阴阳怪气。

黄梦璇笑了笑，说："我有帅哥帮我打饭，是你嫉妒吧？"

吃饭期间，两个女生的言语针对就没停过。

有了朱宁波的前车之鉴，沈言留了个心眼，他发现黄梦璇表面上好像是针对廖静，可一旦廖静不理她，黄梦璇马上就会说些更犀利的话挑衅。而廖静呢，她对章谦和黄梦璇的态度都很凶，但她跟章谦说一句话，跟黄梦璇就会说上十句话。

吃完午饭，章谦说他送廖静回宿舍，两个女生是一个宿舍的，那他当然是一送送两个了。沈言想到那个帖子的标题，心里有点不舒服，说道："一块儿走吧，反正就几步路。"

"帅哥，你真好。"黄梦璇甜甜地说道。

沈言无奈地说："能商量一下吗？别叫我帅哥了好吗？"

"好的呀，大帅哥。"

把两人送回寝室，沈言和章谦也分开了，回去的路上他逛了逛论坛，找到了那个帖子。

帖子的氛围挺不好的。

沈言点了"只看楼主"。

章谦只回复了三次。

"我猜左边的是楼主女朋友，左边比较性感。"

"答对了。"

"闺蜜也不错啊，气质清秀，适合结婚，楼主这个随便谈谈就行了。"

"英雄所见略同。"

"楼主是'富哥'？女朋友这么漂亮？话说我也觉得闺蜜不错，求介绍。"

"哈哈，别想太多，都是我的。"

沈言面无表情地关了帖子。

一般来说，他不会用没有发生的事给任何人定罪，但是这人真的是……

沈言想起自己新学会的词："真'下头'！"

沈言攥了下手机，或许，他的超能力终于能发挥一次作用了。

"这里。"沈言招了招手。

"等很久吗？"廖静看了眼手表，"我应该没迟到吧。"

"没有，是我早到了。"

这里是学校附近的甜品店，沈言单独约了廖静，说是要当面对一下发言稿。

廖静算是组长，于是欣然前来。

沈言拿出笔记本来和她对稿。

可能因为黄梦璇不在现场，廖静看上去脾气没有那么冲了，总的来说还是给人很温柔知性又充满想法的感觉。她对沈言的发言稿提了不少建设性的意见，沈言打算回去再改一下。

对完了稿子，沈言拿出预先买好的蛋糕，说道："辛苦你跑一趟了。"

廖静不买账，说："你这个人有点像'中央空调'啊。"

"啊？"

沈言拿着蛋糕不敢动弹，很惊讶地看向廖静。

廖静说："对稿子完全可以在组会的时候做，有什么必要特意把我单独约出来？"眼镜后的眼睛瞟向沈言拿的巧克力蛋糕，"上次给黄梦璇买咖啡，这次又给我买蛋糕，你对每个女生都这样吗？"

沈言被她说蒙了一瞬，随即又想，既然廖静这么敏锐，应该不会被章谦骗到，那她为什么能容忍章谦这样心术不正的人在她身边打转呢？

"我没有别的意思……"沈言微笑道，"这是买给黄梦璇的，我想麻烦你带给她。"

廖静脸色微微一变，问道："给她的？那你怎么不自己给她？"

"我不太好意思。"

"那是我误会你了，对不起。"廖静生硬地说道，从沈言的手里接过了蛋糕。

沈言说："你们住一个寝室一年多了吧？"

"你怎么知道？"

"黄梦璇说的。"

廖静不说话了，身边的气压有点低。

"都住在一个寝室这么久了，你应该挺了解她吧？"

"我们关系不好。"廖静冷漠道。

"是吗？我觉得你们关系挺好的呢，经常会互相斗嘴，我跟我朋友……"沈言顿了顿，继续道，"也是这样的。"

廖静沉默几秒，抬头道："你有什么事吗？"

"我是想问你……"沈言试探道，"如果我要追黄梦璇，你觉得怎么样？"

廖静没说话。

"你觉得我有机会吗？"

"我不知道，"廖静倏然起身，"你自己去问她吧。"

说完，她就提着包和蛋糕匆匆离开了。

黄梦璇收到了沈言的蛋糕，马上就单独给沈言发了条微信。

若梦："帅哥，谢谢你的蛋糕，你回家了吗？可以单独出来见一面吗？"

sy："我人还在店里。"

若梦："等我。"

沈言耐心地在甜品店等着，又等了差不多二十分钟，等到了盛装前来的黄梦璇。

黄梦璇打扮得太隆重了，让沈言有点心虚，该不会那破异能又要害他一次吧？

只不过是送了个蛋糕而已，应该不至于误会太深。

正当沈言心中纠结时，黄梦璇说道："我们出去说吧。"

沈言跟她出了店，一走到店外，黄梦璇就说："你知道了？"

沈言看向她，黄梦璇对他甜甜一笑："她好生气哦，说我到处留情，作风不检点，差点没把蛋糕砸我脸上。"

"你没事吧？"沈言道。

"没事，我们边走边说吧。"

学校外的这条街道很热闹，黄梦璇带着他走了一段，拐进了有些僻静的岔路："她不知道我的想法吗？"

沈言试探道："什么？"

"想和廖静做最好的朋友啊。"黄梦璇直接道。

虽然有点猜到了，沈言还是被黄梦璇的坦荡搞得愣了一瞬。

"连你这个没见过我们几次的人都看出来了，她会看不出来吗？"黄梦璇微微低头，手指拨了下路边垂荡的树叶。

沈言心想，这是他的异能为数不多的有用时刻。

"是我多此一举了，不过，章谦真的不太适合廖静。"

"那当然，"黄梦璇冷笑了一声，"像他这样的人，做梦也别想碰廖静一根手指头。"

"可是我看廖静好像不是很排斥他的追求。"

"谁知道呢，"黄梦璇的语气有点低沉，"虽然我很讨厌他，不想让廖静和他谈恋爱，但也不好过分干涉。"

黄梦璇大概是从来没有跟人说过这件事，此时心情很低落。

沈言莫名其妙地也感到了些许落寞，他不知道该怎么继续组织语言，沉默地走了一会儿，他突然觉得这条小路有点熟悉，好像什么时候曾经走过似的。

脑海里猛然闪过一个画面。

他好像在打谁的头？

"不过还是谢谢你。"黄梦璇站定，摆出她的少女合手式动作。

沈言尴尬地一笑："对不起啊。"

"开玩笑的啦，瞧你吓得。"

黄梦璇笑得很爽朗，沈言却觉得她的笑容看上去有些落寞。

"所以你是担心廖静会被章谦骗走。"

沈言又含蓄地说了下有关章谦的部分。黄梦璇这么说，他就点了点头。

"嗯，还真是迂回呢。"黄梦璇眨了眨浓密的卷睫毛，"你该不会是也看上廖静了吧？"

沈言再次无声地摆了摆手。

"哈哈，那就好，放心吧，我不会让他骗走廖静的，不过如果是你的话，"黄梦璇笑了笑，"成全也未必是件坏事。"

沈言送黄梦璇回宿舍楼。

"本来是不想让你送的，可我走之前说是去跟你约会，所以就麻烦你啦，不然我会很没面子的。"

沈言欣然答应，老实说，他还挺喜欢黄梦璇这样的个性的，古灵精怪又很可爱，像个小女孩。

"没关系，反正我也没事。"

"会传绯闻的。"

"那种谣言过几天就不攻自破了。"

路上确实频频有人投来目光，但两个人都很坦然无所谓，也不在乎什么谣言不谣言，依旧是一路同行，走到楼下，黄梦璇还开玩笑说要不要亲他一下，让绯闻传得更猛烈一些。沈言听了，下意识地把头往后仰了仰。

黄梦璇笑得肚子疼："拜托，你该不会还留着初吻吧？"

沈言："……"

初吻可是很神圣的，留着怎么了！

"哈哈，看来是真的！"

"都说小组作业出情侣,我们这四个男的未免有点太惨了吧。"

组员将手机屏幕面向众人,向大家展示那一对养眼的俊男美女。

"走在一起就是谈恋爱?"有组员嗤之以鼻。

"看看他们往哪儿走的行不行,咱们学校外面的情人路。"

俊男美女走入林荫小道,背影看上去一个高大一个娇小,显得十分登对。

"哦……那可能真谈了……哎,"那人转脸道,"'学神',你跟沈言是铁哥们,你知道这事吗?"

赵林苏敲着键盘,没说话。

"你傻呀你,很明显就是兄弟重色轻友抛弃队友了,要不然怎么能让我们捡到'学神'这个漏呢?"

"别胡说了!那个,赵林苏,你要不要喝咖啡?"唐晨端着咖啡过来要坐下。

"稿子我已经写完了,"赵林苏合上电脑起身,"发到你们邮箱里了,有需要改的地方再叫我。"

"你这就走了吗?"唐晨道。

赵林苏微微一点头,也不知道是在回应他还是向其余两人告别,转身就走了。

唐晨只能遗憾地坐下。

另外两位组员笑道:"算啦,你省省吧,'学神'可不是那么好巴结的,我们能合作一次作业就烧高香啦。"

唐晨笑了笑:"大家都是同学,可以做朋友嘛。"

"别闹了,'学神'的朋友不就只有两个吗?还是别浪费时间了,你跟他同宿舍半学期,不也没处成朋友吗?"

真是哪壶不开提哪壶。

唐晨气得在心里把这两个嘴贱的男生凌迟了一百零八遍,面上仍然保持着微笑:"呵呵。"

大一分完宿舍后,唐晨发现宿舍里有个顶级帅哥,激动得好几天都睡不着觉。

帅哥人长得帅,专业强,性格又极其"高冷",对所有人都是一副爱搭不理的样子。

可惜赵林苏太"高冷"了,唐晨跟他在同一个宿舍,愣是一句话没搭上过。

直到正式开学那天，唐晨竟然看到赵林苏在楼梯口跟另一个帅哥说话。

这是他第一次看到赵林苏笑，而且是那种平静中带着酷、酷中带着戏谑、戏谑中又暗藏一丝温柔的笑。

酷哥居然也有温柔的一面。

用他看的综艺节目里的话来总结，赵林苏就是个"铁壁男"！

他并不是对人没礼貌，相反的，他很有礼貌，但是那种礼貌包含着非常明显的"拒人于千里之外"的含义。

别烦我，否则，这点礼貌你都别想要了。

下半学期，赵林苏便搬出了宿舍。

虽然同宿舍住过半年，当唐晨鼓起勇气邀请赵林苏来加入他们小组时，赵林苏跟他说的第一句话竟然是"你是？"，对他完全没有印象。

气死他了！

"哗——"顾长的身影跃入水中。温水包围住了身体，耳边像是进入了另一个世界，有水的回声。

赵林苏游了很久，一直游到筋疲力尽才上了岸。

言："辅导员找我有点事，我先去学校了，今天不搭车。"

"啪"，发尖滴下的水珠落在手机屏幕上，往下蜿蜒地流向空白的对话框，光标闪烁着。

周四上午，沈言准备好了陈述用的PPT，四人约在空教室做最后一次盘点。

虽然沈言不喜欢章谦对两个女孩子的不尊重，不过他还是很"公私分明"的，认真完成了所有的小组作业，也没有对章谦表露出什么特别的态度。主要是他也不想在完成作业期间搞得太尴尬，反正两个女孩子都很聪明，其实他不操心也不会有什么问题。

沈言在教室里看PPT，门口有人敲了敲门。

来的是廖静。

"早。"沈言抬手打了个招呼。

廖静拎着包直直地走过来，然后忽然单手撑在沈言的桌前。

沈言充满疑惑。

"我已经拒绝章谦了。"

"哦……"沈言干巴巴地说,"恭喜?"

"我觉得你不错。"

沈言呆住了。

廖静的长发垂在桌上,她用一种相当强势的语气和姿态问道:"怎么样?考虑跟我交往吗?"

沈言大脑空白了一瞬,随即慌张地连人带椅子都往后退了。刺耳的摩擦声在教室里格外响亮。

沈言完全不知道该怎么回应,这件事的荒谬指数简直位列他最近所遇到的事情的前三名了!

"哈哈哈哈!"

女声爆笑的声音传来,在空空的教室里回荡着,沈言目瞪口呆地看着拎着小包包走进来的黄梦璇。

"我就说你会吓坏他的。"黄梦璇捂着嘴笑道。

"原来他胆子真那么小,"廖静直起身,也抱臂对着沈言笑,"好单纯哪。"

"是吧?"黄梦璇过来,"帅哥,别害怕,跟你开个玩笑啦。"

五分钟后,沈言终于搞清楚了状况。

"所以你们两个真的和好啦。"

两个女生冲他笑笑,又开始七嘴八舌地吵了起来。

沈言坐在位子上,人悄悄往后缩。

看来两个女生并不是因为关系不好才"吵架"的,这就是她们的相处模式。没吵两句,两人又开始拉着手像连体婴一样地靠在一块儿,相视一笑。

黄梦璇看着廖静说道:"总之就是,我们现在的关系非常好啦。"

沈言久久没有说话,虽然他一开始就有点怀疑,但是真的看到这两个女孩子大大方方地在他面前,他还是觉得很意外,意外地有些感动。

过一会儿,沈言说:"章谦呢?"

"他?"廖静道,"他身体不舒服。"

身边的黄梦璇神秘一笑:"大概是因为忙着删帖,手指抽筋了吧?"

果然,这两个女孩子根本不需要他帮忙。

不过沈言还是很开心，这好像是他凭借破异能干出的第一件好事啊！

因为帮助两人和好，沈言迅速荣升为两个女孩子的新好友。

"他还没有谈过恋爱啦。"黄梦璇环着廖静的手。

廖静看向沈言，也判断似的一点头道："确实像。"

沈言哭笑不得："你们看得出来？"

"当然。"

沈言试探道："那你觉得我的两个朋友……"

"那肯定和你差不多啊。"

好吧。看来这种事还是能看出来的。

三人确定了发言稿没有问题后，就一块儿前往上课教室。

今天在空教室耽误了一会儿后，教室里已经来了很多人，沈言带着两个女生，很自然地想要肩负起找座位的重任，然而黄梦璇拉着廖静手疾眼快地在后排找到了座位，冲他招手。

这还是沈言第一次和女生做同桌。

从小到大，他因为很乖，所以一直被安排专门和一些比较调皮捣蛋的男孩子坐在一块儿。

后来，他就跟赵林苏做了同桌。

再后来，赵林苏从问题学生变成了模范学生，班主任想把沈言调走去跟别人一块儿坐时，赵林苏却不答应了，这是他交到的唯一的好朋友。

赵林苏小小年纪就十分敏锐地看出，沈言在班级里起的就是类似"灭火器"的作用。他马上就带了一盒虫子去跟班主任谈判，表明自己仍然野性难驯，需要再改造。

当然，这件事沈言是不知道的。他只知道他自从跟赵林苏坐一起后就没再换过新同桌。

沈言尝试在教室里寻找赵林苏的身影，前面没找到，回头又看了看，这才发现赵林苏就坐在与他隔了三排的位置，而且正在看着他们这边。

两人一对视，沈言又看到了赵林苏头上的名字。

这次的"沈言"的形态有些恐怖。

沈言抬了下手，算是打招呼。

赵林苏没反应，只是静静地看着他。

沈言有点尴尬，视线转移时，和坐在赵林苏斜后方的一个男生视线一掠而过，然后他转了一半的脑袋就顿住了。

哈？这人头上的名字是"赵林苏"？

哇！

沈言满脸不可思议地看向那个男生。

男生长得白白净净的，看上去还蛮清秀乖巧的。

见沈言盯着他，他似乎有点无措，随即面露微笑，向沈言微一歪头。

沈言："……"

看什么看？唐晨边笑，边在心里翻着白眼移开目光。

唐晨的表情完全落在了沈言眼中。

沈言嘴角抽搐，转头问黄梦璇认不认识后面那个男孩子。

"他啊，唐晨，听说他人不太好。"

沈言追问："你觉得他是不是……"挑眉。

黄梦璇回头看了一眼，又看向沈言："感觉不像啊。"

算了，他就不该相信什么直觉这种鬼话。

没想到啊，赵林苏也有今天！

晨曦："哎呀，可紧张死我了，我没说错什么吧？'学神'，我没把你的观点阐述错吧？"

唐晨一下来，就马上在小组微信群里暗示求表扬，也没再套近乎直接叫名字，而是学着那些直男叫他"学神"。

结果他这条微信刚发出去，就发现群里只剩下了三个人。

再点开一看，赵林苏已经退群了。

唐晨："……"

这人很酷哦？

然后他一抬头，发现现在上台的人是沈言。

平心而论，沈言挺帅的，笑起来很阳光，又有点雅痞的味道，而且身材超棒，手臂看着细细的，拿话筒的时候肌肉线条却是一缕一缕的，手臂上面的青筋和血管在白皮肤下又显得很好看……不行不行，唐晨板起脸正襟危坐，再看下去要不对劲了。

沈言的发言非常认真，准备得也很充分，唐晨虽然不喜欢他，带着偏见也不得不承认沈言的发言不仅逻辑思维清晰，观点明了，陈述起来步步推导，深入浅出，还不失趣味性。这个人不仅长得帅，脑子也相当好使。

沈言在台上，并不知道台下那个唐晨在想什么，他直接给了赵林苏一个眼神——这才是搞学术的态度！

虽然这事跟赵林苏没多大关系，反正意思到位就行了。

沈言下来也得到了两个女孩子的花式赞美。

唐晨在后面边走边摇头，啧啧，左拥右抱哪。他又看向赵林苏，心想，看清楚了吧？沈言就是这样的人，见色忘友。

小组作业得分后面才会发布，沈言很有信心，觉得他们组的分数肯定不低。

"那当然了，有大帅哥的发言，我们肯定是A啦。"

"没有，你们也帮了很多忙。"

"对了，这个忘了给你。"

黄梦璇将一个纸袋递给沈言："是我们两个一起买的蛋糕。"她对着沈言笑眯了眼，"谢谢你啦。"

"你们太客气了。"

沈言余光看到赵林苏在往外走，连忙说道："我还有点事，先走了。"

赵林苏走得很快，一眨眼就走到了楼梯口。

沈言拿出手机想发微信或是打电话，但想着赵林苏那手插口袋谁也不爱的姿势，就知道他肯定不看手机，只能把蛋糕抱在手里快走下楼。

沈言脚步匆匆地往下走，探头发现了赵林苏的身影，又赶紧追上去。

"等一等，'学神'，等一等，你走太快啦！"

唐晨气喘吁吁地追上了赵林苏，把他挡在拐角。

"有事吗？"赵林苏垂眸道，语气很冷。

唐晨一听就知道他现在心情一定糟透了。

也是，看着自己的兄弟在课上被美女环绕，而自己还单着，那滋味能好受吗？

唐晨摆出了他自认为最亲切的笑容："这次小组作业合作很愉快，我们下次再一组吧?"

"赵林苏。"

唐晨探过身,循声向赵林苏身后看去。

赵林苏也回过了头。

沈言看两个人面对面站着,心中警铃大作!

"过来。"沈言赶紧道。

唐晨听到他语气超级随便,简直像是命令,心中不由得冷笑,赵林苏可不是那种召之即来挥之即去的人,他继续微笑道:"学……"

赵林苏转过身,头也不回地向着沈言的方向走了过去。

唐晨:"……"

这人怎么又不高傲了?

沈言没想那么多,把人叫来以后,先问:"你们说完了吗?"

"没说什么。"赵林苏道。

沈言看了一眼不远处还在微笑的小男生:"那……走了?"

"走。"

沈言对唐晨略一挥手。

唐晨下意识地也挥了挥手,心想干什么,他可不是那种挥挥手就……

然后两个人就走了。

唐晨:"……"

去死吧!

气氛有点尴尬。

换成几个月前的沈言,如果有人告诉他,有一天他跟赵林苏走在一块儿会觉得无所适从,不知道该说什么,他一定哈哈大笑嗤之以鼻,觉得这人是在开玩笑。

但老天爷好像真的跟他开了个玩笑,还是个超级不好笑的玩笑。

"今天陈述得很不错。"难得的,竟然是赵林苏先主动开了口。

沈言莫名地有点紧张,感觉好像好久没有跟赵林苏这样单独聊天了。

"你们组今天做的陈述也挺好,发言稿是你写的吧?"

"听出来了?"

"那肯定。"沈言慢慢放松下来,"今天时间太紧了,没轮到朱宁波那组。"

"下周应该就能轮到他们。"

沈言点了点头:"到时候我们给他加油打气!"

"嗯。"

沈言用余光轻瞟赵林苏的头顶。

那个更深更黑的恐怖形态的"沈言"明晃晃地昭告着他那个"拉开距离"的作战失败,不仅没用,而且好像更糟糕了。

"这是什么?"

顺着赵林苏的视线,沈言低头看向手中的纸袋:"哦,是蛋糕,你要吃吗?"沈言将纸袋往赵林苏那边递了递。

赵林苏往纸袋的开口里看了一眼,说:"别人送你的,我怎么好意思吃。"

"你少来,"沈言下巴往前面不远处的长椅指了指,"去坐那儿吃。"

两人在长椅上坐下,沈言把蛋糕从纸袋里拿出来。

蛋糕不算很大,也就6寸左右,小小的,圆圆的,透明的盒子包裹着粉蓝色的蛋糕体,样子很可爱,上面插了个小木马,沈言说:"还真少女心。"

沈言很干脆地把勺子和蛋糕都给了赵林苏:"你先吃。"

赵林苏捧着那个蛋糕,淡淡道:"这么辜负女生的一片心意,不太好吧。"

沈言差点喷了:"什么心意啊,别扯。"

"别人送你蛋糕,当然是喜欢你,"赵林苏说,"难道你以为圣诞节送苹果,情人节送巧克力,都是女生嫌钱多在做慈善?"

沈言哭笑不得,只好说:"干吗说得我好像没有心的渣男一样,今天又不是圣诞节,也不是情人节,而且这是两个女生一起买了送给我的,总不能是她们团体表白吧?人家只是礼貌致谢,别想太多了,好不好?"

他说着说着,才发现赵林苏那话听上去似乎意有所指。

沈言抿了抿唇,微笑道:"你是不是听说了什么传言?"

赵林苏看了他一眼。

沈言在笑,他笑起来非常好看,眼角微微眯着,嘴角上翘,忍俊不禁似的,简单干净。

"你怎么也听风就是雨的,"沈言笑道,"我要是真谈恋爱,能不告诉你吗?"

赵林苏凝眸看他，也笑了笑："谁知道呢，你重色轻友。"

"哈哈，别扯淡了，"沈言道，"想吃就吃吧，反正你也就吃两口，剩下的还是我的，我带回去吃。"

赵林苏把那个蛋糕全吃完了。

沈言从来没见过这个人一口气吃那么多甜的，连蛋糕上插的翻糖小木马也"咯吱咯吱"地全嚼了。

"你没吃早饭哪？"沈言惊讶道。

"嗯。"

赵林苏淡定地说道："早上起得晚，忘了。"

沈言摇了摇头，问："不腻吗？"

"还好。"

沈言嘟囔道："真服了你了，"随即又说，"你该不会这两天都没吃早饭吧？"

赵林苏静静地看着他。

沈言一脸要晕倒的表情："大哥，难道我不给你带早饭，你就想不起来要自己买早饭吃吗？"

"一个人就会忘。"

沈言两条长腿交叉着上下晃了晃，转过脸，恨铁不成钢地说："你……你怎么这么不让哥省心呢？"

赵林苏淡淡一笑："骗你的。"

有时候真想弄死这家伙！

这两天沈言总觉得少了点什么，一直开心不起来，最开心的就是两个姑娘拉着手站到他面前的时候了。

没人跟他这么阴阳怪气地斗嘴，就好像生活里缺失了调味料。

日子还是正常过，就是没什么滋味。

被赵林苏这么一瞎扯，沈言莫名其妙地心情好了起来。

和好吧，沈言心道，这朋友他丢不掉。

"下次小组作业，要不要还是一组？"沈言问道。

这么说，他其实有点不好意思。

提出分开做作业的是他，要在一起做的也是他，感觉他有点反复无常，耍着人玩似的。

沈言心下忐忑，悄然移开视线。

"我考虑考虑。"

沈言抬头，赵林苏面带戏谑，明显是在故意逗他。

沈言笑骂了一句"滚"。

"还吃得下午饭吗？"沈言道。

赵林苏站起身，说："走。"

两人一块儿去食堂吃午饭，沈言在食堂看见了一起吃饭的黄梦璇和廖静，两个人黏在一块儿，时不时地微笑，亲密得不得了，一看就是挚友。

"吃什么？"

沈言收回视线，他看向自己的那位挚友，深吸了口气。

"炒米线！"

看到两人又坐在一起时，朱宁波人傻了。

当然，发傻之余，他还是很高兴的："你们终于和好啦！"

"说什么呢，"沈言理了下头发，"就没吵过啊，"对上朱宁波一言难尽的眼神，他胳膊肘顶了顶身边赵林苏，轻咳了一声，"说句话啊。"

"嗯，"赵林苏说，"他病好了。"

沈言白了他一眼，心想，他才发病了呢。

不过看到赵林苏头上的"沈言"两字恢复到了正常形态，他还挺满意的是怎么回事？

"波儿，加油啊。"沈言给朱宁波打气，"张秦那组就排在你前面，相信你一定能吊打他。"

朱宁波好脾气地笑笑，说："我不跟他比，我就跟自己比。"

沈言给了他一个大拇指："境界真高。"

"我还是想跟我的组员一起……"朱宁波向斜后方指了指。

"去吧。"沈言道。

朱宁波脚步犹豫："沈言，这次跟别人一起做小组作业，我感觉我的收获挺大的，以前跟你俩一块儿，你们照顾我，总是把最简单的部分给我做，我也很感谢你们。但是我想，我下次能不能……就是，你们和好了，如果你还是想咱们仨一块儿做小组作业，我想承担点难度大的部分，或者我想继续跟别人组队，我想……我想自己……"

他说着说着有点语无伦次，脸色也慢慢变红了，沈言连忙说："你不用说了，波儿，我明白你的意思，我觉得你说得对，你不是我俩的跟班，这事你自己做主，你想跟谁组队就跟谁组队，这不会影响我们的关系。"

朱宁波也点了下头，眼神充满了感激："沈言，谢谢……"他回头又看了一眼正在向他招手的组员，又对沈言笑了笑，"那我去啦。"

"加油。"沈言握拳。

朱宁波用力"嗯"了一声。

赵林苏也看向朱宁波："加油。"

朱宁波往后走了，沈言用手支着脸看着他跟新组员坐到一起，他扭头对赵林苏说："哎，我觉得波儿说得很有道理，要不我们下次还是分开坐？"

赵林苏瞟了他一眼。

沈言眨了下眼睛。

"好笑吗？"赵林苏问。

"……不好笑吗？"

赵林苏不理他了。

沈言"切"了一声，又继续八卦道："哎，你跟新组员有没有学到什么？"

"学到一点。"

"学到什么？"沈言兴致勃勃地追问。

"跟傻瓜少讲道理。"赵林苏斜睨道。

沈言翻了个白眼，又想起什么："你对那个唐晨印象怎么样？"

"谁？"

"唐晨，就是你们组发言那个男生。"

"没印象。"

朱宁波的发言沈言听得贼认真，全程视线紧盯，朱宁波说完，他连忙鼓掌，身边的赵林苏也跟着鼓了掌。

"波儿说得真好，"沈言的友情"滤镜"八百米厚，"真是太棒了。"

赵林苏"嗯"了一声，沈言一扭头看见他笔记本屏幕上记得密密麻麻的，心下感动，他的好兄弟果然也是讲义气重感情的人："你都记下来啦？"

赵林苏边鼓掌边说："只是把他说得有错的地方记了下来。"

错得那么多吗？要求太高了吧！

"也好，等会儿发给他，对他也有帮助，"沈言说，"你该不会也记了我的吧？"

"没有。"

沈言松了口气："因为我错得不多？"

"不是，"赵林苏放下手，"是没听。"

沈言："你不是说我说得很好吗？！"

"客套话。"

现在重新考虑绝交来得及吗？

教授宣布下课，沈言立刻就要跟赵林苏算学术账，手刚压在桌子上，赵林苏就说："开玩笑的。"

沈言挑眉。

"不是客套话，的确说得很好。"

沈言冷笑一声："你觉得我还信吗？"

"那我要现场点评吗？"赵林苏作势掏笔记本。

沈言可不想被这嘴毒的家伙挑刺。

这时朱宁波走了过来，避免了一场学术大战。他显然也很开心，他发挥得不错，教授都表扬他了，对他说了很多鼓励的话，他高兴得差点在台上哭了。

"沈言，我真开心！"

"说得特别好，"沈言也开心，站起身拍了下朱宁波的肩膀，"比张秦说得好多了。"

朱宁波境界高，他境界低，就是偏袒朋友，乐意为朋友高兴。

朱宁波笑了笑，小声说："我也这么觉得。"

"哈哈！"

"走，今天出去吃一顿？"

"好啊，"朱宁波忙不迭道，"今天我请客。"

"那必须的。"

三人去学校外的川菜馆大吃了一顿,沈言去上厕所时,赵林苏说他给朱宁波发了邮件,让朱宁波看一下,是对他今天发言的一些体会。

"谢谢!"朱宁波握着饮料杯,他踌躇了一下,小心翼翼地问道,"梁教授……最近怎么样?"

"不知道,"赵林苏说,"我跟他不熟。"

朱宁波失落地"哦"了一声。

赵林苏冷眼旁观,喝了口水,说:"他最近好像没带过人回来,可能在自我反省吧。"

"啊?"

"具体我也不清楚。"

沈言回来了,朱宁波也就不再追问,只是拿着空饮料杯喝了半分钟空气,脸上带着傻笑。

沈言人傻了,问道:"他在干吗?"

"高兴吧。"

"这么高兴……"沈言嘀咕道。

"不过我也挺高兴,"沈言夹了块肉吃,边吃边摇头摆尾,他吃高兴了就这样,"好久没跟你们出来吃饭了。"

他说完,双手向上举起,"好开心哦。"放下手又对赵林苏说,"小伙计,你呢?心情如何?"

赵林苏握着杯子,眼眸低垂。

"蹭饭,心情当然好了。"

"什么?"

沈言惊讶得眼珠子都快掉出来了。

"你要结婚了?!"

"大惊小怪,"沈慎轻描淡写道,"你哥我都三十多岁了,结婚难道不正常吗?"

"不正常。"

沈言完全无法理解,他看着他哥头上的动漫女主角名,死活都想不通,他哥这个"二次元"是怎么跳过那么多步骤,直接一步到结婚的?他怎么什么都不知道?

"跟谁?真的假的?你别骗我。"

沈慎说:"这还有假?明天晚上她要来家里做客,你表现好一点。"

沈言半信半疑看向他哥的头顶,小心翼翼地问道:"嫂子她……是活人吗?"

是活人,还是个很漂亮的活人。

"不好意思,家里有点乱。"

直到沈慎拉开门,留着一头齐耳短发的美女走进门时,沈言才相信他哥真的没有跟他开玩笑。

"介绍一下,这是我弟弟,沈言,"沈慎很殷勤地拿出一双新的拖鞋,"沈言,这是方菲。"

"你好。"沈言不知道该怎么称呼她,只能先局促地点头打招呼。

"你们兄弟俩长得完全不像嘛,"方菲很自然大方,对沈言亲切一笑,"不过都长得很帅啊。"

"哈哈,"沈慎帮她把高跟鞋放好,"我弟还是比我帅多了吧。"

"别这么说,只是不同的类型,你也很帅呀。"

沈言一时有点手足无措,赶忙先倒了杯水放在茶几上。

"谢谢!"方菲笑眯眯地在沙发上坐下,"听说你在A大读书?"

"是的。"

"他老是夸他弟弟长得又帅又成绩好,还会打篮球、游泳,性格也很好,听上去简直就像个完美无缺的人。"

"我哥太夸张了。"沈言不好意思地道。

"是呀,我们也都觉得是他太夸张了,哪有人会没有缺点嘛。"方菲笑道,"不过这次回去我可以跟他们说,长得帅这一点他还是没夸张的。"

沈言的脸顿时有点红。

从小到大,他很少跟这样比他年龄稍大一些的女性接触,那种温柔的女性色彩会让他不由自主地害羞脸红,感到无所适从。

"哈哈,"沈慎去厨房拿了切好的水果出来,"我可以负责任地说,每一点都没夸张。"

"沈言，你回房间里休息吧，吃饭我再叫你。"

沈言对着方菲又一点头，方菲也向他笑了笑，说道："等会儿可以尝尝我的手艺。"

沈言不可置信地看向沈慎，用眼神询问他哥："你叫别人来家里吃饭，然后让别人做饭？"

他哥也用眼神回答他："别说废话，滚回房间。"

沈言只好回了自己的房间。

关上门之后，他立刻拿起手机倒在床上。

sy："晕，我哥带女朋友回家了。"

林子："挺好的。"

sy："我完全不知道！"

林子："很正常。"

sy："这正常吗？我哥谈恋爱，我完全不知道！这正常吗？这真的正常吗？"

沈言不间断地发了一连串的问号刷屏。

这到底哪里正常了？

他哥交了女朋友，而且都到谈婚论嫁的地步了，他竟然一无所知！

方菲。

他从来没在他哥的头顶看到过这个名字啊。

名字一次都没有出现过的对象，就这样结婚了吗？简直太不可思议了。

林子："你又不是他老婆，他交女朋友为什么要向你汇报？"

sy："……"

什么逻辑！

林子："你不想看到他交女朋友？"

沈言心想，那倒也不是。

sy："没有。"

sy："招呼都不打一声！"

sy："太突然了！"

林子："怎么打招呼？"

林子："我要谈恋爱了，你做好准备？"

sy:"……"

sy:"谢谢，拉黑了。"

沈言随手把手机扔到一边，在床上滚了两下，拉了被子罩在脸上。

他还是觉得很奇怪。

真的太突然了，一点征兆都没有。

看上去两个人好像还是同事。办公室恋情吗？

所以他哥那么勤快地加班，其实是在跟人谈恋爱？

沈言两手一摊，想要仰天长啸，刚一张嘴就又闭上了，怕被他哥听见。

一直到被叫出去吃晚饭，沈言还是有点恍惚。

沈慎正在给方菲拉凳子，动作小心翼翼，像是生怕哪里磕坏了人家。

"谢谢。"方菲抬头对沈慎微微一笑。

气氛相当和谐。

"来坐啊。"沈慎推好椅子，向发愣的沈言招了招手。

沈言连忙应了一声，在两人对面坐下。

"猜猜哪道菜是我做的。"方菲笑道。

沈慎也拉开凳子坐了下来："看得出来吗？言言。"

沈言扫了一眼桌面，发现其中有一盘黄瓜拍得惨不忍睹，跟沈慎的厨艺水平似乎差距很大。他隐晦地看向那盘拍黄瓜，沈慎拍手大笑道："我就说言言一眼就能看出来。"

"怪我，手艺不精。"方菲嗔怪道。

"没事，家里有人会做就行了，"沈慎对沈言说，"来尝尝看你菲菲姐的手艺。"

"也不算我的手艺，"方菲说，"调料都是你哥负责的，生怕我做的把你肚子吃坏。"

"没有、没有，我那是怕你累着。"

沈言这辈子都没见过他哥对哪个女生这么温柔体贴过。在他的认知里，这好像还是他哥第一次谈恋爱。

所以，这是他哥的初恋？！

沈言边吃饭边偷偷观察，发现他哥对方菲的照顾无微不至，而且很恭敬谨慎，简直就是拿方菲当女神一样供着。

吃完饭，沈言自觉去厨房洗碗，把客厅让给他哥和未来嫂子。

水声哗哗，沈言忍不住用余光往客厅里瞟。

沈慎和方菲坐在同一张沙发里，可能是顾忌家里还有个他，没有坐得很亲密，两人之间差不多保持着一臂的距离，脸上都带着淡淡的笑，不知道在聊什么，看着有种相敬如宾的岁月静好。

"言言，"沈言探出身，"我送你菲菲姐下楼。"

"好，"沈言忙甩了下手，把人整个露出来，"菲菲姐，再见。"

方菲笑得捂嘴，凑近了对沈慎说了什么。沈慎也笑了，笑得满脸得意。

两人一块儿出门，沈言又默默地回去洗碗。

哥哥头顶为什么没有出现过方菲的名字呢？

沈言越想越投入，手上洗碗的动作越来越慢，不知不觉水都快从池子里漫出来了他才回过神，赶紧把水龙头拧紧。

残余的水渍一滴一滴缓慢地落在池子里，沈言摇了摇头，他这又是在胡思乱想什么，赶紧把脑子里那点理不清楚的情绪给扔了，麻利地洗碗码好，出去擦桌子的时候，沈慎回来了。

"哎呀，我的宝贝。"沈慎的心情似乎很好，笑容满面地过来把正在擦桌子的沈言抱了个满怀，"表现得真好，让哥哥来收拾。"

"都已经收拾好了，"沈言从他哥的魔爪中挣脱，"怎么这么快就回来了？你不送人回家吗？"

"她自己开车了。"沈慎捏了下沈言的脸，"我的小绅士。"

沈言嘴角抽搐，用手背擦了下脸，无语地回到厨房。

沈慎跟在他身后，笑嘻嘻道："弟，我看你今晚情绪不高啊。"

"没有。"

"嘿嘿，是不是舍不得哥哥结婚？"

"没，"沈言拧开水龙头洗抹布，"早想把你嫁出去了。"

沈慎在他背后微一撇嘴，靠过去用肩膀拱了一下沈言："说真的，哥就算结了婚也不会抛弃你的，放心。"

"谢了，"沈言道，"早就不想和你一起过了。"

见弟弟如此淡定，沈慎气急败坏，捶胸顿足地要沈言承认"他还舍不得哥哥"。

沈言摆摆手，说："我去洗澡。"

沈慎："……"

弟弟长大以后一点也不黏着他了，可恶！

沈言洗完澡出来，被他哥又给劫持住了。

"下个月8号，一起去巴厘岛啊。"

"巴厘岛？"沈言擦头发的动作顿住，半信半疑地看向他哥，"你要求婚？"

"求婚？"沈慎自信一笑，"结婚！"

"啊？"

沈言吃惊道："真要结婚？"

"当然是真的！酒店都订好了！"

沈言受到了冲击。

他还以为他哥说的"结婚"多少有点夸张的成分，最起码还要走上很多流程，没想到连结婚的酒店都订好了，时间还那么紧。下个月8号，这都20号了，那岂不是只剩半个月？再过半个月，他哥就要结婚了?!

沈慎一脸奸笑："怎么样，这下你该信了吧？"

沈言茫然了一会儿，问道："方菲姐知道这事吗？"

"说什么呢，"沈慎道，"酒店都是她订的。"

沈言再次不可置信地看向他哥："哥，你吃软饭？"

沈慎："我倒是想！"

"到时候你来当伴郎，把林苏也叫上。"沈慎揉了把沈言的头发。

"你要赵林苏也给你当伴郎？"

"对啊，林苏多帅啊，"沈慎挺着腰板，"你们俩帅哥给我当伴郎，我多有面子。"

"不好吧，不是说伴郎太帅会抢新郎的风头？"

"没事，叫你请就请，你还认识什么帅哥朋友也一块儿请来，越帅越好。"

沈言不假思索道："我的朋友里没有比赵林苏更帅的了。"

"倒也是，"一旁的沈慎已经先认同了，"你俩双帅当伴郎，颜值超标！"

"你早点跟赵林苏说啊，下个周末找个时间，还要带你们去买伴郎服。"

"不用了吧，我有西装。"

"那不行，必须得买身新的。"沈慎拍了下他的肩膀说道，"放心，你方菲姐买单。"

沈言沉默片刻，缓缓道："哥，你真的没吃软饭吗？"

"……没有！"

回到卧室，沈言在床上躺了十分钟，也想了十分钟，最后也不得不承认赵林苏的确是他认识的人当中最帅的。

哎呀，帅就帅吧，反正没他帅，沈言拿出扔在枕头下的手机。

sy："1。"

林子："什么？"

sy："下个月8号，你有没有什么安排？"

林子："没。"

sy："OK。"

sy："跟我去一趟巴厘岛。"

林子："抢婚？"

sy："对！"

sy："去抢婚，你去不去？"

说实话，要不是这货隔三岔五地拿唐怡来挤对他，沈言自己都快忘了他喜欢过唐怡这件事了，对付这种事最好的反击就是干脆认了，免得这人没完没了地嘲笑他。

过了好一会儿，沈言还是没等到赵林苏的回复。

sy："人呢？"

sy："尿了？"

sy："是不是兄弟？"

沈言不客气地拿各种鄙视的表情包刷屏，他手指点得太快，赵林苏简短的回复被他刷了过去，他又赶紧拉回去看。

林子："去！"

沈言笑了笑，心道，这人还是很讲义气的嘛。

sy："开玩笑的，我哥要去巴厘岛结婚，钦点你当伴郎。"

林子："你这家伙！"

沈言就知道这家伙对自己的兄弟没有一点尊重！

"伴郎礼服？"

沈言点头，转了下笔，说道："我哥说他买单。"

准确地说，是他的准嫂子买单，真的很难不怀疑他哥这就是在吃软饭。

"这周末去试衣服，"沈言扭脸逼视道，"别说你没空啊。"

"有空。"

沈言"嗯"了一声，视线在赵林苏的头顶略做停留。

又恢复常态了，"沈言"天天见。

沈言还是好奇的，但是好奇心会害死猫，所以他决定单方面压制住自己这种好奇心。

最近朱宁波开始独立自主，不成天跟他们混在一块儿了，沈言对朱宁波的改变乐见其成。

沈言对试伴郎服这事的态度空前积极，热情高涨。

到了周五晚上，他哥去阳台接了个电话，回来就跟他说出了点小插曲。

"你菲菲姐明天有点事。"

"那不去了吗？"

沈言总觉得他哥结婚这事挺儿戏的。一般来说，结婚不都是很麻烦、很复杂的吗？下下周就要飞巴厘岛去办婚礼了，可是到现在连礼服都没定好。

沈慎沉吟片刻道："去，她那儿可能有点麻烦，明天我去帮她解决一下。你跟林苏先去店里挑着，我解决完了马上就过去。"

"啊？"

沈言端着饭碗，傻眼了。

"啊什么，"沈慎道，"叫林苏过来带你去，反正你也老蹭人家车，脸皮厚惯了，没事。"

沈言面色微红："我哪蹭他车了，他那是顺路，而且我天天都给他带早饭的。"

"挺好，那你明天也给他带一个。"

沈慎夹了块西红柿，视线在沈言脸上扫了一圈，问道："怎么了？不方便？"

"没有。"

沈言扒了口饭，说："那明天你俩办完事快点来啊。"

"你跟林苏好好选，放心，那工作室是你菲菲姐的朋友开的，看上哪件随便挑，穿起来越帅越好。"

沈言忍不住道："哥，你这样是不是不太好，什么都让女生来。"

沈慎盯着他，表情像是在忍着笑："我要告诉你钻戒都是你菲菲姐买的，你会怎么样？"

沈言不会怎么样，会无语。

"哥，"他诚恳地说，"我前两年打工存了点小钱，实在不行，你就先拿去用吧。"

沈慎笑得咳嗽。

"放心吧，你哥我虽然赚得不是特别多，也算个高级打工人，没那么穷，用不着拿你那零花钱来贴补。"

"那你干吗这样啊，"沈言抱怨道，"这样对菲菲姐很不公平。"

沈慎笑眯眯道："人还没进门呢，你这胳膊肘就提前往外拐了？"

沈言斜他一眼，无情道："我肯定向着嫂子。"

沈慎又是哈哈一笑："这就对了。"

沈言真搞不懂他哥到底在想什么，只能发微信给赵林苏，让他明天早上来带他一程。本来沈言都习惯坐赵林苏的车了，被他哥说他蹭车，还真有点不好意思起来，又多发了一条。

sy："可以吗？"

发送完沈言自己先起了鸡皮疙瘩，怎么看怎么都觉得矫情恶心，赶紧点了撤回。

赵林苏没回。沈言想，他应该没看见。

没看见就好，他俩的关系，稍微沾点客套都让沈言觉得别扭。

屏幕上跳出来赵林苏的回复。

林子："9点，小区门口见。"

沈言心道，对嘛，他俩说话就是这么直接，哪儿来那么多计较。

林子："可以吗？"

沈言腹诽：谢谢，想打人。

第二天一早，沈言刚醒就发现他哥已经先走了，也不知道是什么大事能让这对马上要结婚的未婚夫妻不惜延迟试礼服都要去解决。

可能是工作上的事吧。

沈言之所以没察觉到他哥竟然悄悄跟人恋爱，就是因为他哥工作超级忙。

除了工作，沈慎空闲的时间几乎全给了他。

他小时候就不必说了，他哥那个时候还在上大学，边读书边打工，忙得昏天暗地，却从来没有少检查过一次他的作业，少参加过一场家长会。

等他渐渐长大，尤其是上了大学之后，沈慎总算能松一口气了，把大部分的精力都放在了工作上，成了个彻头彻尾的工作狂。难得有休息时间，沈慎也都是待在家里，跟他这个弟弟一块儿看动漫打游戏。

沈言死活都想不起来沈慎有任何谈恋爱的蛛丝马迹。

难道真像赵林苏说的，他其实很迟钝？

冰箱里有他哥提前做好的三明治，沈言拿了纸袋下楼，给小狗喂了块肉干。

沈言摸了下小狗的小脑袋，说了声："拜拜。"

天气渐渐冷了，街上的行人都穿上了薄外套。沈言为了方便今天试衣服，于是穿了一身宽松的运动装，小跑到小区门口，一眼就看到了街边的赵林苏和他的车。

赵林苏的穿着打扮在沈言这儿属于特别没有创意的那种，一年四季都是衬衣长裤，反正热了呢就是短袖衬衣，冷了呢就加个外套。他个子高，骨架好，尤其腿很长，随随便便地站在秋日晴空下，就像是从时尚杂志里极简风那一版块里走出来的模特，确实很帅。

沈言赶紧跑过去，说："等很久了吗？"

"刚到，"赵林苏拉开副驾驶的车门，伸了伸手说，"请。"

"发神经了啊你。"沈言抱着手臂搓着胳膊钻进车。

赵林苏关上车门说："向你学习，讲文明懂礼貌，"又隔窗对着沈言笑了笑，"可以吗？"

沈言："……"

笑吧，生活太无聊的人是这样的，跟逮着一个笑话能笑两年的人，他没什么好说的。

工作室还挺远，赵林苏开了半个多小时的车才到。沈言下车前给他哥发了个消息，说他们到了，他哥让他们直接进去选衣服，说已经打过招呼了，沈言叹了口气，收起手机对赵林苏说："走吧，进去看看。"

工作室占地面积不大，感觉就是个民房，招待沈言跟赵林苏的是个异常娇小的女生，两人比她高上一个头都不止，沈言看她抬头跟他们说话都费劲，赶紧先跟赵林苏找个地儿坐了下来。

"菲菲姐已经提前交代过我了，"女生笑容甜美，"时间紧，就委屈你们穿成衣了，这里有几套衣服你们可以选一选，试穿之后我们再给你们改。"

女生拿来了一本厚厚的相册，说："慢慢选，选中了跟我讲哦。"

"谢谢。"沈言有点尴尬，新郎新娘都没来选衣服，他这伴郎倒先选上了。

"你要选吗？"沈言问赵林苏。

"随便。"

沈言摇摇头，就知道不能指望这人。

"来，喝茶。"

女生端来了茶水和水果零食，搞得沈言更不好意思了，翻了几页，感觉衣服都大差不差，反正就是个西装的样子，便随手指了一套看着比较中规中矩的，招来了女生说："这套有吗？"

"有的，稍等，我给你拿，这位呢？"

被点到名的赵林苏目光扫向沈言手里的相册，说："一样吧。"

沈言也点了点头："伴郎嘛，肯定都穿一样的。"

"好的，你们两个应该都穿一米八五的吧？"

"差不多。"

"好的，那你们在这儿等会儿，我进去拿。"

沈言连忙把相册也还给了对方，扔掉这个烫手山芋，任务算是完成了一半。

喝了口茶，沈言扭头看了眼四周，男人的礼服再怎么千变万化也离不开西装，那边只零散地放了两排，整个工作室里更多的是繁复华丽的婚纱，视觉上很有冲击力。

沈言单手搭在沙发上，好奇地看向他右后侧摆放着的一件大裙摆拖地的洁白婚纱。

"这婚纱真漂亮。"沈言扭过脸称赞道。

赵林苏也晃眼过去看了一眼:"不错,"他看向沈言,"你想穿?"

沈言摆手:"你想穿就直说,我可以跟她们说一声。"

"去,"赵林苏抬手,"问问她们可以吗。"

沈言心想,这人怎么这么嘴欠?

"服装准备好了,可以过来试了。"

"来了。"沈言忙起身,也嘴欠了一把,"走吧,去试试您的婚纱。"

两人是分开试的,沈言把衣服从里到外穿整齐了,对着试衣间的穿衣镜照了一下,感觉还真是不一样,跟他衣柜里那套188元包邮的西装比强了不知道多少倍,都说人靠衣装,穿上这么高级的西服之后,沈言还真觉得自己也终于有了点成熟的味道。

"穿好了吗?有没有哪里不合适?"

沈言回过神,说:"还行。"

他边说边回身推开试衣间的门。

门一推开,沈言就愣住了。

赵林苏正在外面等他。

黑色的礼服将平常随性懒散的人强行束缚在了精致标准的外壳里,宽肩、窄腰、长腿这些平常藏起来的特征一览无余,插在口袋里的手臂微微向外弯曲,脸上表情还是那副与生俱来的高傲冷淡,他脖子上的领带没系,就那么一长一短地挂在硬挺的衬衣领子下面。

沈言在看赵林苏的时候,赵林苏也在看他。

这是赵林苏第二次看沈言穿西装。

第一次是高中时沈言参加英文演讲比赛,那身衣服大概是淘宝上随便买的,完全谈不上什么款式剪裁,甚至袖子的长短都有细微的差别,沈言买大了一个号,穿在身上空空荡荡的,他也不是很在意,就那么脚步轻快地上场了,经过赵林苏身边时,带起一阵微风。

"怎么没系领带?"沈言回过神。

赵林苏说:"没系过,不会。"

娇小的女生忙说:"我来帮你。"

"还是我来吧。"沈言看那女生奋力踮脚的样子，赶紧帮她解围，冲赵林苏勾了勾手指。

赵林苏走到他面前。

两个人差不多高，沈言一抬手就能抓住那条散乱的领带。

他微低下头，用手指头挑起那条细细长的领带，麻利地替赵林苏打好，然后将领结微微往上推了推，松手道："自己弄好。"

赵林苏对着一旁的镜子整理领带。

沈言就在他身边，也在对着镜子整理头发。

他们穿着一样款式的黑色礼服。

"我就说，双帅合璧，颜值超标。"

沈言回头，他哥正举着手机对着他们，方菲穿了一袭淡灰色的长裙站在他哥身边向他摆手。

"你们来啦。"主角终于来了，沈言连忙过去打招呼，"忙完了？"

"忙完了，"沈慎面上带笑，把手机屏幕转过去给沈言看，"看，俩大帅哥。"

沈言扫了一眼，他跟赵林苏都在对着镜子整理着装，他哥是从侧面拍的，他被赵林苏挡住了一半脸，倒是把赵林苏拍得很清楚。赵林苏嘴角上翘，好像是在笑，又好像心情很糟似的眼眸低垂。沈言抬起脸，赵林苏已经整理好了领带走了过来："慎哥。"

"哇，真帅啊。"沈慎对着赵林苏一顿夸，向方菲介绍道，"这是我弟的朋友，发小，帅吧？"

"帅，"方菲笑道，"果然帅哥都是跟帅哥做朋友的。"

"哈哈，"沈慎勾了沈言的肩膀，对赵林苏说，"林苏啊，这次麻烦你了，以后你结婚的时候，我也让言言给你当伴郎！"

赵林苏笑了笑，说："好啊。"

沈慎选礼服选得很快，沈言觉得他哥比他这个做伴郎的都敷衍，倒是方菲，来来回回地试了好几套，最后婚纱选定下来的时候饭点都过了。方菲带着几人去附近她熟悉的饭店吃午饭，趁她去洗手间补妆的工夫，沈言忍不住又说他哥："哥，我以前怎么没发现你有渣男的潜质呢？刚才挑礼服你也太随便了，是不是，赵林苏？"沈言还扯上了队友一起批判他哥。

沈慎笑道："婚礼上新娘子才是主角，我不重要。"

"瞎说，婚礼上两个人都很重要。"

"哟哟哟，看他急的，"沈慎喝着茶，食指指向沈言，面对的却是赵林苏，"这绝对是个疼老婆的。"

"哥——"

"放心吧，"沈慎放下茶杯，"你哥我不是渣男，不信你问你菲菲姐，喏，她回来了。"

沈言哪能真开口问，擦了下嘴，给了他哥一个警告的眼神："我去趟洗手间。"

沈慎笑呵呵地目送着沈言离开，美滋滋地自言自语道："真可爱。"

"慎哥。"

沈慎回过脸。

赵林苏说："你给我拍的照片能传给我吗？"他笑了笑，"我还是第一次穿西服，想留个纪念。"

"好啊。"

沈慎微信传给他，又忍不住沾沾自喜："哎呀，言言穿西装真好看，啊不是，林苏，你也好看，你也帅，你们俩都好看，都帅。"

照片传过来了。

两人身着礼服，的确是很好看。

沈言觉得他哥可能是这世界上最轻松的新郎了。

照样加班，回家做饭，快乐看动漫。

中间隔了个中秋假期，沈言以为他哥总要去忙点关于结婚的事了吧，结果他哥美美地在家躺着，三天没出过门，中间就和方菲打过几次电话。

每次他哥接方菲的电话都要去阳台接，沈言看他表情还挺严肃的，谈不上甜蜜，倒像是在聊正事。

不过结婚也的确算是正事。

"结婚很麻烦的，"沈慎回来往沙发上一躺，边剥橘子边看综艺，"你是小孩子，不懂大人的苦。"

沈言半晌无语，过去"啪"抽了一下他哥的脚底板。

他哥"嗷呜"一声："别忘了提醒林苏收拾行李，8号一早就得过去。"

"知道了。"

沈言恨铁不成钢地看向自己那个躺着一动不动的大哥，就他这样怎么结婚成家？

沈言满心忧虑，整个中秋都搞得茶不思饭不想的，相反他哥却是吃嘛嘛香，还不耽误头上名字换得勤快。沈言忧虑来忧虑去，猛然意识到自己这不就是传说中的"皇帝不急太监急"？于是果断想开，也不急了。

中秋过后开学第一天，沈言照例坐赵林苏的车上学，也不再发什么"可以吗"这种傻透了的礼貌用语，直接9点集合就完事了。

一上车，赵林苏就探身从后座给他拿了个纸袋。

"什么东西？"

纸袋里装了一盒红纸扎的不知道什么点心，闻着就怪香的。

"月饼。"

"怎么想起来给我带月饼？"沈言说，"这两天我吃月饼都快吃吐了。"

他哥公司发了一盒巨大的月饼，里面是18个小月饼围着个脑袋大的大月饼，沈言一看那大月饼就想起来寓言故事里那个把饼套脖子上一吃吃好几天的人，正头疼不知道该拿这盒月饼怎么办的时候，他哥参加了公司的中秋抽奖，结果又中了一盒一模一样的月饼！

经过了一番热情社交，沈言把两盒月饼给邻居们送出去大半，留下两个大月饼，兄弟俩正好一人负责解决一个。

沈言不是没想到赵林苏，只不过他们这辈人对这种传统节日里的传统食品兴趣不大，尤其是赵林苏，这人本来就对吃不是很感兴趣。

万万没想到，赵林苏回趟家，又给他带了月饼。

沈言哭笑不得道："看来两位教授收不少月饼，这是处理不完了？"

"不吃拉倒。"赵林苏懒洋洋地说。

"吃啊，别浪费了，"沈言说道，"谢了啊，也替我谢谢两位教授。"

"不用，反正是多了吃不完的。"

"吃不完那也是想着我啊。"

沈言提着油纸包晃悠，纸包里透出一股酥油的香气，他嗅了嗅："这是什么月饼？还挺香的。"

用余光瞥向明显已经失忆的某个人，赵林苏在心中轻摇了摇头。

"哇，我想起来了！这是你们老家的苏式月饼，是不是？前两天过节还跟我哥提起过呢，你别说，我还真想吃。还是那家老字号？"沈言高兴地说。

"不知道。"

沈言翻过来看了看包装底部，说："就是那家！初二那年你给我带过一次，我一直想再吃来着，没好意思说。"

赵林苏轻笑一声："还有你不好意思的事？"

"我脸皮很薄的。"沈言又嗅了一下纸包散发的香气，喜笑颜开，"就是这个味儿。"

在沈言的记忆中，这个月饼最好吃的部分就是那个酥皮外壳，一层一层，一碰就掉渣。安心地把月饼收好，沈言献上早饭投桃报李："烤吐司，您请。"

完成了食物交换，沈言按照他哥的吩咐提醒他："8号一早的飞机，你提前收拾好行李，去两天，周末晚上回。"

"嗯。"

沈言叹了口气。

"叹什么气？"

"没事。"

"舍不得你哥？"

沈言笑了笑，说："你真当我是电视剧里的那种恶毒小叔子？我哥结婚，我当然替他高兴了，有什么舍不得的？他就算结了婚也还是我哥啊。"沈言抱臂，"我叹气是因为我觉得我哥好像还没做好结婚的准备。"

赵林苏看了他一眼，脸上神色似笑非笑："怎么说？"

"我哥他一点都不紧张，真的，什么事都是让菲菲姐操心。那天我们去试衣服，我哥的态度你也看到了，哪有点结婚的样子。"

"你觉得他不够重视这次婚礼？"

"对！"沈言一拍手，"就是你说的这个意思！"

赵林苏点了下头："是有点。"

总算找到了知音，沈言一股脑地把他觉得奇怪的地方全给说了一遍，赵林苏若有所思地听着，问道："你嫂子什么态度？"

"我嫂子……"沈言有点不习惯那么称呼方菲，"她好像还好。"

"那不就结了，一个愿打一个愿挨。"

沈言顿时无言以对。

他哥从小对他的教育让他很不理解他哥在婚姻上的儿戏，简直跟他想象当中的结婚差距太大。

可就算是他亲哥，他也不好过分干涉这种结婚大事。

最后，沈言说出了好男人宣言："我要是结婚，绝对不像我哥那样，太不负责任了。"

赵林苏没说话。

听闻沈言他哥要结婚，朱宁波特意送上了一份新婚礼物，是一对酒杯。沈言收了，顺嘴说道："波儿，我看你最近心情好像挺好的。"

朱宁波笑容腼腆："还好。"

沈言心想这人大概是终于走出来了。

"你要不要跟我们一块儿去巴厘岛玩两天？"

"不了，我……我还有别的事。"

"哦，那你去忙吧。"

朱宁波走了，沈言对赵林苏说："最近波儿好像挺忙的，一下课人就跑没影了，好长时间都没跟他一块儿吃饭了。"

"他有自己的事情要忙。"

"也是，"沈言拉了下书包带，"他是不是真要读研哪？"

赵林苏目光悠远："也许。"

天天都忙着找导师，大概是真想读研。

"也挺好的，我觉得波儿没问题，他能力其实不差，就是有时候有点缺乏自信。"

"嗯。"

沈言问道："你呢？你是不是也准备读研？"

赵林苏看向他："你说呢？"

这种显而易见的问题都要装酷，沈言"切"了一声，说："爱读不读。"

8号早上,沈言和他哥从家里出发,他还怪紧张的,这是他第一次出国。

其实他们家里条件还行,虽然爸妈走得早,但是留下了一大笔保险金,家里本来就有房子,兄弟俩没什么大的负担。只是沈慎平时实在太忙了,沈言不忍心假期里还拖着他哥出去旅行,有几次沈慎说带他出国玩,都被他婉拒了。

"昨晚没睡好吧?"沈慎调侃道。

沈言把行李箱从出租车后备厢里拿出来,回答道:"早上醒得有点早。"

"哈哈,正好出国玩两天。"

沈言忍不住说道:"哥,我们这是出去玩的吗?"

沈慎似乎特别喜欢沈言这副一本正经担心的样子,对着沈言笑个不停,笑着笑着他一挥手,说:"林苏来了。"

赵林苏和方菲几乎是同时到的。

方菲收集了几人的护照和身份证去取机票。

沈言交证件的时候脸都忍不住红了。

真受不了他哥,竟然连机票都是方菲买的。偏偏他哥还是一副理所当然的样子。

沈言受不了,胳膊轻碰了下赵林苏,给了赵林苏一个无奈的眼神。

赵林苏倒是很淡定:"慎哥,没备什么礼,不好意思。"

"说什么呢,你人来就行,第一次当伴郎吧?"

"是。"

"哈哈,那我太有面子了。"

方菲买的是头等舱,沈言接机票的时候几乎是九十度弯腰,脸都红到了耳后根。

落地巴厘岛,酒店有车来接,全程都是方菲接洽,沈慎在一旁打哈欠,沈言抱臂离他哥两米远,假装不认识他哥。

"走吧,"方菲对几人说道,"酒店那边都准备好了,咱们先过去休息。"

酒店离海很近,还有一大片私人海滩,沈言到了之后才知道,方菲把整个酒店都包了下来。

"房卡。"

方菲把三张房卡交给三个人，自己也留了一张。

沈言心想，方菲不跟他哥住一间吗？

"我们几个用不了那么多间房。"

他哥开了口，沈言心下略定。

"我跟我弟睡一间就行了。"

沈言："……"

"反正也没住满，一人住一间比较舒服。"方菲大方道。

"那行。"

沈言更不理解了，被他哥拉着上楼时，他说："参加婚礼的人不多吗？"

"应该是吧，"沈慎摆出一副甩手掌柜的样子，"宾客名单都是你菲菲姐负责的。"

沈言简直无语了："那既然住不满，干吗把整个酒店都包下来？"

沈慎意味深长地看向沈言："你猜？"

他猜他哥傍富婆吃软饭。

沈言的房间在他哥隔壁，跟赵林苏是对门。

结婚本来是件挺神圣严肃的事，却被他哥搞得不伦不类，沈言觉得有点对不起赵林苏。

好好的周末，让人坐 8 个小时的飞机千里迢迢地过来给他哥这么不靠谱的新郎当伴郎，还是今天这样特殊的日子。

沈言在房间里洗了个澡，把自己弄得一身清爽后去敲了赵林苏房间的门。

门打开，赵林苏跟他一样，换了身衣服，身上有淡淡的洗澡后的香味。

估计两人是想一块儿去了，沈言笑了："出去逛逛？"

"走。"

11 月的巴厘岛还是挺热的，沈言看了一眼赵林苏，说道："你衣柜里除了衬衫就没别的衣服了吗？"

赵林苏穿了件淡米色的短袖衬衣，好看是挺好看的，衬得整个人很利落。

赵林苏也看向了沈言："你什么时候开始关心我穿什么了？"

对啊，他为什么会关心赵林苏穿什么？

沈言轻咳了一声："随便问问。"之后他向前一指，转移话题道，"去海边看看。"

酒店这一片私人海滩被高大茂密的热带树木包围着，方菲包下了整个酒店，等于是包下了这一片海滩，他们四个是最早来的，海滩上压根没人，安静得出奇，只有海浪和风的声音。

沈言这段时间净替他哥瞎操心了，在海风的吹拂下，心情终于不由自主地变得放松起来。在城市里待久了，满眼都是高楼大厦，世界就好像被规整成按部就班的一块一块的，有点压抑。突然来到这大海中的岛屿之上，视野一下变得开阔，天高海阔，人却是那么渺小。

沈言在沙滩上坐下，他迎着落日，静静地看着太阳降落，那一大片紫红瑰丽的晚霞美得让人说不出话来。

海浪轻卷，海水舔上沙滩，发出温柔的沙沙声，让人感觉静谧舒服。

沈言观看了整个日落的过程，在落日下坠入海后才回过了神，像是受了一场突如其来的灵魂洗礼。沈言扭过脸，他脸上带笑，想说落日真美，猝不及防地撞上了赵林苏正好转过来的视线，那双清亮的凤眼中映着落日余晖，沈言抓了把沙子在掌心里颠着："你饿不饿？"

赵林苏又望向落日，淡淡开口："你是饭桶吗？下飞机前不是吃过一餐？"

"我睡着了，没吃！"

"那就是猪。"

沈言直接把手里的沙子朝赵林苏扬了过去，赵林苏头向后一闪，说："造反？"

"老子造的就是你的反！"

两人在沙滩上追着闹起来，沈言把手中的沙子向他扬去，赵林苏边躲边跑，嘴里还要挑衅。

"空中飞人留后遗症了？怎么跑那么慢？"

"去你的！"

沈言觉得自己好像回到了小时候，跟赵林苏刚认识那会儿，两个人在公园的沙坑里面玩"降龙十八掌""天马流星拳"的时候，有种和好朋友在一块儿无论干什么傻事都会感觉异常纯粹又简单的开心。

跑累了，两个人在海边的一块礁石上靠着，天空变成了一片深邃的蓝紫色，还没有完全黑下来，风渐渐大了起来，沈言忽然有股冲动，他迎着海风，大声道："赵林苏。"

身旁传来一声轻笑。

沈言充耳不闻，继续道："生日快乐！"

海风将他的声音吹得七零八落，沈言心情舒畅，迎着风笑了一会儿才扭头看向赵林苏，问道："你是不是以为我忘了？"

海浪沙沙，风吹得沈言的头发微微凌乱，他脸上的笑容大大咧咧的，眼睛像是在发光。

赵林苏转过脸，看向远处模糊的海平线，笑了笑："是啊，还以为你忘了。"

"怎么可能，"沈言心想，他终于也捉弄了这人一次，所以笑得格外开心，"给你订了个蛋糕，走，回去吃蛋糕。"

轻拱了一下赵林苏的肩膀，沈言已经先转过了身，不给赵林苏反驳的机会。

沈言去酒店前台取了预订的蛋糕，碰上刚出来的沈慎和方菲，两个人并肩站在一块儿，总算有了点新婚夫妻的样子。

"哟，蛋糕？"沈慎看到沈言手里提了个蛋糕，稍一想便恍然大悟，随即看向赵林苏："林苏，今天你生日是吧？"

赵林苏点了点头。

沈慎扼腕："哎，我忘了！真不好意思，你生日这天还把你叫出来。"

"挺好的，出来玩玩。"

"你们吃饭了吗？跟我们一块儿去吃饭吧。"沈慎连忙道，"林苏，想吃什么？"

"不用，"赵林苏的胳膊往沈言那儿动了动，"沈言订了这么大一个蛋糕，够吃了。"

"光吃蛋糕多腻，正好我们一起给你过生日。"

"哎呀，算了吧哥，"沈言道，"你跟菲菲姐去吃吧，就别管我们了。"

沈言皱着眉目送哥嫂离开，他哥往走廊里走了两步，还有闲心回头向他们又招了招手，一脸轻松愉快。

沈言头疼死了，眼不见心不烦地一扭头："走吧，去我房间。"

房间是大床房，行李箱就随意地横在沙发边上，沈言过去从行李箱隔层里掏出个小盒子，往身后一抛。

"接着。"

赵林苏单手接了。

盒子大小正好能用一只手抓住："什么？"

沈言回头一笑："你猜。"

赵林苏晃了下手里的盒子："U 盘？"

沈言眼睛睁大了："哇，你有透视眼啊？"

赵林苏冲他笑了笑："里面有声儿。"

"那你猜猜 U 盘里是什么。"

赵林苏看着沈言亮晶晶的眼睛，淡笑道："猜不出来。"

沈言一拍巴掌："总算有你猜不出来的了！"

U 盘里是沈言收集的这几年国内外有关项目内容的各种资料论文，他看过赵林苏发表的那篇论文，大概知道了他的研究方向之后，就开始做这件事了。

每年给兄弟准备生日礼物也是一项技术活，十多年的交情，能送的都送过了，有时候也头疼该送什么。

那些花里胡哨还没用的东西是用来应付普通朋友的，给兄弟的，贵不贵的不重要，但必须得是兄弟需要的。

看样子赵林苏很需要，沈言看得出来赵林苏很高兴，拿着那个盒子，很爱不释手的模样。

沈言心里也很高兴，送对了礼物，感觉特别有成就感。

"没带电脑。"赵林苏眼眸低垂地看着手中的盒子，声音低低。

"回去再看，过生日还把你拉过来，这两天就玩吧，"沈言把蛋糕推过去，"先吃蛋糕，我真饿了。"

蛋糕盒用一个漂亮的蝴蝶结扎好，沈言拉开绸带，掀开透明的盖子，对着赵林苏得意地一笑："跟你那天吃的那款挺像吧。"

赵林苏定睛一看，马上就想起了那天腻得他想吐的那个蛋糕。

"他们发过来图片让我选，我一眼就看到这个了，你平时不怎么爱吃甜食，我看这个蛋糕你还挺爱吃，我就果断地订了这一款。"

"不错。"

沈言把蜡烛也给点上了："许个愿吧。"

"迷信。"

"万一哪路神仙能听见呢？别吵，赶紧许愿。"

赵林苏手里攥着那个盒子，轻闭上眼。

沈言抱着臂很感兴趣地看着他，等赵林苏睁开眼，沈言问道："许了什么愿？"

"到底你是信还是不信？"赵林苏笑了笑，眼神和神情都很柔和，"这种东西，不是说出来就不灵了？"

沈言"切"了一声，随即又兴致勃勃道："那我猜猜。"

"你猜吧。"

沈言略一思索，断然道："明年再发一篇 SCI！"

赵林苏看着他，目光短暂凝滞，随即一笑："明年我要发不了，就是被你说破的。"

沈言大手一挥："别来'甩锅'这套啊。吃蛋糕、吃蛋糕，我快饿死了。"

蛋糕虽然是买给赵林苏的，沈言也不跟他客气，自己先切了一大块尝了一口："挺好吃的，不甜。"

赵林苏也给自己切了一块。

"今年过生日，你们家俩教授给你安排了吗？"

"嗯，"赵林苏吃了口蛋糕，"寄了点东西。"

两人一块儿把这个蛋糕吃完，沈言吃了两块，剩下的都留给了赵林苏，毕竟是赵林苏的生日蛋糕。

沈言笑着说："这蛋糕还真没选错，挺好吃的，跟在学校吃的那个味道差不多？"

"这个甜。"

"是吗？那下次还是给你买学校那个。"

赵林苏带着剩下的蛋糕和礼物回了房间。

沈言感觉身上痒痒的，好像沾了不少沙子，他又重新冲了个澡出来，趴在床上玩手机，刷朋友圈的时候发现赵林苏发了新内容。

配图是蛋糕和那个装了 U 盘的小盒子。

沈言笑了笑，给他点了个赞。

赵林苏的微信没设置什么几天可见，他发得本来就很少，沈言顺手点进去，发现赵林苏发的上条微信还是在他去年过生日的时候。

沈言的生日在5月底，就是儿童节前一天。

去年他过生日的时候，赵林苏送了他哈利·波特系列的整套乐高，而且还送了他两套，一套拼好的，一套没拼的。

朋友圈里发的图是其中之一，拼好的霍格沃茨钟楼。

"明年都不一定能拼完。"

沈言没点赞，评论道："等着，我一个月就拼完！"

沈言有些尴尬地看着他自己的这条评论。

被赵林苏说中了，他到现在连霍格沃茨钟楼都没拼完。

在拼乐高这件事上，他就属于那种典型的又笨又爱玩，往往刚开始拼的时候干劲十足热血沸腾，拼着拼着就放在一边不管了，偏偏看到喜欢的系列又忍不住想买，家里的乐高随处可见。

沈言退出了赵林苏的朋友圈，躺在床上又给赵林苏发了条微信。

sy："兄弟，生日快乐！"

林子："谢谢，礼物很喜欢。"

沈言仰躺在床上看着天花板，忽而一笑。

朋友。

要是一辈子都能做这样交心的朋友就够了。

第二天，酒店里的人终于多了起来。

沈言起床去吃早饭，发现餐厅里几乎快坐满了，非常热闹。

还好赵林苏比他起得早，给他留了位置。

沈言随便拿了点吃的，端着盘子过去在赵林苏对面坐下，说道："这么多人？"

"嗯，"赵林苏手上拿着叉子晃荡，"有不少记者。"

沈言震惊了："记者？"

赵林苏点头。

"为什么？"

赵林苏说："你嫂子是杂志社的主编，你不知道？"

"我以为她跟我哥是同事。"沈言低声道。

赵林苏摇了摇头："那真是你嫂子吗？"

沈言也很无语："我哥什么都不跟我说。"

"吃饭吧，"赵林苏抬了抬下巴，"吃完还得去换衣服。"

沈言叹了口气，夹了蛋卷又放下："我怎么觉得今天这场婚礼特别怪呢？"

"你还去过谁的婚礼？"

"没。"

"那你可以在这儿多留几天，能赶上下一场，对比对比。"

够了，他真没想抢婚！

两人刚吃完，就被人叫走换衣服去了。

在换衣服的地方，沈言见到了其他几位伴郎。

果然全是帅哥，个子也都很高。

帅哥们很热情地跟两人打招呼，说他们俩看起来有点面生，问他们是哪家公司的。

"公司？"沈言道。

"你们不是模特？"

沈言摇头："你们是模特？"

"是啊。"

沈言转念一想，方菲既然是杂志社的主编，那认识模特就再正常不过了。

不过伴郎不应该是新郎这边的朋友吗？

沈言迷糊了，只好先进去换衣服。换了衣服出来，赵林苏的动作又比他快，已经在外面等他了，领带也系好了。

沈言："学会了？"

赵林苏点点头，偏头微微向沈言靠近："出去吧。"

其他伴郎正在捯饬，沈言跟赵林苏就换了身衣服，跟他们一对比，糙得简直不像话。沈言也有点不适应，果断跟赵林苏出去了。

对面房间里也是乱成一团的，好像是在给新娘化妆。

沈言左顾右盼："我哥呢？"

"应该跟新娘在一起。"

沈言不好意思进去，只好跟赵林苏先去了沙滩。

沙滩上的场地已经全准备好了，搭好了台子，也放好了椅子，鲜花扎成的拱门在海风中簌簌作响。

沈言觉得很神奇。

这的确是他第一次参加婚礼,他好奇地走过拱门,仰头看看上面的花瓣,回头对赵林苏说:"这门不会被吹倒吗?"

赵林苏双手插着口袋,目光悠远:"不会的,别太担心。"

他看着沈言一路向前。

风吹起沈言西服的下摆,两个人的距离越来越远。

沈言已经走到了台前,发现赵林苏没跟上来,回头刚想叫人,手机振动了。

今天要办的是大事,他特地把手机振动给调回来了。

"喂,哥,我们在外面呢,里面太乱了。好,好,我们马上回去。"

沈言赶紧跑了回去:"我哥叫我们呢,回去吧。"

赵林苏收回了视线:"没什么,回去吧。"

沈慎在酒店大厅里,看到两人回来便道:"你们等会儿就跟在我身边,别乱跑啊。"

沈言打量了一下他哥:"哥,你没化妆?"

"我化什么妆?"沈慎笑了,笑得很没心没肺。

沈言在心中吐槽,今天来了那么多帅哥模特,他哥是真不怕被比下去啊。

也不知道他嫂子怎么想的,找那么多出挑的帅哥来当伴郎。难道这就是吃软饭的待遇?

等沈言跟着沈慎去见到穿好婚纱化好妆的方菲时,他当场就呆住了。

"太美了。"

沈慎上前拥抱了一下婚纱曳地的方菲,放手后又赞美道:"你是我见过的最美的新娘。"

"谢谢。"

方菲单手拨了下头纱,面上笑容淡淡,看上去似乎很平静。

沈言的肩膀被碰了碰,他人微微一晃,回过神看向撞他的赵林苏。

"没事吧?"赵林苏道。

沈言摇了下头,镇定道:"没事。"

房间里除了负责化妆的工作人员,就没别人了。

没有伴娘吗？真是场奇怪的婚礼。

沈言这么想着，拉着赵林苏在角落里坐下，视线不受控制地往方菲头上瞅。

"葛风。"

沈言抱着手臂，心道，追星挺正常的，但是结婚前一天还在想着追星，是不是有点不太合适？

算了。

他哥头上不也从来没出现过他嫂子的名字吗？

世界真的是太复杂了，哪怕是要结婚的夫妻俩头上的名字也不一定相互匹配。

沈言吸气又叹气，叹气又吸气，一旁的赵林苏道："怎么了？哪里不舒服？"

沈言抽出一只手半托着脸："没。"

赵林苏看了一眼正在说话的未婚夫妻，凝眸看向沈言："还是舍不得你哥？"

"巴不得他赶紧滚。"

赵林苏笑了笑："那你可能要失望了。"

"什么意思？"

赵林苏不回答，沈言碰了下他的膝盖，问："什么意思？"

"自己想。"

沈言挑了下眉，斜了他一眼，冷哼道："越大越不懂事。"

赵林苏又笑了一声。

沈言心烦，不理他。

他不理他了，赵林苏却反过来碰他的膝盖。

沈言回头给了他个"真幼稚"的眼神，顺便也碰了回去。

两个人膝盖碰膝盖，碰了几个来回，沈言忍不住笑了。

"别闹。"

赵林苏收回了膝盖，沈言趁机又撞了一下。

赵林苏瞥了一眼："搞偷袭？"

"怎么了？"沈言憋着笑，"兵不厌诈，不懂？"

赵林苏幽幽道："别把小学生耍赖说得那么高尚。"

沈言还要再反驳，他哥叫了他一声。两人连忙起身过去。

沈慎给他们安排的任务是做方菲的左右护法，一边一个跟着方菲走。

沈言没当过伴郎，也不知道这流程合不合理，反正跟着走就是了。

从酒店出去，沈言远远看到沙滩上那些座位上已经坐满了人，还架了很多相机，管弦乐队也都到位了。沈言看向前面这对新婚夫妻的背影。

方菲头上的"葛风"分外显眼。

沈言轻叹了口气。

他转头又看向了赵林苏。

赵林苏也转过了脸，冲他微微一笑。

鲜花拱门前，方菲停了下来，低头看了下手里的一大束捧花，眼睛快速地眨了两下，又看向身旁的沈慎。

"别怕。"沈慎柔声道。

方菲勾了勾唇角，压低了声音："老娘从来不害怕。"

沈慎一笑，屈起胳膊："来吧。"

沈言看着方菲将手臂穿了过去，搭住了他哥的手臂，前面座位上的宾客都站了起来，欢呼鼓掌。

一切好像终于正常了起来。

礼花筒、香槟、鲜花，还有悠扬的结婚进行曲。

曳地的婚纱拖尾缓缓向前。

沈言转过脸，收敛神色，跟着迈开长腿。

"我反对！"一声不和谐的大喝打断了正在进行的婚礼。

众人纷纷吃惊地循声望去，沈言也不例外。

然后他看到了狂奔而来的——葛风？！

沈言不由自主地向方菲看去。

方菲握着的捧花已经垂了下来，神情显然很激动，看上去好像马上就要向葛风跑过去了。

真有人抢婚哪！

接下来，沈言收看了一档在国内 8 点档绝对收视率"爆表"的"狗血剧"，而且还是男主角现场演出。

沈言目瞪口呆地看着葛风单膝下跪，掏出钻戒激动地向他嫂子求婚，他嫂子直接扑进了那人怀里，两个人相拥而泣，他哥……在旁边一脸欣慰地含泪鼓掌？

沈言人都快晕了。

他下意识地看向赵林苏寻求支援，没想到赵林苏也被狗血剧情吸引，眼睛眨也不眨地看着那对相拥的男女。

宾客们也都疯了，各种惊呼议论。

沈慎鼓掌鼓得差不多了，对不远处呆滞的管弦乐队用力挥了挥手："来，接着奏乐接着舞。"

沈言惊呆了，搞什么鬼？

接下来的事情更是让沈言的眼珠子都快掉出来了。

他哥很顺畅地往后退了半步，把新郎的位置让给了葛风。

婚礼竟然就这么继续进行下去了。

沈言在起初的震惊过后，隐隐约约好像也明白了是怎么回事，他哥还在前面，貌似充当的是正式的"伴郎"。

宾客们也终于回过神，也都坐下了，只是几乎所有人都拿出了手机一个劲儿地拍。

沈言的手机在口袋里。他现在特别想刷微博。

沈慎把人送到了台前就转过了身，对着沈言得意地一笑。

沈言："……"

可恶，逗他很好玩是吧？

沈慎一手一个，将两人勾着往旁边走，还笑盈盈道："怎么样，刺激不？"

沈言咬牙切齿："刺激你个头。"

"唉，你嫂子结婚的大喜日子，怎么能这么说话呢？"

沈言在台边看完了婚礼全程。

他"嫂子"还眼含热泪地把捧花扔给了他哥。

沈言嘴角抽搐。

现场的记者们捡到宝了，婚礼仪式刚一结束就一拥而上地提问。

沈言和赵林苏被他哥趁乱拉走。

沈言跟着他哥，问："到底怎么回事？"

"你嫂子……不是，"沈慎改口道，"你菲菲姐跟葛风地下恋三年了，她想赌一把，逼葛风出来。"

沈言震惊半晌,道:"那万一葛风不来呢?"

"她当然是有那个自信才这么干的。"

"而且她也有两手准备,如果葛风真不来,那这就是婚礼主题的新刊发布会,模特她都请来了。"沈慎大步流星地向前走,"我过去处理一下模特那边,你跟林苏别乱跑,现在酒店到处都是记者,乱得很。"

沈言跟赵林苏去了酒店的露台躲清净。

露台视野开阔,能看到沙滩上的情景。

沙滩上被围得水泄不通,估计再等会儿,国内到巴厘岛的航班都得爆满。

沈言觉得自己好像做梦一样。

可仔细一想,其实处处都有蛛丝马迹。

他哥从来都属于小事随便大事谨慎的类型,怎么可能在结婚的事情上表现得那么不靠谱?

也不怪他想不到,这事本身的离谱程度,没点国内三流狗血剧编剧的实力,还真想不出来。

沈言看向赵林苏:"你早上说我可能要失望了,就是这个意思?"他两眼质疑地盯着自己的好兄弟,提高了声音,"你早知道了?"

"不知道,"赵林苏道,"只是觉得不太对劲。"

"你是从什么时候开始觉得不对劲的?"

"试礼服那天。"

"那你还来……"沈言小声嘟囔。

赵林苏道:"免费旅行,为什么不来?"

沈言无奈地笑了笑:"还旅行呢,净瞎折腾了。"

"我哥也真是,非把咱俩抓来。"

"做戏做全套,不然怎么逼人现身?"

沈言看着热闹非凡的沙滩,内心仍觉得很震撼,过了好一会儿才回过神,对身边的赵林苏说道:"什么感觉?"

赵林苏静静地俯视着下方那混乱而疯狂的世界,平静道:"很难忘的生日。"

沈言:"……"

沈慎处理好了模特的事,过来叫两人马上收拾行李走人。

"现在？"

"再晚点机场就全都是人了，你菲菲姐都已经安排好了，赶紧撤。"

三人分头行动，很快在一片兵荒马乱中，逃难一样坐上了去机场的车。

在车内，沈言终于有时间刷微博了。

他想得没错，微博上已经炸锅了。

葛风不是什么流量明星，突然结婚，还是以这么劲爆的方式，瞬间也上了七八个热搜。沈言觉得挺神奇的，因为这些热搜里也有他的一份，这可能是他离娱乐圈最近的一次了。

沈言后知后觉地感受到了那一份所谓的"刺激"，忍不住"扑哧"一笑。

坐在前排的沈慎也哈哈笑了一声："怎么样，有意思吧？"

沈言忍住笑意："你怎么不提前跟我们说一声？"

"你菲菲姐不让说，而且说出来还有意思吗？"沈慎心想，这几天沈言那纠结可爱的反应就值了，他一仰头，冲着赵林苏的方向，"对吧，林苏？"

赵林苏笑了笑，没说对，也没说不对，只说："是很有意思。"

车窗半开，海风灌入车内，三个人都在笑，兄弟两个越笑越开心，沈言看了一眼窗外疾速飞过的风景，觉得这两天的确是很疯狂。

沈言向前趴在前座上，问道："哥，那你跟菲菲姐到底是什么关系？"

"一开始她是我客户，后来就成了朋友，特别好的朋友，我跟她就像哥们一样。"沈慎道。

沈言点了点头，心想怪不得他哥对方菲一直都那么小心翼翼的，原来两人就是哥们，这就对了。

等等！

沈言的脑子猛然"短路"。

方菲还是很大方，回程的机票订的也全是头等舱。三人上了飞机，沈慎勾了下沈言的肩膀："这事对我很有帮助，谢了，老弟。"

沈言看向他哥，也勾了勾他的肩膀："什么时候你真给我找一个嫂子？"

沈慎马上打着哈哈闪人："下次一定，下次一定哈。"

飞机落地，三人都带着行李箱，不方便同一辆车，沈慎叫沈言送送赵林苏。

"不用，"赵林苏道，"没必要客气，都累了，回去休息吧。"

沈慎道："这次就是折腾你了，我都忘了你生日了。"

"没事，挺好的，很有意思的生日，玩得很开心。"

两人寒暄半天，沈言没插嘴。

最终以赵林苏打车走人结束，兄弟俩上了一辆出租车。

沈慎道："林苏是真讲义气，二话不说，说走就走。你菲菲姐给你们俩准备了点礼物，过两天拿来了你带给他。"

沈言说了声"好"。

兄弟俩回到家，沈言洗完了澡，出来喝水。他哥拿着一个精致的礼盒出来，神情严肃道："弟。"

沈言喝完了大半杯水，放下水杯吸了口气："怎么了？"

"这个，你朋友送我的新婚礼物，是不是？"

沈慎指的是一个藏蓝色的丝绒盒子。

沈言点了点头："对啊，一对杯子。你还好意思说呢，搞一出假结婚，让我怎么跟人交代？"

"你明天把这东西还给你同学，算了算了，明天我跑学校一趟，我来还吧。"

"那倒也没这个必要，"沈言揉了揉头上罩着的毛巾，"他送都送了，回头我跟他解释一下，再挑样东西回个礼吧。"

"回礼？"沈慎轻手轻脚地打开盒子，露出里面那一对精致的酒杯，他瞪着眼睛道，"你知道这对杯子多少钱吗？"

沈言也蒙了，不就一对玻璃杯嘛："这杯子很贵？"

沈慎道："至少六位数。"

沈言紧急连线朱宁波。

手机关机。

他哥抱臂靠在他身后的沙发上，打听道："你这个同学什么来路？家里很有钱吗？这出手可真够没谱的。"

沈言头都大了，他哪知道朱宁波家里有没有钱，他只知道在朱宁波小时候他父母就离异了，他从小跟个流浪儿似的，多那儿住一阵，妈那儿待几天，他爹妈好像还都挺想留下他，朱宁波没办法，只好两头和稀泥，久而久之自己也就养成了稀泥一样的性格。

沈言跟朱宁波是挺好,可是交朋友和家里家境又没关系,沈言也没刻意去了解过,在他眼里朱宁波就是一个普通人。

联系不到朱宁波,沈言让他哥先把那对金贵的杯子放好。

"明天我带到学校给他。"

"也行,你注意点,别碰了摔了。"

"那我绝对小心。"

这可是价值六位数的杯子!

沈言躺在床上,百思不得其解,他那憨厚老实的朋友怎么就成了个富二代?

身边一共就俩兄弟,他一个都没看透?

沈言拉着被子盖脸。

不管了,有什么事明天再说。

第四章 天道好轮回

第二天，沈言把装有那对杯子的礼盒里三层外三层地包好，再放进书包，双手抱着书包出门。

赵林苏在小区门口等他，沈言上了车，就紧急求助道："你知道波儿家里的情况吗？"

赵林苏发动了车："他父母离婚了？"

"这我知道，我说的是再具体点的。"沈言道，"比如他父母的身份，我的意思是……"算了，沈言直接说道，"他家很有钱，你知道吗？"

赵林苏道："知道。"

沈言："我怎么不知道?!"

沈言把心中的疑问说了出来，明明是他先跟朱宁波做朋友的，朱宁波告诉赵林苏，却没告诉他？

赵林苏道："你不看财经杂志？"

沈言已经开始慌了。

"他父母各自经营着500强企业。"

沈言忍住吐血的冲动："真的假的？"

赵林苏报出了两个沈言耳熟能详的企业名。

沈言再次艰难求证："你确定？"

"我问过他，"赵林苏淡定道，"他说是的，那就是他爸妈。"

沈言心态崩了。

"那他怎么不告诉我?!"

"我问他他才说的，你又没问。"

沈言今年经历的无语时刻比他过去二十年经历的加起来还要多。

抱着书包在座椅上愣了一会儿，他苦恼道："我怎么一点也没看出来？你是怎么看出来的？"

"他跟他爸长得很像。"

沈言还是觉得难以置信，无法想象那个跟他一块儿住宿、天天混食堂、整天笑呵呵的朱宁波居然还是个超级富二代。

看来今年注定是颠覆他认知的一年。

朱宁波没来上课，手机也还是关机。

沈言去了趟他宿舍，舍友说从周五下午开始就没见着朱宁波了。

沈言跟他们说了再见，带上宿舍门，惊疑不定地对赵林苏说："他该不会是被人绑票了吧？"

赵林苏冲他一挑眉："还没从 8 点档里醒过来？"

别提了，今天上课时许俊浩拿着手机来问他们，说在微博热搜上好像看到他们两个了。

沈言连忙否认。

许俊浩不依不饶，对着图片角落使劲放大，说这两人帅得很眼熟，那胳膊那腿分明就跟他们两人很像。

"不是。"

还是赵林苏说了一句，用冷脸把许俊浩给逼退了。

"那他能去哪儿了？又不来上课。"

沈言忽然想起前段时间朱宁波也有类似行为，他看向赵林苏，迟疑道："他该不会是去找梁教授了吧？"

梁客青已经从学校辞职。因为是主动离职，反而叫人挑不出什么毛病，大家都觉得梁客青应该是自有出路。

沈言抱着包坐赵林苏的车回他住的小区，问道："你就住在梁教授隔壁，波儿后来有没有来找过梁教授？"

"来过几次。"

"那你怎么不跟我说？"沈言急道。

赵林苏分神看了他一眼："我以为你不想听这种事。"

这种事！

哪种事？

沈言和赵林苏视线短暂一触，他心头一跳："波儿是我的朋友，他的事我有什么不想听的。"

到了小区，赵林苏把车停好，两人一块儿上楼。

电梯门一打开，沈言就看到了蜷缩在门口的朱宁波。

"波儿！"沈言先喊了一声。

朱宁波微微一颤，把脸从膝盖上抬起，看到沈言和赵林苏来了，茫然道："你们……"

沈言连忙过去，他也顾不上杯子的事了："你怎么坐在这儿？你今天的课都没去上！我们找了你一天！"

朱宁波面色微白，仿佛神魂出窍了一般发了会儿呆，随后在沈言的呼唤声中，眼神重新聚焦，哭丧着脸道："沈言，梁教授要跟我绝交……"

哥们儿，什么情况？！

这个世界上到底还有多少事是他不知道的？！

"梁教授不在？"沈言问道。

朱宁波点了点头，看上去马上就要哭了。

沈言看向赵林苏。

赵林苏正在开门："别坐在那儿了，进来等吧。"

朱宁波迟疑地不动，沈言拍了下他的肩膀："进去说，梁教授要是回来，在那边也听得到动静。"

朱宁波慢慢站起了身，跟着两人进了屋。

坐下之后，沈言先把包得整整齐齐的盒子给朱宁波。

"这是什么？"

"你送给我哥的新婚礼物，我哥结婚这事就是个乌龙，他其实根本没结婚。还有这东西实在太贵重了，你赶紧拿回去。"

"哦，"朱宁波声音里带了点哭腔，"对不起，我又没把握好分寸。"

他本来是选了一套珠宝，可是定制时间太长了来不及，也怕太唐突，沈言会不喜欢，就选了套便宜点的杯子，结果还是没送好。

沈言道："没怪你，你说说你的事吧，你跟梁教授到底怎么了？"

赵林苏给他们倒了两杯水放在茶几上，然后在另外一个沙发上坐下。

朱宁波抽抽噎噎地说，昨天梁教授跟他交心地聊了很久。

沈言说，然后呢？

"然后……然后他就说绝交。"

朱宁波终于哭出了声。

沈言往沙发旁边缩了缩。

说实话，他觉得这太正常了。

沈言不知道该从何安慰，悄悄看了赵林苏一眼。

赵林苏靠在沙发上跷着长腿，单手撑着脸，神色莫辨地看着痛哭的朱宁波。

沈言转头，硬着头皮准备先随便说两句。

"沈言？"朱宁波抬起脸，端正的脸上挂满了泪珠，看上去很崩溃的样子，"会不会是因为我说了不合时宜的话，他才想跟我绝交？"

沈言直接把剩下的半杯水全喝了，铿锵有力、掷地有声地说："细说。"

朱宁波断断续续地把事情全部复述了一遍。

沈言越听越不对劲，连忙摆手说："停停停，你不用事事跟我交代，哈哈哈哈！"

没办法，他一想到这件事就觉得特荒谬。

沈言笑得眼泪都快出来了。

笑着笑着他忽然感觉到身侧有一道视线，沈言抬头，发现赵林苏正冷静地看着他。

沈言慢慢止住了笑。

"喀喀。"沈言晃了晃空杯子。

赵林苏坐在沙发里不动，脚尖微微跷着。

正当沈言绷不住要抬头时，赵林苏把杯子拿走了。

趁赵林苏去倒水的空当，沈言对朱宁波说："波儿，我不想教育你什么，梁教授怎么想的我也不大懂，不过我很确定一点，你坐在门口哭一晚上也不会对这件事有什么帮助。"

朱宁波点了点头，神情依然很忧郁。

沈言叹了口气，还是给出了他的建议。

"你要问问自己，真正想要什么，不要后悔就好。"

朱宁波低垂着脸慢慢点头。看样子是听进去了。

沈言自己也是个很重感情的人。虽然他刚才一直在笑，其实还是很希望朱宁波能好。

跟朱宁波的家世无关，就因为这个人是他认定的朋友。

沈言又捏了下朱宁波的肩膀。

桌面上"哒"的一声，沈言顺着看过去，赵林苏放下水杯直起腰，视线在他面上蜻蜓点水地一掠而过，沈言轻咳了一声："谢了。"

又等了一会儿，梁客青还没回，沈言就把朱宁波带走了。

"我送你们。"赵林苏道。

"不用，"沈言道，"我帮他打个车就行。"

赵林苏拿了钥匙和外套，说："反正也没事。"

沈言坐在后排继续开导朱宁波，朱宁波是个很好的被开导对象，反正不管沈言说什么，朱宁波都一脸受教地点头，搞得沈言说教欲爆棚，说得口干舌燥也没停。

前排忽然扔来一瓶矿泉水。

沈言抬眸，在后视镜里看到赵林苏满眼戏谑。

"喝口水。"

把人送到学校门口，沈言下了车，说："波儿，没问题吧？"

"没问题。"看样子，朱宁波是缓过劲了。

"东西收好，别一不小心摔了，我可赔不起。"

朱宁波面露愧色，说道："沈言，对不起，我送错东西了。"

沈言笑了笑，说："下次记得直接打钱。"

朱宁波终于笑了，沈言目送他进了学校，转身要上车。他刚才从后排下来，后排车门还开着，赵林苏没下车，还坐在驾驶位。沈言想了想，关上了后排车门，去前排副驾驶坐了。

也不能真把人当专车司机使，他脸皮还没那么厚。

"走吧，又折腾老半天。"

赵林苏发动了车。

"你理论知识还挺丰富的。"赵林苏冷不丁地说道。

沈言耳朵竖起来，说："怎么了？不行吗？"

"行，"赵林苏语气懒洋洋的，"情书专家当然行。"

要不是赵林苏在开车，沈言早一脚踹上去了。

他这辈子做过的最后悔的三件事之一，就是拉上赵林苏跟他一块儿去送情书。

到了小区门口，沈言正要下车，赵林苏忽然说道："沈言。"

推车门的手顿住，沈言回头。

赵林苏看着他，那双清亮的凤眼微微有光闪动，似乎有话要说，但最终他还是什么都没说。

"明天见。"

沈言下了车。

赵林苏开车走了。

车辆向前行驶，后视镜里，站在路边的人双手插着口袋，正抬着脚踢街边树木落下的果实。

那身影逐渐缩小，赵林苏收回目光，唇角不由得微微上扬。

沈言慢慢走进小区，在楼梯下又跟狗玩了一会儿。

狗头上还顶着"珍妮"。

"你说你老惦记人家干吗？"

沈言叹气，毕竟他也不是狗，很难说小狗是不是有什么坏心思。

翌日，照常上学，朱宁波来上课了，还跟他们坐在了一起。

沈言看他恢复状态了，于是问："你怎么没说过你家里是这么个情况啊？"

朱宁波满脸单纯，说道："什么情况？"

"我父母离异的事情，我已经跟你说过了。"

但他没说他父母都是那么厉害的企业家！

沈言好奇道："你怎么会来读我们学校呢？一般来说，像你这样的，不都会出国读书吗？"

朱宁波回答得很老实："我爸想让我去美国，我妈想让我去英国。"

二老谁也不服谁，逼着问儿子到底怎么选。

朱宁波心一横，还是老办法，谁都不选，干脆就在国内上学。

"原来如此，"沈言托腮摇头，"选择太多了，也是一种痛苦啊。"

朱宁波说："我不想出国，我喜欢待在国内。"

沈言附和道："我也是，国外没意思，饭都不好吃。"

这天下午没有选修课，朱宁波有事要出去。

沈言上了车。

赵林苏今天倒是挺安静的。可能人大了一岁，是会成熟一点。

"下午有安排吗？"

沈言一愣："没啊。"

"去我那儿一趟？"

沈言有点慌，眼珠子稍转了一下，问道："干吗？"

赵林苏看他一眼，神色如常："看动漫。"

沈言："……"

这个人该不会想整他吧?!

天道好轮回。

沈言进了公寓，在心里给自己下了这么一句批语。

当初他逼着赵林苏看动漫的时候，从没想过自己竟然也会有这么一天。

拒绝？怎么拒绝？

真没脸说出口，又尬又奇怪。

再说了，他怕什么？难道赵林苏还能把他打趴下不成？

沈言暗自在心中比对了一下两人的战斗力，觉得他不可能那么弱不禁风，他跟赵林苏要真打起来，估计胜负难分。

"喝什么？"

厨房里传来赵林苏的声音，沈言扶着鞋柜一哆嗦，随即镇定地扬声道："随便。"

赵林苏住的这间公寓是两室一厅，他搬进来的那天沈言就过来做客了，两间房，一间卧室，一间书房，赵林苏拿了两瓶汽水进了卧室，沈言把包放在玄关台面上，两手插兜也跟着过去。

赵林苏的卧室很整洁。

跟沈言那个堆满了乱七八糟东西的卧室相比，简直是一目了然的清新。

书桌上的组装电脑，性能好得爆表，有段时间沈言迷上一个端游，他那笔记本电脑带不动，就经常跑赵林苏这儿来玩。

沈言往墙上一靠，问道："到底看什么动漫啊？"

这个问题沈言在车上就问过了，赵林苏来了句经典回答："你说呢？"

他想说看奥特曼，看不看？

这里已经开始供暖，赵林苏把外套脱了，沈言猛然发现他今天里面穿了件深灰色的没什么图案的简单T恤。

"新上的动画。"

从冰箱里刚拿出来的汽水，放到桌上，玻璃瓶身冒出了细密的霜，淡粉色的桃子汽水色彩微微变得朦胧。

沈言干巴巴地"哦"了一声。

赵林苏拉开椅子坐下，回头道："不来坐？"

沈言过去，拉开另一把椅子。

电脑桌不算宽，沈言坐下，将椅子稍稍拉近。

"有什么能看的吗？"沈言道。

"还没看。"

沈言心下稍定，心想可能是他想多了，赵林苏没那么小气。

电脑开机，还是熟悉的纯蓝色桌面，跟出厂自带的一样，桌面也是异常简洁，除了基本的办公软件，沈言还看到了一年前他很迷恋的那款游戏图标。

他微微一怔，问道："那个游戏你没卸载啊？"

"懒得卸载。"赵林苏言简意赅。

沈言拿了汽水。

玻璃瓶身湿湿地贴在他掌心里，冰冰凉凉。

汽水打开，"嗤"的一声，桃子的香气冒了出来，沈言喝了口汽水，甜甜辣辣的味道在口腔里爆开，沈言深吸了一口气，鼻腔里都是淡淡的桃子味。

赵林苏拉开键盘，输入网址。

沈言眼睛眨也不眨地盯着那串字符。

呼,还好不是他上次找资源的那个网站。

等画面从屏幕上跳出来的时候,沈言第一次觉得异世界题材的动画是那么亲切动人。

还真是看新上的动画……沈言暗暗松了口气,把手里的玻璃瓶垫在掌心,开始愉快地指点江山:"过过过,这个没新意。"

赵林苏没发表意见,敲了下键盘。

一连过了一眼就看得出是异世界的动画之后,在跳到第四部动画时,画面就开始有点卡了,一顿一顿的。

这种资源网站经常这样,放着放着网速就变慢了,画面就变得卡了,还不能下载。

沈言:"卡了,重进吧。"

"重进又要从头开始刷,"赵林苏也拿起自己那瓶汽水,打开喝了一口,"再等等。"

画面还是在卡,一跳一跳的,音画还不同步,完全看不出是什么剧情,沈言微微皱眉:"好卡。"

赵林苏掌心握着汽水瓶,力道很紧,他说道:"那不看了?"

"再等等吧。"这次换成沈言这么说。

他的话音落下不久,屏幕里的画面就开始变得流畅连贯起来,沈言一挑眉,兴奋道:"好了!"

他的兴奋只持续了几秒钟。

这画面他怎么那么熟?

沈言呆住了。

他定了定神,扬声道:"赵林苏。"

赵林苏从房间里出来了。

灰色 T 恤空空荡荡地穿在他身上,肩膀宽阔,双手插在口袋里,牛仔裤宽松垂地,盖住了拖鞋,他神色如常:"换了个网址,应该没问题了。"

"不看了,"沈言说道,"我哥叫我了。"

赵林苏"嗯"了一声:"我送你。"

"不用，"沈言走到玄关拿了包，"我哥让我去他公司，路上堵，坐地铁比较方便。"

电梯下去，赵林苏关了门走向阳台。

几分钟后，沈言的身影走过树下，身形高挑，隔了很远的距离，赵林苏笑了笑。

林子："明天9点集合？"

沈言没回信息，冷着脸在游戏里杀了十八个，游戏公屏队友一个劲儿地发"上单是我亲哥"，沈言看了，冷笑一声，心道，想做我小弟的人没有一千也有八百。

对面十五分钟准时点了，沈言看了一眼伤害面板满意退出，瞬间来了九个好友申请，个个都在申请里面亲切认哥。

沈言没理他们，认小弟有风险。

好友列表里会话框闪动。

沈言点开。

苏林赵："明天9点集合？"

沈言："……"

这人八百年都没登录游戏了吧？

上单毕加索："废话。"

上单毕加索："来单挑。"

沈言一连杀了赵林苏十次。

赵林苏这个游戏玩得不怎么样，当初两人是一块儿玩的，沈言上分快，迅速跟赵林苏拉开了段位，没法带赵林苏上分之后，赵林苏渐渐地也就不玩了。

赵林苏比较偏爱单机游戏，这种对抗类的游戏他本来也玩得很少。

上单毕加索："你是真的菜。"

苏林赵："你猛。"

上单毕加索："下了。"

苏林赵："晚安。"

沈言直接火速下线。

"言言，在洗头啊。"

"嗯……"

"你菲菲姐的礼物已经到了，等会儿你带给林苏。"

"知道了。"沈言有气无力道。

"怎么一大早的这么没精神？"沈慎上前对沈言一番打量。

过了会儿，沈慎去上班了，桌上留有两个精致的袋子。

沈言洗漱完毕后出来拿了其中一个，晃晃悠悠地下楼。

小狗趴在楼下。

沈言跟它对视一眼。

小狗眼神无辜纯良。

沈言若有所思，突然发问："你绝育了吗？"

小狗应该是没听懂，站起来过去蹭了下沈言的鞋。

沈言叹了口气，弯腰给它喂了块肉干。

赵林苏的车停在小区门口，沈言硬着头皮提着袋子过去，他拉开车门，车里很温暖，沈言把袋子递给赵林苏，裹着衣服关上车门，说："菲菲姐送的礼物。"

赵林苏接过去："谢谢。"

视线一接触，沈言眼皮一跳。

"沈言"那两个字又出现在赵林苏头上。

万幸今天不是恐怖版。

昨天晚上他在游戏里消磨了大半天时间，最后被一句"晚安"搞得破功，一大早又被头上的"赵林苏"折磨。

现在"沈言""赵林苏"在一辆车里对对碰，沈言也没办法再真的当作无事发生。

沈言用力抿了下唇，背上微微渗出了汗。

"不把外套脱了？"赵林苏说道。

沈言愣了一下，手掌下意识地拉紧了下外套："我不热。"

赵林苏一直在用余光观察沈言。

沈言显然有点不自在。可能是车上太热，他的脸颊都泛着红。

赵林苏把车上的暖气关了。

上车之后，沈言只看了他一眼，然后就再没看他了，一直看着车窗外。

车内寂静无声，没一会儿，赵林苏轻咳了一下，沈言用余光下意识地瞟过去，赵林苏的外套很单薄。

沈言挣扎了几秒，把身上的外套脱了，重新打开车上的暖气，接着抱臂，头靠在车窗上。

眉头微皱，唇角轻抿，表情中隐约流露出一丝苦恼。

车到学校，沈言穿好外套下了车，天气一天比一天冷，沈言把拉链拉到下巴，哆嗦了一下，回头看向赵林苏。

赵林苏穿了件薄外套，露出一截白皙修长的脖子，肩上挂着单肩包，看上去很干净利落。

沈言将下巴藏在衣领里，眼睛悄悄地瞄，心想这家伙不会里面就穿件T恤吧？

两人往教学楼走，沈言憋住没说话。

到了教学楼下，赵林苏忽然说道："沈言。"

"干吗？"沈言声音很大，他自己都吓了一跳。

"你是不是忘了什么？"

"忘……忘了什么？"沈言有点语无伦次道，"我确实忘了，也没必要记，没什么意思，我回去就忘了。"

赵林苏安静地听他说完，随后道："你早饭吃了吗？"

真的忘了。

"我忘了，"沈言脸上顿时上了颜色，"我现在去买。"

他正准备转身，胳膊被一下拽住。

"我去买。"赵林苏道。

"我去买吧，本来就该我买。"

"你去教室占座。"赵林苏放了手，转身往教学楼外走。

沈言在原地裹了下外套，对着赵林苏的背影心中狠狠道："冻死你！"

热豆奶，黑米糕。

沈言冬天早上最爱吃的两样东西。

"谢了。"

沈言咬开豆奶的包装袋，心想古人说得果然有道理。

无事献殷勤，非奸即盗。

余光瞟向身边的人，教室里开了空调，赵林苏把外套拉链拉了一半下来，露出里头的深色 T 恤。

沈言喝了大半袋豆奶，心想赵林苏这两天怎么老穿 T 恤，明天是不是就该穿衬衫了？

被自己的想象逗乐，沈言低头窃笑。

"U 盘里的那些论文文献我看了。"赵林苏说道。

沈言眼里还残存着笑意："这么快就看完了？"

"没有，只是看了下目录，"赵林苏说道，"谢了，我很需要。"

沈言轻哼一声，心说那就对兄弟以怨报德？

赵林苏看他的神情比在车上时放松不少，刚才还在偷笑，他如常调侃："你的乐高呢，拼完了吗？"

沈言被噎住："跟你一样，拼了个目录。"

赵林苏笑了一声。

沈言目光犀利地斜睨。

笑什么笑？这就是你的态度？

沈言正苦思冥想怎样让赵林苏扩大他的交际圈，正在想激将法能不能行，一抬头看见了挽着手进来的黄梦璇和廖静。

sy："在吗？"

若梦："什么？"

sy："能帮个忙吗？"

若梦："帅哥的忙，我一定帮呀。"

sy："想传点绯闻。"

若梦："什么？"

黄梦璇拉了个群。

群里有三个人。

廖静："黄梦璇说，你想跟她传绯闻？"

sy："江湖救急！"

廖静："我来行吗？"

sy："你能演吗？"

廖静："等着。"

廖静真的会演。

"这个周末，可以请你跟我一起去看电影吗？"

沈言看着满脸羞涩的廖静，心中直呼女人真是了不起。

"好啊。"沈言一口答应，还清晰地重复强调了一遍，"那就这个周末一起去看电影吧。"

廖静温柔一笑："上次我们组拿了个A，一直想找机会感谢你，"她撩了撩自己的长发，"你发言的时候真的很帅。"

差不多了，再演就过了。

廖静走了。

沈言在原地站了一会儿，"哈哈"了两声："其实我觉得她还蛮可爱的，你说是不是？"

赵林苏提起包站起身："上次好像不是她，是她身边那个？"

"哦，上次，上次本来就没什么，"沈言挺起胸膛，再次重复强调，"周末我要去跟她看电影。"

赵林苏看向他，嘴里吐出两个字："批准。"

沈言："……"

看电影并没有打消赵林苏的热情，头上照样"沈言"天天见。

上课时沈言想让廖静和黄梦璇跟他们一块儿坐，但想想万一或者两个姑娘看到他们争执，那他岂不是丢大人了？

于是只能作罢，他还是天天跟赵林苏坐在一起。

周末早晨，沈言一觉醒来就发了个朋友圈。

电影票的购票信息。

爱情电影，两张，连座。

这条朋友圈仅赵林苏和朱宁波可见。

反正赵林苏最多也就是跟朱宁波讨论一下。

这样发就行了。

至于朱宁波，正忙着呢，估计也顾不上他。

电影票是沈言买给黄梦璇和廖静的，算他感谢两位姑娘的帮忙。

她们也问过他，为什么他想传绯闻？

沈言支支吾吾地没说。

廖静一脸冷静道："是不是被人说你没对象？"

好敏锐。

"我们是无所谓啦，"一旁的黄梦璇勾着廖静的胳膊，甜笑道，"不过你要小心哦，如果对方是很强势的性格，你跟其他人传绯闻的话，说不定反而会激起那个人的斗志呢。"

廖静也点了点头："挑衅会让人失去理智。"

沈言连忙否认："不是你们想的那样。"

沈言发了朋友圈，等了大概几分钟，赵林苏点赞了。

沈言心想，他最好是真的觉得很赞。

放心地把手机收好，沈言想上线玩会儿游戏，又突然想起他的每个游戏的好友里都有赵林苏，只能忍痛放弃，改刷微博。

他现在是葛风的铁粉，天天上来看葛风和方菲的蜜月照。

虽然方菲只是短暂地当了几天他"嫂子"，不过沈言还是很希望看到她得到自己想要的幸福。

就这么消磨了一会儿时间，沈言突然收到了一条群消息。

廖静："不知道该不该说。"

廖静："我们在电影院好像看到你朋友了。"

沈言手指微微颤抖。

sy："你说的朋友是？"

廖静："赵林苏。"

沈言差点没把共享单车给踩出火星。

万幸电影院就在他家附近那个百源商厦，一路飞驰地掠过堵得不成样的长龙车队，沈言到了商场，气都没喘匀，马上就给廖静打电话。

廖静接了他的电话，语气温柔道："你来啦，快上来吧。"

沈言听她说话这么异常，跟那天演的一样，脑子稍微卡顿了一瞬，他压低了声音道："他在你们旁边?!"

廖静笑了笑，笑声有点干："哈哈，你快上来吧。好巧哦，正好碰到'学神'，还跟我们看的是同一场电影呢，真是太巧了。"

电影院在商场顶楼，沈言连爬了几个扶梯狂奔上去。

电影院中。

黄梦璇和廖静两人对面就是赵林苏。

沈言一看这场面，心先凉了半截。

"沈言，你来啦。"廖静看到了他，笑容满面地冲他招手，身边的黄梦璇探出身来也向他招手。

沈言硬着头皮上去，忽略了赵林苏投过来的视线。

"那个，"黄梦璇声音甜甜的，"沈言，我也想看这场电影，不介意加我一个吧？"

沈言："好啊，当然没问题。"

他跟两个美女一起约会，效果更好！

沈言这才看向一旁安安静静不说话的赵林苏，赵林苏脸上表情淡淡，让沈言感觉有点不妙，好像他的心思都被赵林苏看穿了似的。

"这么巧，"沈言装作很随意，"你也来看电影？"

赵林苏微一点头。

沈言心说装什么装。

"可以进场了吧？走吧，"沈言对两个女生柔声道，"进去看电影。"

黄梦璇微笑着看沈言，笑容满面："我忘了买票。"

对哦，他只给两个女生买了连座的双人票！

沈言连忙掏手机准备补救。

"票卖完了。"

黄梦璇一句话把情况补充完毕，沈言掏手机的动作僵在当场。

怎么办？

"我刚好多买了一张。"

修长手指夹着一张电影票闯入三人视线。

三人沉默。

"不需要?"

票往回收的那一瞬间,黄梦璇当机立断地把票抽走,对着赵林苏甜美一笑:"谢谢'学神',你真客气。"

赵林苏:"不用谢,赶巧了,不过只是普通的座位,离连座那边有点远,不好意思。"

黄梦璇将目光投向沈言,沈言感到了压力。

廖静也一样静静地看着沈言。

沈言跟两个漂亮女生对视了三秒,泄气地把黄梦璇手里的票拿走:"还是你们闺蜜坐一起吧。"

黄梦璇和廖静用爱莫能助的眼神送别了沈言,逃离现场进去检票。

沈言留在原地,拿着那张烫手的电影票不知道该说什么。

"等我一下。"

沈言心道,谁等你。但人还是站在了原地,视线悄悄尾随赵林苏。

赵林苏从一侧的吧台上夹起了一桶爆米花,手上还拿了两杯冰可乐。

"拿一下。"赵林苏递了杯可乐过来。

沈言一只手插在口袋里,愣了半晌,还是伸出手接过了那杯可乐。

他一路骑车爬楼,都快渴死了。

冰可乐喝进去很舒服,沈言一口气喝了小半杯,才抬起眼没好气道:"你一个人来看电影,买两杯可乐?"

赵林苏道:"我胃口好。"

沈言:"那我喝了一杯,怎么办?"

"一杯18元。"

沈言当场掏手机给他转了18块钱,外加一张电影票钱。

"收啊。"沈言催促道。

赵林苏搂着爆米花往前走:"没手。"

沈言对着他的背影又狠吸了两口可乐,没手?是没心吧?

这场电影的上座率高得出奇,赵林苏买的两个座位很靠后,沈言找到位子坐下，有种搬起石头砸自己的脚的感觉。

两个女生已经在群里问他了。

廖静："就是'学神'说你没对象吗？"

若梦："如果是'学神'说你，就让他说吧，反正他也没有。"

赵林苏到底跟这两人说了什么，怎么连这俩人都开始用这么"中二"的外号来称呼赵林苏？

sy："不是。"

sy："今天只是巧合。"

廖静："嗯，我信了。"

若梦："嗯嗯，我也信了。"

sy："他跟你们说什么了？"

廖静："没说什么。"

若梦："跟你说的差不多。"

若梦："他说好巧。"

够了。

电影很无聊，沈言咬着吸管看男女主角在大银幕上寻死觅活，毫无共情之感，甚至有点想打哈欠。

来看电影的人似乎都是醉翁之意不在酒，他个子高，能很清楚地看到前面一排排相偎相依的身影。

电影院的座位很宽敞，沈言坐得稍稍靠右，左边是人是鬼他都碰不到。

好无聊。

两边都是吃爆米花的声音。

"咔嚓咔嚓"。

沈言有点后悔，刚才进来之前他也应该买一桶爆米花的，至少可以吃点东西打发时间。

都怪赵林苏，他跟女生来看电影，他来凑什么热闹？

按捺住拔腿走人的冲动，沈言动了动腰。

身边终于有了动静。

手背被轻轻碰了碰。

沈言一扭头，赵林苏眼睛看着银幕，手上的爆米花桶就是刚才碰沈言的"罪魁祸首"。

沈言犹豫了几秒钟，抓了一把爆米花，很快就吃完了。

沈言用余光悄悄瞟过去。

赵林苏目不斜视地盯着电影银幕，仿佛正在上映的不是狗血青春爱情片，而是什么旷世奇作，拿着爆米花的右手微微向右倾斜。

沈言又抓了一把。

过了几分钟，沈言直接把那桶爆米花拿走了。

费那劲。

赵林苏就这臭毛病，吃什么都是这样，吃一点就不吃了。沈言心想，我这是不浪费粮食。抱着一大桶爆米花美美地吃着。

一直盯着银幕的眼睛悄然看向身侧。

电影院里很黑，他们的位置在倒数几排，前面的光太远，照不清人的脸，模模糊糊地勾勒出一张吃得正开心的侧脸。

赵林苏微微勾唇，把左边的可乐不动声色地移到右边。

爆米花吃得口干，沈言很快就把自己那杯本来就所剩无几的可乐给喝完了，吸得杯子簌簌作响后只能作罢。

手下意识地往旁边一碰，冰冰凉凉满满当当的可乐被他的手碰得一晃。

他看向赵林苏。

赵林苏单手撑着脸，眼睛被屏幕上的光照得光线闪动，他挪开挡唇的手指，声音低低地说："我没喝过。"

一杯18元，喝了就喝了！

电影放完，沈言脑子里完全没记住任何情节，就是觉得这家电影院的爆米花做得真好吃，焦糖味好浓。

灯光亮起，赵林苏先站起了身，他俯视着抱着空桶还在眯眼犯困的沈言，眉毛一挑："胃口不错。"

散场人群中，多是情侣，沈言混在情侣堆里，身后跟着赵林苏。

沈言把手里的垃圾扔在门口的垃圾桶里。

他跟赵林苏从电影院播放厅的后面出来，比中间连座的出来得要早。

沈言站在门口等那两个姑娘出来。赵林苏也在身边站着。

沈言两手插在口袋里，嘴皮子动了动，在嘈杂的影院中说道："电影看完了。"

赵林苏也该走了。

"你们还有别的安排？"赵林苏问道。

沈言没说话。

赵林苏不是很聪明、很敏锐，什么都猜得到吗？这样难道还不够说明他的态度？

沈言听赵林苏说道："沈言，要不要去打球？"

球馆就在附近，赵林苏没开车，两个人走了过去。

路上，沈言在群里发消息。

sy："不好意思，今天麻烦你们了，不打扰你们了。"

廖静："你跟'学神'要抛下我俩一起走了？"

若梦："别这么说，人家有自己的安排。"

很久没跟赵林苏打球了。

其实最早的时候，沈言一直跟赵林苏一块儿打球，升入高中之后，赵林苏基本就不怎么打了，沈言在球场上几乎没见过赵林苏。

赵林苏约他打球？欠揍是吧？

球馆是私人球馆，赵林苏租了两小时，他签字的时候，沈言在一旁笑道："你确定要跟我单挑？"

赵林苏眉尾上扬，利落地签了名，斜睨："怕了？"

"我不会放水的。"沈言道，必须狠狠击败他。

"那就别放水。"

球馆空荡，馆内温度调得很高。沈言脱了外套，又脱了卫衣，他里面穿了件淡蓝色的T恤，脱卫衣的时候带起T恤，露出一截腹肌分明的细腰。

赵林苏也脱了外套。

他今天穿了件卡其色的薄风衣，里面是一件黑T恤，显得整个人很修长。

沈言拿了个篮球，先原地拍了两下，把球抓在手里，他远远回眸："赵林苏，你现在认输还来得及。"

赵林苏冲他笑了笑："来。"

沈言直接起跳抬手。

篮球"唰"地一下进筐,"咚咚"地在地面弹跳。

沈言对着赵林苏竖了下食指:"算我送你一分。"

赵林苏还是淡淡微笑,沈言又从筐里拿了个球,他边运球边飞快地向赵林苏的方向移动:"现在就来真的了!"

赵林苏的球技很烂,跟他的游戏技术一样烂,无论是防守还是投篮。

沈言觉得这货要是去篮球队,连替补的位置都混不上。

沈言边打球边游刃有余地调侃。

"'学神',拿出你刚才放狠话的劲来啊?"

"我怕了,我真的怕了,我怕把你打哭。"

"赵林苏,你怎么这么菜?"

打了快半个小时,将莫名的情绪发泄出去不少,沈言很喜欢这种流汗的感觉,脸上自然而然地流露出运动后的惬意微笑。又进了一个三分球后,他边小跑后退,边冲着赵林苏大笑,汗湿的头发贴在额头:"哇,赵林苏,我还真以为你是有两把刷子才敢跟我单挑的,就这?"

赵林苏球技烂,体力看起来倒是很强,跟沈言打了半个小时,也不过是微微出汗而已,面上的表情还是很轻松:"当然比不过中国篮球未来的希望。"

沈言"切"了一声,对着赵林苏两手一起做了个向下的手势:"嘴硬没用。"

两人隔了半场的距离,赵林苏微弯着腰,突然说道:"沈言……"

空旷的球场传来回声。

"你的每一场球赛我都去看了。"

脚步猛然停住,球鞋发出一声刺耳的摩擦声,沈言面上的笑容凝住。

赵林苏正看着他,隔得太远,他看不清赵林苏的表情。

沈言慢慢回过神,心中有点堵,他故意大声开玩笑:"你小子,悄悄来偷师是吧?"

赵林苏也笑了笑:"是啊,想学空中飞人。"

来到熟悉的互损环节,沈言也笑了,向后又跑了两步:"滚!"

赵林苏抄起地面滚来的篮球,他抬起脸,向着沈言道:"沈言。"

沈言很少短时间内被赵林苏连叫两次名字,他的脚步再次顿住,不自觉地有点发慌。

"我想试试。"

沈言还在发怔："试什么？"

赵林苏深深地看了他一眼，运球、转身，黑色的身影快速移动，篮球"咚咚"地砸在地面，强而有力，飞快地随着他的身影奔向篮筐。

"嘭——"

巨大的进球声进入耳朵，沈言呆呆地看着这一幕，简直不敢相信自己的眼睛。

长长的手臂抓在篮筐上，小臂青筋暴起，黑色 T 恤包裹的修长身影短暂地晃了一下之后稳稳落地。灌入篮筐的篮球砸在地上，乱跳着滚向沈言。

赵林苏回过身，对着沈言的方向。

沈言还没回过神。

球馆里的灯光刺眼，篮筐下的人站在灯光中，额头上流下一滴汗，沿着他的面颊一直落到他的下巴，摇摇晃晃，欲坠不坠。

沈言说道："你……练了多久？"

"一直在练。"

无论是乐高、游戏，还是篮球，沈言喜欢的每一件事，他都去做了，他想这样或许就能更了解沈言一点。

在剧烈的运动后，胸膛微微有些发涩，手臂被拉扯得发麻疼痛，赵林苏笑道："沈老师，我这个学生还可以吗？"

沈言扭过脸。

双手叉在腰间，沈言又回过脸，汗珠滚过湿红的脸，他说道："以后不要再说'可以吗'这个'梗'，不然我会揍你，信不信？"

赵林苏笑了一声："真的吗？"

沈言捡起球砸过去，赵林苏接住了。

"你试试！"

"不敢。"

"去洗澡，热死了！"

沈言回去拿了卫衣外套，用余光看向正在穿风衣的赵林苏，他说道："天这么冷，多穿点吧，你以为你这样很帅吗？"

赵林苏穿衣服的动作微微一顿，将风衣下摆轻轻拉了拉，他说道："我不冷。"

好心当成驴肝肺。

沈言冷着脸往外走，赵林苏跟在他身边，突然开了口："明天加件毛衣可以吗？"

"明天裸奔吧你。"

那天从球馆回去之后，沈言在床上翻来覆去，就是睡不着觉，他老是想起赵林苏那家伙运着球冲向篮筐的样子。

赵林苏又给他发了"晚安"。

沈言双手垫在脑后，躺在床上睁眼瞪着天花板。

结果第二天早上被信息吵醒。

林子："早。"

能不能来道雷把这个人的手机劈烂？

第二天，赵林苏真的在里面加了件毛衣。

浅色风衣、白衬衫、黑毛衣，他靠在车边等人，来往行人的视线全吸引了过去。

沈言上车，讥讽他："让你裸奔，你怎么不裸奔呢？"

赵林苏正在拉安全带，闻言挑了挑眉："现在吗？"

沈言看他手松开了安全带，作势要去脱风衣，怕这家伙真的什么事都干得出来，他连忙道："我开玩笑的！"

赵林苏还是把风衣脱了。

风衣扔在后座，他系了安全带，对沈言淡然一笑："巧了，我也是。"

沈言也不是没想过干脆拉开两个人的距离，可是想起上次拉开距离大作战失败后，又只能放弃这不靠谱的办法。

而且，他还想要赵林苏这个朋友。

第二天，和朱宁波吃完饭分开后，沈言收到了赵林苏的消息。

林子："完事了吗？"

sy："1。"

林子："校门口集合。"

sy："1。"

沈言收起手机，脸上不由得露出微笑。

原来打"1"这么爽！

这种装酷于无形、冷酷中带着不屑的感觉，尤其是对着赵林苏打"1"，简直太爽了！

冬天天黑得早，赵林苏低着头靠在车边，手里拿着手机，手机屏幕上的微光照亮了他的侧脸。

沈言走过去，说："要等在车里等，老是在车外面耍什么帅？"

赵林苏大概是耳朵不好使，就抓住了一个字。

"帅？"

沈言去副驾驶那侧上了车。

赵林苏也上了车。

沈言用余光悄悄观察正在开车的人。

成年的赵林苏和幼年时简直判若两人。

沈言刚认识赵林苏的时候，赵林苏的头发十分短，皮肤黝黑，沈言压根就没仔细看他长什么样，只觉得赵林苏的那双眼睛亮得出奇，有段时间沈言武断地认为赵林苏有可能会咬人，而且咬人一定很疼。

后来不知不觉，沈言也不知道赵林苏怎么突然就长成了现在这样。

睫毛短密，皮肤白皙，轮廓清晰，粗看是一张不好接近的酷酷的脸，但其实只要他一挑眉、一笑，就知道这人其实一肚子损招，你永远不知道他下一句话会怎么把人噎死。

沈言跟他在一块儿玩，心情常常都在"这人太欠揍了"和"这人太有意思了"之间徘徊。

如果赵林苏是个女的，他想，他俩应该还是能成为好朋友。

沈言上线打游戏。

天冷了，公园里打球的人变少了，组不成局玩着没劲，沈言游戏的时间就变长了。

他的游戏好友列表很干净，就有几个刚开始玩这个游戏时加的熟人。

从小到大，沈言都属于班上好人缘的第一梯队，班级里的同学都跟他相处得不错，只是人的社交精力有限，朋友不可能数量又多又个个交心，大部分人跟他的关系就只停留在"不错"上，只有赵林苏在日复一日的生活中和他成了密不可分的好友。

赵林苏也在线上。

沈言又打了一把，出来后发现赵林苏居然正在玩游戏。

真稀奇。

人无完人，赵林苏玩这个游戏玩得很一般，上学那时候全靠沈言带他上分。别人都是带女生玩，就他带个兄弟玩。

仔细回想了一下，好像是初三那年暑假，赵林苏突然就不玩了。

沈言点了"观战"。

反正观战又不会被赵林苏发现。

赵林苏玩的是打野。

有时候沈言也很佩服他，你菜就不能菜得低调点吗？打野位一菜菜一窝，上中下三线全都得骂他。

沈言点进去的时候，赵林苏正在被中下两路不停点名，问号估计都快扣到赵林苏脑门上了。

沈言憋着笑看赵林苏的操作。

看了一会儿，沈言发现赵林苏又被中下两路狂点名，他只帮上路。

没一会儿，上路好像也忍不住了，直接全频道发信息。

哈哈哈哈哈 p："大哥，我求求你，你能不能别来了？"

哈哈哈哈哈 p："我跟你有仇啊？你专门来带崩我这一路？"

哈哈哈哈哈 p："别人是绝活哥，你是绝望。"

旁观有延迟，沈言看这样子估计他们十五投，就退了。

退出去几分钟，他还在排队的时候，赵林苏那局游戏结束了。

沈言看了下他的战绩。

打了一晚上，局局打野。战绩全都惨不忍睹。

"苏林赵正在排队中。"

还玩？

沈言犹豫了一会儿，发了私聊。

上单毕加索:"打野好玩吗?"

苏林赵:"还行。"

上单毕加索:"能别坑人了吗?"

苏林赵:"你看我战绩了?"

上单毕加索:"看看你的糗样。"

苏林赵:"少看。"

苏林赵:"小心晚上做噩梦。"

沈言直接笑出了声。

看来这人还是有自知之明的。

笑容慢慢收敛。沈言看着电脑屏幕,心说这人到底是在干吗呢,篮球、游戏……干吗非要做自己不擅长的事?

沈言取消了游戏排队,双手交叠地趴在桌上,抬头看向墙壁上挂的球衣。

球衣下面是个玻璃柜,玻璃柜里摆的是那一整套拼好的哈利·波特乐高。

眼睛慢慢眨了眨,沈言又看向电脑屏幕。

赵林苏已经进了游戏。

私聊信息里有闪动的光。

苏林赵:"早点睡。"

苏林赵:"晚安。"

嘴角微微上扬,赵林苏笑了笑,短密的睫毛下是温柔的目光。

晚安。

圣诞节快到了,学校里过节的气氛很浓,各种联谊活动邀请纷至沓来,沈言铜墙铁壁地防守拒绝,直接发言:"中国人不过洋节。"

来邀请沈言的人惴惴地看向赵林苏。

一般来说,这种活动他们是不会想到邀请赵林苏的,不过听说上次赵林苏去过联谊会,所以就来碰碰运气。

赵林苏:"同上。"

那人沉默转身。

沈言一手撑脸,一手转笔,扭头道:"干吗不去?赵教授不是挺喜欢过圣节吗？"

赵林苏慢悠悠道："可能因为我不是赵教授？"

沈言又飞快地转了两下笔，忽然改口道："其实去玩一下也不错，反正待在家里也没事。"

他边说，边用余光看向赵林苏。

赵林苏也正在看他，目光斜睨，微微带着笑意："那你去。"

"弟，哥哥很想陪你过平安夜，可是哥哥晚上有年会……"

沈慎在外企上班，平安夜开年会，每年都要出去通宵，第二天都不一定什么时候回来。沈言倒是无所谓，他对节日其实不太敏感，大部分节日对他来说都是可过可不过。

沈言含着牙膏泡沫道："好好玩，别吵我。"

沈慎仰天长叹，心情悲伤，即使是假结婚也没能刺激到弟弟，看来弟弟是真的长大了。

悲伤的兄长道："今天我送你上学吧。"

沈言漱了漱口，回头拧眉道："你怎么不早说，赵林苏已经在小区门口等我了。"

怎么回事？沈慎突然有种不被弟弟需要的错觉。

"你等等，我跟赵林苏说一声，让他先走。"

弟弟果然还是最爱他！

沈慎心花怒放，上前又把沈言抱住："哎呀，没事没事，我的宝贝弟弟，我们亲兄弟无所谓，下次我再送你，既然你们都说好了，那就别让林苏等你了，快去吧。"

天气越来越冷，沈言跑了两步，呼出淡淡的白气。他搓着手上了车，赵林苏递来一杯热饮："暖暖手。"

沈言接了，喝了一口，很舒服："谢了。"

大概在大半个月前，赵林苏开始给他带早饭。

他现在在带赵林苏上分。

具体过程就不提了，反正沈言在赵林苏的"恳切哀求"下注册了一个小号，叫"打野有那么难吗"来带"苏林赵"上分。

然后赵林苏为了感谢他，就提出由自己来买早饭。

沈言说他搭他车了啊，应该他买早饭，赵林苏说他带他上分了，应该他买早饭，两个人争了一会儿，沈言不知道从哪句话开始被赵林苏绕进去了，最后的结果变成赵林苏买早饭是正当合理的选项。

沈言慢慢喝着热饮，杂粮米汁甜味淡淡的，沈言舔了舔上嘴唇，道："哎，要不，我还是去联谊吧？"

"你想去？"赵林苏说道。

"一个人在家打游戏有点无聊。"

赵林苏静默片刻："随你。"

沈言嘴里叼着纸杯，含混道："你去不去？"

赵林苏笑了笑。

"你说呢？"

算了，去联谊也没用，还不如老老实实地在家打游戏。

今天朱宁波兴高采烈，精神焕发，沈言看他一身新装，一副人逢喜事精神爽的样子，调侃道："穿这么帅，有活动？"

朱宁波红着脸"嗯"了一声。

"好好玩啊。"

朱宁波又"嗯"了一声，问道："你呢？今晚有安排吗？"

"打游戏。"

朱宁波又看向赵林苏。

"一样。"

朱宁波欲言又止，左瞄右看，嘴张了又合，合了又张，沈言受不了他，主动承认："对对对，我们一起打游戏，双排，他求我的，可以了吧？"

"可以。"朱宁波讷讷道。

赵林苏对他说道："圣诞快乐。"

朱宁波感激不尽，小鸡啄米一样地点头。

沈言回到家，点外卖，吃饭，洗澡，玩手机，故意磨蹭到9点才上线。

赵林苏在线上。

不管沈言什么时候上线，赵林苏总在线上。

沈言怀疑他压根就不关电脑不下线。

这也是有可能的。赵林苏那台电脑的性能真的可以支撑他这种任性的行为。

其实沈言一开始也不想带赵林苏，只是看他每天上线被人骂，他有些于心不忍。

进了游戏以后两个人还是各玩各的，后来沈言实在看不下去赵林苏那些神奇操作，忍不住开了麦。

这一开麦，就没再关过。

"你非要玩打野吗？"

"你想玩？"

"嗯，我玩打野上分快一点。"

"我没想上分。"

"啊？"

沈言差点在麦克风里破音。

"我想好好练练，你就玩你喜欢的。"

沉默了一会儿，沈言"嗯"了一声，小声道："随便你。"

"晚安"也从微信打字转移到了游戏语音。

两个人打游戏跟一个人打游戏是完全不同的感觉。

自己单独打游戏的时候，游戏单纯就只是游戏，当语音里出现另一个人，在队伍里要跟其他人一块儿排队的时候，游戏又好像不只是游戏了。

苏林赵："排吗？"

打野有那么难吗："拉我。"

两人进了一个队伍，开始排队。

游戏语音里，沈言听到赵林苏说："慎哥去年会了？"

"对啊，他们外企平安夜就开年会。"

语音里顿了顿。

"那你今晚一个人？"

沈言沉默片刻，说道："一个人怎么了？"

"没什么。"

队伍还在排，也许是平安夜大家都出去玩了，像他们这样宅在家打游戏的不多，排队排得很慢。

排队的间隙，赵林苏跟他聊天。

赵林苏的声音听起来比白天时要更低沉有磁性。

赵林苏分享了一首新歌给他。

"好听吗？"沈言点开链接。

"你听听看。"

缓慢的抒情乐在耳边响起，沈言屈起一条长腿抵在电脑桌上，脸微靠在膝盖上，静静地聆听。

歌很好听，女声沙哑动人，沈言睫毛微动，在歌曲的间隙听到了一点杂音。

他辨认了一会儿，才发觉那是赵林苏的呼吸声。

歌声结束。

沈言听赵林苏说道："怎么样？"

"挺好听的，"沈言道，"你刚才也在听？"

"嗯。"

他们上一次这样听同一首歌，好像还是初中。

那时有一个歌手发了新专辑，沈言对歌手和明星都是天生的不追捧、不感冒，但是听说那张专辑里有一首歌，歌名叫《最佳损友》，他马上就想起了赵林苏。

两人吃完午饭，拿一个MP3，一人一个耳机，坐在学校操场上一起听这首歌。

听完之后，沈言说："他唱的什么啊？"

这首歌用粤语演唱，沈言基本听不懂，就听懂了几句什么"朋友""一世朋友"之类，心想这歌是讲好朋友的，很适合他和赵林苏。

赵林苏说："我也不知道他唱的是什么。"

沈言"哦"了一声，他晃了晃长腿："不过挺好听的，再听一遍。"

后来沈言知道了这歌其实是唱朋友变成陌路人。

他大呼："早知道不听了。"

他想，他跟赵林苏是不可能那样的。

赵林苏忽然道："还记得《最佳损友》吗？"

沈言微微一怔，他没说自己刚才也在想这首歌，只说："记得。"

"要听吗？"

"不要。"沈言直起身,"那歌寓意不好,不要听了,来来来,我给你分享一首好歌。"

赵林苏听完了一整首圣诞快乐歌,还有沈言的笑声。

"好听吧?"

赵林苏也笑了。

"言言。"

沈言笑容微怔。

"圣诞快乐。"

除了父母兄长,沈言第一次听人叫他的小名,平静的,仿佛理所当然的,又仿佛酝酿了很久很久,才在此刻出口。

沈言反手压住了自己下半张脸,闷闷道:"都说了中国人不过洋节。"

赵林苏笑了笑,笑声低沉。

沈言随手拿了手机,想随便刷刷朋友圈。

不看不知道,一看才发现他上次和黄梦璇、廖静拉的那个群里突然刷出了好几条消息。

若梦:"我们又看到你朋友了。"

若梦:"不是'学神'。"

若梦:"是那个大块头。"

黄梦璇发了张照片来。

照片里,朱宁波坐在酒吧门口,脸埋在膝盖里,似乎在哭。

若梦:"他好像喝醉了。"

若梦:"这里附近有点乱,不是很安全。"

若梦:"你要不要来看看?"

沈言一看时间,都是半个小时前发的了,连忙大声道:"不好了,波儿出事了!"

语音里,赵林苏也提高了声音:"怎么了?"

沈言把聊天记录转发给赵林苏。

赵林苏马上回复了他。

林子:"别急,你穿衣服,我马上到!"

林子:"等我。"

赵林苏几分钟之内就到了沈言的小区门口。

沈言蹿进车内:"那地方你认识吗?波儿手机关机了。"

"认识,"赵林苏发动车子,"别急,不会出什么事的。"

沈言"嗯"了一声,心中还是有点着急。

赵林苏车开得很快,二十分钟就到了事发现场。

万幸,朱宁波仍在原地。

他旁边围着几个穿得花枝招展的人,正在七手八脚地拉扯朱宁波,朱宁波屁股死死地坐在原地就是不动。

沈言连忙下车过去:"让一下,这是我朋友。"

几个人一回头,眼前一亮!

沈言仿佛看到了十来个电灯泡同时"噌"地一下亮起来的样子。

"哇,好帅的小哥哥。"

"小哥哥,你是来接这位哥哥的吗?"

"哥哥,他是你朋友吗?我也想跟你做朋友。哥哥,加个微信吧,哥哥。"

沈言头皮发麻,差点拔腿就跑。

"嘭——"

关车门的声音传来,几人被吓了一跳,然后发现车上又下来一个大帅哥!

圣诞老人显灵了!今天送来那么多帅哥!

下车的帅哥满脸不好惹的样子,走过来没等她们开口,就先道:"我会打人。"

大概是赵林苏的表情和眼神太有说服力,那群人让开了路。

沈言松了口气,连忙过去拉人。

"波儿?"

朱宁波正在低着头呓语,手臂被拉起,他慢慢抬起了头,平常憨厚老实的脸上一瞬间流露出凶狠表情,看到对方是沈言后又垮下来,可怜巴巴,张嘴就是浓烈的酒气:"沈言……"

"好,还认人就行,起来,跟我们走。"

朱宁波哭丧着脸道:"我们发生了误会,他在里面,把我赶出来了。"

"他在里面，那你进去？"

"他不让我进去。"

"那你跟我们走。"

"不走是吧？"沈言手指了朱宁波的鼻子，"不走，信不信我把你打晕了再带走？"

朱宁波慢慢站了起来。

沈言扯着他的胳膊往车那儿走，赵林苏也跟了上来。

沈言把朱宁波塞到后座，自己坐到副驾驶座。

"打我一下。"

沈言看了一眼脸色淡淡的赵林苏。

"看什么？"赵林苏闲闲地扫了他一眼，"也想让我打你？"

"噗——"沈言笑了半分钟。

赵林苏本来脸色不是很好看，沈言笑，他也不由得勾起了唇角："别笑了，说说怎么处理这人。"

沈言憋着笑往后面看了一眼。

朱宁波侧躺在后座，默默呓语流泪。

也不知道朱宁波现在到底醉成什么样了，沈言尝试跟他交流："发生什么事了？"

"他跟别人进去了，他不理我，他还是不理我。"

朱宁波哭得双手盖住脸，好像被全世界抛弃了。

车已经开出去一段，赵林苏说道："怎么处理？"

沈言看着朱宁波一副烂醉如泥又哭又笑的样子，皱眉道："他这样不能回宿舍吧，而且现在宿舍应该已经进不去了，要不，把他送我家吧。"

赵林苏踩了刹车。

"不行，把他送我那儿吧。"赵林苏道。

"不行！"沈言想也没想就给否了，"你以为你比我强？"

赵林苏微一挑眉，没反驳。

沈言抱臂，看着现在是醉酒状态但说不定什么时候就会变成狂暴状态的朱宁波，最终一锤定音："别折腾了，就近给他开间房吧！"

附近酒店很多，多到沈言他们停车的地方前后就有三家酒店。

沈言看了下门面，挑了一家看上去稍微不那么花哨、相对正经一点的酒店。

酒店的房费贵得惊人，一间房1500元一晚。沈言听了，直接道："抢钱呢？1500元一晚？"

前台笑容满面："今天是平安夜，到处都住满了，我们这里也只剩一间房了。"

沈言拍了下朱宁波的肩膀："朱公子，1500元，你住不住？"

朱公子迷迷糊糊地掏出了一张黑卡。

懂了，今晚的消费由朱公子买单。

黑卡不能用，因为朱公子醉得口齿不清，说不清楚密码。

然后今晚的消费就改为由赵公子买单了。沈言没带卡，手机里也没那么多零花钱。

"等他醒了，我让他把房费转你。"

"随便。"

沈言跟赵林苏一人一条胳膊扛着朱宁波上楼，赵林苏这么一说，沈言不由得道："你该不会也有什么隐藏的富二代身份吧？"

赵林苏说："你说呢？"

沈言一本正经道："既然大家都是的话，没道理就我不是啊，我觉得我也有可能是富二代，你说呢？"

赵林苏笑了，低沉得很动听："有道理。"

房费很贵，房间却是绝对不值这个房价，特别普通的双床房。

两人把朱宁波扔在其中一张床上。

沈言活动了下肩膀："你真要留下来啊？"

"不然呢？"

沈言道："我觉得我一个人能应付。"

赵林苏肩膀轻靠在墙边："就刚才你能应付？"

好有说服力。

沈言看向瘫倒在床的人，朱宁波的个子体型都活像个篮球运动员，手长脚长的，沈言不知道他是不是纸老虎，但上次朱宁波一只手把张秦往水池里摁的场景着实让他记忆犹新。

老实人也是有脾气的，而且爆发起来，一般人还真压不住。

"我去洗把脸。"赵林苏先道。

沈言点了点头。

洗手间跟床就隔了不到半米的距离，中间隔着磨砂玻璃。

赵林苏在里面洗脸，黑乎乎的一团人影。

房间里一共两张床。

一张被四仰八叉睡姿的朱宁波给占了，还剩下一张床。

赵林苏洗脸出来，说："你要洗把脸吗？"

沈言进了卫生间，洗了好几次脸，从卫生间出去时，发现赵林苏已经背对着他坐在了床上。

"我睡这边。"赵林苏道。

指他睡在离朱宁波近的那一边。

沈言"哦"了一声，也在床上坐下，和赵林苏背对着背。

此情此景仿佛有点熟悉，沈言脑子一抽，突然"扑哧"笑出声。

身边的床铺一陷，赵林苏已经上了床，问："笑什么？"

沈言回过头，面上还带着笑意："刚才我们背对背坐着，很像那个广告片。"

"什么广告片？"赵林苏眼里也有了淡淡笑意。

"就是那个什么……"沈言说不下去了，自己已经乐得不行了。

赵林苏歪着头，微笑着看沈言笑。

"啪"的一声，房间里的灯关了大半，只有一圈昏黄的灯带还闪着光。

"睡觉。"

赵林苏往下躺，侧身，依然是用背对着沈言。

沈言想起上次他醒来时看到的也是赵林苏的背。

沈言躺下睡在另一头，背对着赵林苏。

面前的磨砂玻璃门上反射出一点淡淡的光。

沈言微微向右侧倾斜，视线掠过。

赵林苏抱着双臂向外，背脊微弯，给他空出了一大片地方。

房间里很安静。

朱宁波突然有了动静。他一跃而起，去卫生间吐了。

沈言和赵林苏也坐起了身。

冲水的声音传来，朱宁波吐完从卫生间出来，又躺倒在床上。

沈言给赵林苏使了个眼色，赵林苏微侧过身看了看，回身把声音压得很低："在哭。"

沈言心里"咯噔"一下。

朱宁波哭得一点声音都没有，大概也是不希望有人来安慰。

两人又重新躺下。

沈言躺了一会儿，拿出手机。

sy："你小心点。"

sy："别掉下去了。"

发完微信，没一会儿，他听到手机振动声，床动了，背后有人挪动。

沈言睁着眼，没有睡意。

林子："睡不着？"

sy："有点。"

林子："给你讲个故事？"

sy："几岁？"

林子："从前有个人叫小明。"

sy："打住，不想听。"

林子："为了长高，他每天都会喝很多牛奶。那天，他喝了七袋牛奶，他妈妈就不让他喝了。"

林子："为什么？"

沈言憋了半分钟，还是忍不住打字。

sy："因为他妈怕他撑死？"

什么烂故事。

林子："因为第八袋过期了。"

原来真是个烂故事。

可是他为什么每次听这种故事都会忍不住笑啊！

朱宁波还在隔壁床哭呢！能不能别这样！

沈言笑得浑身发抖，感觉整张床都在跟着他抖。

赵林苏不知道什么时候也已经坐起来了，嘴角微翘，凤眼中流露出淡淡笑意。

他抬起手，沈言耳朵微微一凉。一只无线耳机落到他耳中。

轻柔舒缓的音乐从里头缓缓倾泻而出。

是他们在游戏语音里一起听的那首新歌。

"睡吧。"

他看到赵林苏的口型。

沈言轻闭上眼睛。

赵林苏翻过了身。

他睁开眼，看到了赵林苏的背脊，还有重新空出的一大片空间。

他也侧过身，背对着赵林苏。

"晚安。"赵林苏说。

沈言睁着眼睛，快速地眨动了两下。

"晚安。"

沈言醒来时有点晕乎。

昨天晚上他一直睡不着，也不知道为什么，睡意迟迟不来，真正睡着是什么时候，他完全不记得了。

迷迷糊糊地下了床，沈言都没搞清楚自己在哪儿，眯着眼睛，凭着本能拉开洗手间的门，刚要过去，胳膊就碰到了个人，他半睡半醒道："哥，你快点……"

他打了个哈欠，扭头时瞄了一眼，瞬间就给他看清醒了。

沈言一抬头，看见赵林苏冲他微笑。

这下沈言真醒了，他吓得立刻后退了半步，酒店洗手间小，眼看他后脑勺要撞到玻璃门上，赵林苏手疾眼快地拉住他的胳膊把人拽回来，沈言又一头撞在了旁边的墙上。

沈言捂着撞疼的额头迎接了美好的早晨。

"没事吧？"赵林苏道。

沈言低着头摆摆手。

赵林苏出了洗手间。

沈言捂着头拧开水龙头。

沈言在卫生间里耗了半个小时。他出来的时候，赵林苏正跷着一条腿坐在房间里的沙发上玩手机。

"好了？"

两人一对视。

"波儿呢？"沈言轻咳了一声。

"昨天晚上就走了。"

"啊？什么时候？"

"凌晨两三点。"

"为什么？他去哪儿了？"

"去找梁客青解释清楚。"

沈言无语凝噎："他还去？"

赵林苏挑眼："人各有志。"

"你应该叫醒我的！"沈言道，"你叫醒我，我就不让他去了。"

"你怎么知道我没试着叫你？"

"没叫你，"赵林苏低头道，"叫醒你也没用，拦不住。"

沈言在床上泄气般地坐下："真搞不懂，波儿怎么就跟中邪了一样。"

过了一会儿，沈言说道："昨天大晚上的还把你拖出来，不好意思啊。"

"没什么不好意思的，朱宁波也是我的朋友。"

沈言又"哎"了一声。

"走吧，去吃早饭。"

沈言"哦"了一声："朱宁波给你房费了吗？"

"给了。"

昨天朱宁波接到了梁客青的电话，整个人瞬间酒醒，马上就要走。

其实赵林苏拦了，但朱宁波还是要走。

酒店提供早餐，沈言还有点犯困，打着哈欠拿餐盘过去，估计是快收摊了，师傅们也懒洋洋的，随手将一个红薯丢上餐盘，沈言低头一看，心说好大的红薯。

"慢点吃，小心噎着，"赵林苏说道，"这红薯很好吃？"

沈言噎着了。

赵林苏给他倒水："叫你慢点吃。"

沈言使劲摆手，喝完水红着脸道："食不言寝不语，你别说话。"

赵林苏轻摇了摇头，低头吃面。

两人的动作全落在了不远处的唐晨眼里。

唐晨掰断了手里的一次性筷子。

对面的朋友见他突然面目狰狞，顺着视线一回头，看到了面对面坐着的两个帅哥。

"认识？"

"不认识。"

"哦，挺帅的。"

唐晨咬碎了一口牙，想起上次自己被这两人无视的场景，还有赵林苏的那句："你是？"他越想越气，然后就突然瞪大了眼睛。

唐晨彻底绷不住了。

沈言在车里又睡着了，睡得头低垂、人事不省。

赵林苏花了比去时多一倍的时间把沈言送回了小区。

沈言睡得迷迷糊糊，好像听到他哥在叫他起床。

"言言？"

他皱着眉慢慢睁开眼睛，从肺腑里长长"嗯"了一声，伸懒腰时才发现不对劲。

空间太狭窄，施展不开。

沈言一扭头，赵林苏正看着他："早。"

沈言立刻收回手。

"上午没课，回去睡觉吧，"赵林苏坐正，"别忘了设闹钟。"

沈言"哦"了一声，解了安全带去推车门，脚迈出去后又回了下头。

"你开车小心点。"

沈言下了车甩上车门，双手插兜头也不回地闷头往小区里走，走出了好长一段才回头，漆黑的车还停在原地，在冬日的暖阳下微微闪着光。沈言挥挥手，赶紧又转头走了。

回到家，他哥还没回来，沈言草草洗漱了一下，往床上一躺。

刚刚在车上好像睡得还挺香的，躺在床上却又毫无睡意了。

沈言闭上眼睛，放空大脑，强行催眠。

几分钟后，沈言脸一皱，拉起被子把脸整个罩住。

淡蓝色的泳池，水面泛着粼粼的波光，沈言坐在泳池边，把脚放在水里晃荡。不远处，少年矫健结实的身体在波浪中起伏，双臂划出一道道水花，水光在他背脊隆起的肌肉上跳跃，他游得很快，马上就到了沈言面前，"哗啦"一下从水里钻出，双手撑住，像游鱼一样上岸坐着。

他摘了泳镜，又有点粗鲁地拽下泳帽，屈起了一条腿，侧身拍耳朵，身体肌肉的线条优美。

没一会儿，清理干净了耳朵里水的人转过脸看向了沈言，通过少年脸上的轮廓已可以预见他将来的英俊模样。他面上带着淡淡笑意："你在看什么？"

很奇怪，他的声音居然是成熟的，低沉有磁性。

"言言。"

"言言……言言……"

"滚——"沈言大喝一声，一下把身旁的人踢开。

摔倒在床的人"哎哟"了一声，笑道："弟，你是曹公啊？吾好梦中杀人？"

沈言从床上坐起身，头上一脑门的汗，呼吸微微急促，半晌才回过神："哥……"

"你年会结束了？"沈言掀开被子下床，腿有点发软，"我出去喝点水。"

沈言从冰箱里拿出冰水，一口气"咕咚咕咚"地喝了大半杯。

寒气从冰箱里溢出，扑面而来。

沈言微微喘着气，深吸了一口那冰冷的气息。

他居然做梦了。梦见那年他跟赵林苏一块儿去学游泳。

沈言在冰箱前蹲下。

"怎么了？哪儿不舒服？"

沈言摆了摆手："没事。"

"没事的话，那我就说了啊，"沈慎摸了摸弟弟柔软的头发，"你下午上课快迟到了。"

沈言飞速刷牙、洗脸、穿衣服。

"林苏说你微信不回，电话不接，估计你还在睡觉，他就把电话打到我这儿了。"

沈慎靠在卧室门口晃了晃手机："你快下楼吧，他已经在小区门口等你了，你哥我继续回去补觉。"

沈言穿上外套，"嗯"了一声："你睡吧。"

他提着包匆匆下楼，狂奔到了小区门口。

上车，赵林苏又递给他一样东西。

"什么？"

"薄荷糖，醒醒神。"

沈言谢了一声，吃糖。

薄荷甜辣的香气在口腔中弥漫，确实让人清醒不少。

"没设闹钟？"

"设了，可能睡得太死没听见。"

沈言抚了下额头，他脸色红润，大概是一路跑来的原因，也有可能是刚睡醒，赵林苏看了一眼，没再多看。

薄荷硬糖在嘴里随着舌尖乱动，跟牙齿碰撞着发出清脆的声音。

沈言看着车窗外，嘴里故意哼着歌，一副若无其事的样子。

赵林苏一直安静地开车，等停车后才不咸不淡地说道："不愧是'歌神'，真好听。"

嫉妒，这是赤裸裸的嫉妒。

"知道你五音不全，别太嫉妒我。"

下午是选修课，两人不在一起上，正合沈言的心意。

选修课上的沈言是一匹独狼，他跟班上的同学都不大熟，只专心挣学分。

他专心上课，周围的视线却像是跟平常有些不一样。好像今天班上的人都对他特别感兴趣。

沈言抬头，环顾四周，那些眼神又都收了回去。

干吗？

沈言用手掌轻摸了下脸，觉得有点莫名其妙。

等到下课，沈言一拿手机才发现自己的微信炸了。

一百多条消息提示。

最上面的是他跟两位女生的群。

他满脸茫然地点了进去，将消息从下到上翻看。

若梦："帅哥，你跟'学神'被爆了。"

若梦发来一张图片，沈言皱着眉点开看。

是一张照片。上面是他跟赵林苏在退房。

后面还有，他跟赵林苏正走出酒店。

那条街在白天都是花花绿绿的，周围都是酒吧。

他跟赵林苏上车。

没了。

沈言退出群聊，随手点开一个消息，都是在问他，真的假的？

沈言收起手机抬头，周围盯着他的视线又立刻转移。

爷出名了！

沈言边下楼边津津有味地看八卦。他自己的八卦。

终于赶上一回热乎的了。

他总算不是全世界最后一个知道的了！

他们学校有论坛，但论坛是一潭死水，除了兼职、合租信息，什么有用的都没有，最活跃的就是几个管理员，为数不多的几个活人帖子，不知道触到管理员哪根神经了，经常被删。

所以跟篮球赛联谊会一样，八卦只在微信里流传。

沈言的微信好友不多，基本全是熟人。

"言子，去那种地方居然不叫我，还是不是兄弟？下次记得叫上我，也带我开开眼啊！"

"牛啊，带'学神'去酒吧，言哥，你太厉害了！"（偷笑动图）

"宝，没想到你还有这种爱好，你既然有这种爱好，为什么不早带我去？我比'学神'差在哪儿了？难道就因为我没发 SCI？"（流泪猫猫头）

这全是篮球队那帮一米八大汉私聊发给他的微信，他们上蹿下跳地在那发表情包，乐得不行，纷纷表示"哥们，没想到你是这种人。巧了，我也是，下次一起啊"。

沈言边笑边摇头，直接在篮球队的群里回复。

沈言："想一起的排队等我。"

本来安静的队群瞬间炸了锅。

"哈哈哈……"

"我不装了，我摊牌了，我先报名。"

"大少爷驾到，通通闪开！言宝，先考虑俺吧，俺虽然没发SCI，但俺的论文得奖了。"

"好玩吗？听说那儿有个烧烤不错，吃了没？"

"那里的酒吧什么样？恐怖不？"

队群里很久没这么热闹了，平常一片寂静的群里，大家纷纷跑出来，上次这么多人在群里发言好像还是沈言灌篮的时候。

不对，比他灌篮那次要激动得多。沈言嘴角抽搐，心想，人类共同的弱点果然是好奇心。

看人民群众的八卦热情如此高涨，沈言干脆停下脚步靠墙回复。

沈言："别搞了。"

沈言："从哪儿传出的消息啊？"

队友们的消息来源五花八门，沈言知道这种小道消息传来传去的，要追本溯源很费时间，只能先作罢。

本来也就有几张照片，反正压根也没人信。

除了黄梦璇和廖静在群里对他表示了有些担忧，他的好友基本全当成个乐子看。

他跟赵林苏实在是不像这样的人，所以大家都觉得这是"直男兄弟吃饱了没事干的历险记"。

流传范围广、流传速度快的原因只是他们都觉得这事很好笑，纷纷跑来沈言这里八卦瞎侃，好奇他跟赵林苏的见闻。

沈言也觉得这事挺好笑的，靠在楼道墙边兴致勃勃地跟那帮人在微信里扯淡。

下午的课结束，教学楼里人已经走得差不多，显得很安静。

沈言正聊着呢，忽然听到一阵急促的脚步声，像是有谁正跑上来。

他下意识地将视线往下一掠，发现跑上来的人是赵林苏。

自从"进化"完全后，沈言已经很少看到赵林苏跑得这么着急了。

赵林苏也看到了他，脚步戛然而止，顿在了台阶上，隔了个转角跟沈言上下四目相对。

沈言憋了一秒，没憋住，"扑哧"一下就笑了。

另一位男主角来了，脸色还不太好。

"你也看到了？"

赵林苏没说话。

考虑到这人的社交圈比较狭窄，沈言笑得没心没肺，还贴心地通知他："咱俩出名了。

"不对，你本来就挺出名的，你有SCI。"

沈言边说边收起手机，拉了下背包带下楼，走到赵林苏面前，见这人不动弹，催促道："走啊，中午饭没来得及吃上一口，我快饿死了。"

"沈言……"赵林苏侧过脸，脸上没什么表情，目光微微闪动。

沈言："干吗？"他顿了顿，"不高兴了？多大点事，别板着个脸了，先吃饭去吧。"

对这种与事实毫不相干的传言，沈言是真的完全不在乎，他只在乎真实的人和事。

还能别人说什么就是什么？

再说这事也压根没人信，对他的杀伤力基本为零。

退一步说，若真是他做的，别人知道就知道了，他也没觉得那有什么见不得人的。

"我不在意，"沈言笑了笑，"真的。"

赵林苏视线审视着他，沈言挑了挑眉。

"走吧。"

沈言肩膀撞了下赵林苏的肩膀："天大地大，吃饭最大。"

赵林苏陪沈言去学校门口吃过桥米线。

"你不饿？"

"吃过了。"

"哦。"

赵林苏看着沈言吃。

沈言看上去胃口很好，还是那副让人看了就犯馋的吃相，他一只手拿着手机，还在笑，时不时地单手打字。

"你看他们真逗。"

沈言把群里的聊天记录展示给赵林苏看。

一群男生在群里妙语连珠地调侃，一点都没避讳。

赵林苏也勾了勾唇角，然而脸色看上去还是不太好。

沈言把手机收回去，心说他都不在意，怎么赵林苏倒是一副挺在意的样子。

照理说赵林苏应该跟他一样，不是会在意传言的人。

沈言吃了两口，然后突然想明白了。

挑米线的筷子动作逐渐变慢，沈言放下筷子，舀了口汤，心里又开始七上八下。

沈言其实很在意自己在女孩子面前的形象。

比如那时在长发飘飘、笑容温柔的唐怡面前。

热汤入喉，沈言微眨着眼，也不说话了。

沈言吃完了米线，抽了桌上的餐巾纸擦嘴，赵林苏低垂着眼睫，看上去仍然脸色淡淡，情绪不高。

沈言道："赵林苏，你觉得很不舒服吗？"

赵林苏抬起眼："你呢？"

"我不在意，我说真的，不是安慰你，再说这事跟你我都没什么关系，我们又不是为了去酒吧的。"沈言两手交叠，脸上坦荡无比，"赵林苏，你不了解我是什么样的人吗？"

赵林苏当然很了解沈言。

就像群里那些大大方方地拿这件事调侃的篮球队队员。他们同样不在意这些传闻，只觉得荒谬、好笑。

那如果……

桌下的手微蜷，赵林苏说道："没事就好，回去吧。"

这件事在学校里完全没掀起什么水花，沈言跟赵林苏的关系他们同院的人都知道，铁得跟亲兄弟一样，两个人的关系大家都是眼见为实，不是几张照片就能改变人们对他俩的印象的。

倒是朱宁波比较滞后,知道传闻后很生气。

这是沈言第二次看见朱宁波生气,气得脸红脖子粗的。

"我去帮你们澄清!"

"别!"

沈言立刻阻止了他:"你不解释还好,一解释就越描越黑了,这种事你别理就行,本来也没什么,大家都没放在心上,也不知道是谁闲得慌。我看传播照片那人看了现在的情况,自己就已经被气够呛了。"

朱宁波还是很生气,到一边去打电话了。

沈言看他神色不对,不放心,跟过去就听朱宁波语气严厉地说要那家酒店平安夜入住的人员信息,他马上把朱宁波的手机抢过来挂断了。

"波儿,你清醒一点!"

朱宁波愤怒地捶了一拳墙壁。沈言又连忙过去关心。

"你也不能依仗你富二代的身份就为所欲为,这可是学校的公共财产!"

还好墙壁没事。

朱宁波很沮丧地蹲坐下去。

"沈言,我真没用,我就是个废物。"

朱宁波的头垂在膝盖上,半晌,他轻声道:"沈言,我不想解释了。"

沉默片刻后,沈言看向一旁一直一言不发的赵林苏。

赵林苏这两天气压有点低,话少了很多,晚上打游戏时都很少说话,也没之前活跃。

两个兄弟都这样一副没精神的样子,沈言突然涌起了一股责任心。

他可是"铁三角"的主心骨!

"波儿,你人很好,能考上我们这儿,说明脑子也不笨,你长得也不丑,个子还这么高,身材也不错,说实话你现在这样,在富二代里已经算很优秀了,真的。"

"所以啊,你别那么没自信,"沈言拍了下朱宁波的肩膀,"其实你也是有很多人喜欢的。"

朱宁波像是要哭,但还是忍住了,他哽咽道:"沈言,你真好。"

沈言心里有了计划，抱臂站起身宣布："今晚咱们再去一趟那条街吧！"

"啊？"朱宁波声音很大，在无人的走廊里荡出了"啊""啊""啊"的回声。

赵林苏看向沈言。

沈言若无其事地继续说道："反正上回大家都知道我跟赵林苏去那条街上玩过了，他们还老问我那里有什么好玩的，我没玩啊，我也说不清，那就再去一趟玩玩呗，我们三个一起去怕什么？"他对着朱宁波拱了拱膝盖，"我带你去见识见识。"

"真要去？"

赵林苏手扶着方向盘，微皱着眉没发动汽车。

朱宁波坐在后排，手握着车门把手，满脸紧张，一副随时准备跳车逃跑的样子。

"去啊，"沈言道，"去长长见识呗。"

这在很大程度上是他的真心话。

赵林苏还是不动，沈言催道："师傅，开车。"

赵林苏将脸微微偏向车窗外，目光回转，在沈言的一再催促下还是发动了车。

上次出来的时间晚，沈言心里又急，压根没在意沿路的风景，这次他注意看了，发现这条街五彩斑斓，说多繁华多热闹倒也没有，可能现在天气冷了，街上人也不多，三三两两的。

赵林苏把车停在酒吧门口。

提议的时候声音超大、态度超坚决的沈言此时躲在车里扒着窗户。

"波儿，你真没进去过？"

朱宁波在后座扒着窗户。

"嗯。"

赵林苏单手靠在车窗边扶着额头看两个人小声讨论，悄悄叹了口气。

"回去吧。"

"别！"

沈言胳膊向后一甩，挡住了赵林苏换挡的手："再等等，观察一下，观察一下。"

进酒吧的人还真不少，有单独进的，也有结伴的，说说笑笑，看着也没什么奇怪的。

沈言从小乖到大，别说酒吧了，KTV他都是高三毕业那年聚会才第一次去。这次是直接跨越式的。

不愧是他，真厉害。

沈言推开车门，把后排的朱宁波吓得一哆嗦，前几天他在酒吧门口还哭着闹着想进去，沈言下了车，倒把他给吓坏了，两手扩成喇叭，小声紧张道："沈言，沈言……"

沈言甩上车门，冲车上的两个厌包扬了扬下巴。

下车！

赵林苏下了车。

朱宁波眨了几下眼睛，也慢慢推开车门下了车。

三个人站在一起，风格迥异。

沈言穿了件半长的羽绒服，里头藏蓝色的卫衣帽子从羽绒服领子里钻出来，运动裤配运动鞋，活像是刚从篮球场打完球下来。

朱宁波穿了件夹克，直筒长裤配休闲鞋，他身材高大魁梧，有点飞行员的意思。

赵林苏穿得最单薄，黑色大衣显得他身形颀长，同色毛衣里头冒出雪白的衬衣领子，脸色淡然。

沈言将手插在羽绒服口袋里攥了攥，下巴往衣领里藏进去一截，说道："冲！"

酒吧门口有人看着，里面听上去很吵。三人过去先是被上下打量了一下，沈言道："要交钱是吗？"

"不用，"对方冲三人意味深长地一笑，"你们不用。"

沈言被他笑得发怵，不由得心里又打起了退堂鼓。

余光瞟向身边两人。

朱宁波比他还紧张，脸都白了。

赵林苏还是那样，神色淡淡，没什么表情。

沈言心一横："走，进去。"

门口那人给他们每个人在手背上都盖了个戳，盖戳的时候不知道为什么，沈言感觉心脏发颤，有那么一个瞬间想把手收回去拔腿就走。

朱宁波和赵林苏一左一右地站在他身边，他那手还是没收回去。

门打开了，里面的音乐声汹涌地倾泻而出，沈言被两个人夹在中间慢慢进了酒吧。

酒吧里面很暗，台上灯光四射，有个舞池，里面的人多得一眼望过去全是头，在上面又蹦又扭，看得沈言都呆了。

"沈言，"酒吧里太吵，朱宁波只能扯着嗓子喊，"我们还是走吧！"

沈言也扯着嗓子回："来都来了。"

好多人。

沈言能感到四周已经有许多目光向他们投来。

"先找个地方坐。"

沈言人还没反应过来，肩膀已经被搭上，他转过脸，赵林苏眉头微拧，面沉如水，单手搭着他的肩膀，垂眸道："人太多，别走散了。"

沈言被赵林苏带着往里走，朱宁波跟在后面，三人一块儿走到一个空着的卡座。

沈言坐下后，才觉得稍稍安心了一点。

这里实在太混乱了。耳边音乐吵得要命，服务生问他们要点什么，边问还边跟着音乐的节奏抖肩扭臀，亮晶晶的眼睛冲三人无差别抛媚眼。

沈言看朱宁波，朱宁波看他，两个人大眼瞪小眼。

赵林苏："随便。"

"随便？"服务生咯咯直笑，"帅哥，你这么随便哪？"

沈言跟朱宁波一起看赵林苏。

赵林苏冷着脸，微一抬眼皮。

扭来扭去的服务生突然不扭了，还打了个哆嗦。

这人眼神好恐怖，像要吃人的野人。

服务生跑了。

"啪——啪——啪——"沈言跟朱宁波一起目光崇拜地看着赵林苏，送上海豹式鼓掌。

赵林苏瞟了他们一眼，说："最多待半小时。"

"喳。"

沈言坐在卡座上，左右都是朋友，感觉自己像有了个窝点，可以放心地观察四周。

他随便一看，就看到不远处昏暗的卡座里有两个人正在拥吻。

沈言慌忙转移视线。

呃，那边也是。

沈言的眼睛都不知道该往哪儿看了，这里到处都是拥吻的人们。

他只是觉得很尴尬、很不自在。

酒来了。

卡座有最低消费，还上了水果零食。

赵林苏："别喝酒，也别吃水果。"

"水果也不能吃？"

"切开的水果最好别动。"

不知不觉，赵林苏成了总指挥，沈言拿了一包薯片，心说这人好懂哦，难道赵林苏之前来过？上次来接朱宁波的时候，赵林苏也是一眼就看出了问题。

沈言心情古怪地打开薯片。

他问："赵林苏，你来过这儿？"

"没有。"

沈言盯着赵林苏。

赵林苏转过脸，眼睛对着沈言的眼睛，重复道："没有。"

"哦。"

"来之前做了点功课。"赵林苏淡淡道。

沈言又"哦"了一声，心想不愧是你。

他跟赵林苏在性格和做事风格上有很大的不同，他有时候很冲动，就像那次灌篮一样，做事偶尔会不计后果，赵林苏比较缜密，做什么事好像都得有个计划。

酒吧里烟雾缭绕，暧昧的火花四起，沈言窝在这里吃薯片，两只眼睛一会儿这儿看看那儿看看，一会儿又缩起来，跟冬天躲在窝里的仓鼠似的。

他不动，有的是人动。

坐在那儿五分钟不到，来搭讪的人一茬接着一茬。

沈言只管吃和尬笑，赵林苏压根不理人，单跷起一条腿坐着，一条手臂搭在沈言背后的沙发上，眼皮动也不动就劝退了一帮人。

朱宁波是最招架不住的。他这辈子都没被那么多人叫过"哥哥"。

"小哥哥，我请你喝酒啊。"

"哥哥，一块儿去跳舞吧？"

"跟朋友来玩啊，一个人好无聊吧，加个微信呗。"

朱宁波面红耳赤，他笨嘴拙舌，只知道摆手，一副老实纯情的样子逗得来搭讪的几个人哈哈大笑。有个奔放的过来直接要往朱宁波怀里坐，吓得朱宁波跳起来躲，沈言正在一旁偷乐看戏，朱宁波跳起来，那人就要往他这儿倒了，沈言也连忙往旁边躲，肩膀又被搭住，赵林苏把他半个人都挪到了边上，躲过了这场无妄之灾。

赵林苏在他耳边道："没事吧？"

沈言愣了几秒后坐回去，掩饰性地拿了片薯片吃，边吃边说："没事。"

他说话声音小，酒吧太吵，赵林苏没听见，只略微皱了皱眉："走吧？"

沈言"嗯"了一声，心想这么傻待下去也没什么意思，一转头却发现朱宁波不见了。

"波儿呢？！"沈言震惊地大声问道。

赵林苏的注意力一直在沈言身上，他也没发现朱宁波是什么时候不见的。

"打电话。"

沈言连忙给朱宁波打电话。

朱宁波没接。

沈言急了，连忙去问那个刚刚摔倒了还在边上整理衣着的人："我们那个朋友，你看到他去哪儿了吗？"

那人头上花里胡哨地戴了几根羽毛，边梳毛边道："走了呀。"

"走去哪儿了？"

"刚才有个斯斯文文戴眼镜的帅哥冲他招手，他就过去了。"

这家伙！

听这描述，那人八成是梁客青，一般人招手，朱宁波也不会那么乖乖地跟着走。

沈言心神微动，说道："算了，不管他了，让他去吧，我们走。"

两人站起身，赵林苏靠了过来，手臂自然地像来时一样搭住沈言的肩膀。

沈言知道赵林苏这是在保护他。

他的心情很复杂，说不出来，有点酸酸的，他想挣脱，又不是特别想挣脱，他知道赵林苏是好意，他对他，一直都是好意。

沈言正在胡思乱想，侧后有人撞来，赵林苏带他闪到了一边，沈言一回头，发现还是个熟人。

唐晨看着两人，冷笑一声，阴阳怪气道："呀，真是人生何处不相逢，在这里都能碰上同学。"

他老早就看见一起进来的三个人了。

这三个人在大学课堂上就很吸引人的眼球，到了这里，那简直就是分量十足！

他们坐那儿几分钟，半个酒吧的人都跑过去搭讪了！

唐晨看得怒火中烧，赵林苏不算什么，但是像沈言这样的人，他真是讨厌死了！

沈言只认出了他的脸，还没反应过来要说什么，唐晨就开始张嘴骂了。

沈言被骂傻了。

他不是没被人喷过，游戏里爱骂人的人多了去了，谁也不敢说自己没被骂过，那些人骂人的时候也是脏字不断。但沈言真没被这么骂过。

这都是什么跟什么？

沈言一愣一愣地看着昂着头一脸愤怒的唐晨。

唐晨个子矮，骂人要踮脚。

"照片是你拍的？"

一旁的赵林苏抓住了重点，锐利的眼神射向唐晨。

唐晨被他看得有点怕，但依旧无所畏惧："是我拍的，怎样？若要人不知，除非己莫为！"

沈言终于回过了神："喂，我们'为'不'为'的，关你什么事，你这不是也来了吗？"他笑了笑，"你是羡慕，还是忌妒？"

"你……"

"还是你觉得可以用这种方式来攻击人？你是看不起谁？不好意思，我不仅不觉得丢人，我还挺骄傲。"

唐晨没想到沈言说话这么直接，气得嘴唇发抖，罕见地不知道该怎么还嘴。

沈言抬起手，把手朝赵林苏的肩头一搭，对着唐晨挑了挑眉："我们这不是又来了，您别太上火。"

说完，手臂轻轻一拍，沈言扭头看向赵林苏，赵林苏静静地看着他，眼中微光闪动，沈言对他使了个眼色，两人就这么一起走出了酒吧。

"哈哈！"

沈言上车边笑边关车门："你刚才有没有看到他的脸色？我看他气得快要爆炸了。"

赵林苏脸上也浮现出淡淡的笑意："你不怕他回学校又胡说？"

"说就说呗，"沈言道，"嘴长在他身上，反正我无所谓，最高的轻蔑是无视，越理他他越来劲，让他自己难受去吧。"

沈言动了动腰，又道："这里不好玩，下次不来了。"

赵林苏发动车子："一开始就跟你说了别来。"

"总要尝试一下才知道好不好玩嘛，而且也不是没收获啊，你看，波儿这不又振作起来了？"

车辆驶出那条花花绿绿的街道，沈言把车窗摇下，冬日清冷的空气扑面而来，他微微仰着脸，感受着夜晚清新的空气，比酒吧里乌烟瘴气的感觉好多了。

"停车。"沈言忽然道。

冬日夜晚的街边公园里没什么人，还挺安静，沈言在跑道上跟赵林苏一起散步，他边走边说："还是这里好玩，那里吵死了，我耳朵现在还在疼。"

赵林苏没说话，他还在想那个瞬间。

沈言和他站在一起，脸上神采飞扬。

"我不仅不觉得丢人，我还挺骄傲。"

"哥哥。"

沈言差点吓死了，扭头一看，是个看上去也就五六岁的小孩隔着灌木丛叫他。

沈言歪了歪头："嗯？"

"哥哥，我想荡秋千，你能不能帮我推？"

"这么晚了，你一个人在这儿？"

小孩摇头："爸爸在那边打电话。"

沈言看到有个中年男人站在沙坑边打电话，手里提着个超大塑料袋，说两句话眼神瞟过来，随后皱着眉走过来，还在拿着电话说个不停。他拉了小孩往回走，把孩子拉回沙坑边上，小孩蹲在那儿，眼睛恋恋不舍地看看秋千，又看看沈言。

沈言回头对赵林苏说道："我过去一下。"

赵林苏看着沈言跨过灌木丛，跟中年男人用手大概比画了一下，那中年男人边打电话边点头，沈言拉着小孩去玩沙坑边上的秋千，小孩坐秋千，沈言低头跟他说了两句，估计是让他注意安全，扶好了，然后沈言就开始给那小孩推秋千，小孩咯咯笑着，沈言又停下做了个手势，指指不远处打电话的男人，示意他声音轻点，小孩点点头，沈言继续给他推秋千，脸上笑得比孩子还开心。

赵林苏微微仰起头。

小孩要跟爸爸走了，父子俩跟沈言挥手，爸爸从塑料袋里拿了根奶酪棒，说："谢谢哥哥，跟哥哥再见。"

小孩把奶酪棒递给沈言："哥哥再见。"

"拜拜。"

沈言拿了奶酪棒，对着走过来的赵林苏转了转："看，我挣外快了！"

赵林苏对他笑了笑。

在他脚步挪动之前，赵林苏开口了。

"要不要，我也给你推秋千？"

沈言悄悄松了口气："切，我荡秋千还用你推？"

沈言拆了奶酪棒的外包装，含着奶酪棒在秋千上坐下，长腿微一用力："看到没，荡秋千还用人帮？你以为我也是小孩？"

他荡上去一点，往下落，脚尖刚点在地上，身后就传来力道，沈言被推得荡了上去，他边笑边说道："你想干吗，谋杀啊？"

"录音了，等会儿发给赵教授。"

膝盖顶上背，微一使力，沈言又荡了上去，他边荡边笑得更大声："你大爷的，轻点！"

"这玩意不会断吧？"

"有可能，你太重了。"

"滚，我才一百三十斤。"

"有这么轻的猪吗?"

荡了几个来回,赵林苏抓住两侧的秋千绳让秋千停下,沈言头微微抬着,漫天星光都倒映在那双含笑的眼睛里。

赵林苏也笑了笑,他伸手轻拍了下沈言的胳膊:"该回去了。"

赵林苏走了,沈言嘴里叼着奶酪棒,看着赵林苏跨过灌木丛的背影,后知后觉道:"干吗拍我,想死啊你!"

"快点,"赵林苏站在车边,拉开了副驾驶门等他,"再晚慎哥要到家了。"

沈言走了过去,眼神警告地瞪了赵林苏一眼。

赵林苏挑了下眉,向着他的方向侧过脸:"不爽可以拍回来。"

沈言心说,凭什么奖励你?他看向赵林苏那张在月色下很好看、很温柔的侧脸,屈起手指,给了赵林苏一个清脆的脑瓜崩。

第五章 好朋友

第二天，两人先去了教室上课。

大课，人数众多，沈言跟赵林苏找了位置坐下，拿出上课要用的书和笔，书还没来得及翻开，便听到身边有人跟他搭话。

"这里有人吗？"

沈言转过脸，说话的男生看上去有些面熟，个子很高，肩膀宽阔，笑眯眯的，头发短短的，有种很利落的帅气，夹了个厚厚的本子。

"看样子，你好像不记得我了，"对方微笑道，"韩赫。"

他用手掌做了个拿着杯子往嘴边倒的动作，又道："篮球，单板。"

沈言想起来了。

"是你啊！"

"想起来了，"韩赫笑道，"这里没人坐吧？"

他手掌按住的是沈言右侧的空位。

朱宁波现在已经不成天跟两人混在一起，沈言想了想，道："没人。"

韩赫坐下，说："谢谢。"随后视线越过沈言，跟赵林苏也打了个招呼，"你好，你是沈言的朋友吧？上次我们在KTV见过，不知道你还记不记得？"

他的语气透露出一股莫名的熟稔，好像跟沈言很熟似的。

赵林苏目光淡淡："赵林苏。"

"韩赫。"

他一头雾水道："你不是体院的吗？"

"是啊，"韩赫道，"来你们金融学院学习学习，不欢迎？"

沈言心说，大哥你听得懂吗，他保持礼貌地"哦"了一声，转头继续翻书。

"能借我支笔吗？"

"啊？"

"走得太急，忘了带笔。"

沈言拿了支笔给他。

"谢谢。"

沈言听课很专心，到了下课的时候，韩赫还了他的笔，又道了次谢："我请你吃饭吧。"

沈言提着包挎到肩膀上："不用。"

"那能加个微信吗？"韩赫微笑道，"有机会一起打球。"

"算了吧，你们是专业的，我跟你们打，不是找虐吗，让一让。"

韩赫侧身让开，沈言跟赵林苏从他身边走过。

"你跟这个人很熟？"出了教室后，赵林苏问沈言。

沈言觉得赵林苏问了个很傻的问题："不熟啊，熟的话他会没我微信吗？"

沈言没把这当回事，以为碰一面就过去了。谁料两个人在食堂又碰见了韩赫。

"我想学习一些金融知识，快毕业了，要帮家里的忙，也不能太任性了，只管自己的兴趣爱好。我听说你们两个在专业里很强，所以想厚着脸皮跟你们一起学习学习。"

沈言筷子上夹着一块儿牛肉，嘴微微张大："跟我们一起学习？"

"对，"韩赫笑容诚恳，"可以帮我这个忙吗？"

沈言一时有点蒙，他想拒绝，但是又有点不好意思，他看向赵林苏，赵林苏正在看韩赫。

韩赫刚才突然过来，跟上课时一样，直接就在沈言边上坐下了。

沈言在桌下用脚轻轻踢了下赵林苏。

赵林苏被踢后，收回了视线看向沈言。

沈言向他挑了挑眉。

"不方便，"赵林苏看着沈言，回绝的话很干脆，"想要学习金融知识，建议去大一旁听。"

沈言差点没拍大腿，对啊，他怎么没想到！

"对，"沈言打起了精神，"我们都大三了，其实课已经上得差不多了，你要学还是从头学起比较好。"

"有道理，谢谢你们的建议，"韩赫倒也没再坚持，"打扰了。"

韩赫走了。

沈言心说这哥们还是一如既往，主动凑上来，但又挺有风度。

赵林苏轻轻放下筷子。

沈言把筷子上冷落了半天的牛肉吃了："你不吃了？"

"饱了。"

"太浪费了，"沈言道，"你老是这样，这毛病得改。"

沈言没吃饱，继续专心吃饭。

赵林苏抱臂。

"下午还是3点集合？"

"嗯。"

下午上选修课，两人照例分开上课，分开之前，赵林苏给了沈言一包糖。

"干吗？"

"超市送的赠品，我不吃糖。"

"当我是垃圾桶啊？"

沈言骂骂咧咧地收了，转身撕开包装，是水果糖，他含了一颗在嘴里，往上选修课的教学楼赶。

他拿到的那颗刚好是桃子味的。

赵林苏就喜欢桃子味。

沈言边吃糖边想，给他糖吃，真当他是小孩子吗？

沈言心里吐槽，口腔里甜味四溢，嘴角不由得跟着上翘。

等到了选修课的教室，再次看到韩赫后，他就有点笑不出来了。

韩赫冲他招手。

沈言在门口犹豫了一会儿，还是走了过去。

"你？"

"先坐。"韩赫指了指身边的座位。

沈言没坐："你也上这节选修课吗，好像没有吧？"

"我大四了，学分都已经修满了。"

"所以，又来旁听？这节课跟金融没有关系。"

"我知道这节课跟金融没有关系。"韩赫笑了笑，双手交叉放在身前，含蓄道，"昨晚，我看到你们了。"

"哈哈，"韩赫又笑了一声，"看你紧张的表情，淡定，我没别的意思，你们只是过去玩玩，是不是？"他又指了下身边的座位，"坐下聊吧。"

沈言大概回过味了，他还是没坐下，尴尬地解释："你可能误会了，我们不经常去。"

"我没有误会，是你误会了。"韩赫微笑道，"我看得出来，你们只是觉得好玩，你放心，我知道你不是经常泡吧的人。"

"上次我就说过，去年我就很想认识你，不过很可惜一直没机会，马上又要毕业了，再不认识可能就错过了，本来上次联谊会我想认识你的，可惜，"韩赫摊了摊手，"你被朋友叫走了。"

"当时你们俩气氛不对，我挺担心的，怕你们会打起来，还追出去跟了一段。"

"啊？"沈言说道，"你出来看了？"

韩赫微微一笑："要上课了，教授进来了，要么坐下说？"

沈言在选修课上也没有什么搭子，他坐下后道："你真追出来了？我喝断片儿了，都不记得了。"

"是吗？怪不得。"

"怪不得？"沈言重复了一遍，"什么意思？"

韩赫笑笑："没什么意思，我是说，怪不得你们没打起来。"

"我们没打起来，我做什么了吗？或者说什么了吗？"

"嗯……我没有离得很近，所以没听到你说什么，只看到他背你。"

"他背我？"

沈言骤然提高了声音，四周的视线瞬间都集中到他们这儿。

沈言连忙压低了脸："他背我，你确定？"

韩赫也压低了脸，侧过脸对沈言微笑道："是啊，他背你。"

赵林苏背他……他醉了，赵林苏背他也正常。

沈言坐直了，上课了，他也不再跟韩赫说话。

等到下课，他收拾书包，韩赫一直坐在旁边不动，他提着书包走出去，韩赫也跟了上来，沈言停下脚步回头："什么意思？"

"我想跟你交个朋友。"

韩赫态度非常大方，他说得这么直接，沈言都不知道该怎么回答了。

交朋友这事吧，沈言熟，上大学前，班级里每个同学都是他朋友，大学的话，除了同宿舍的人交集多一些，一般同学都很少成为朋友。

沈言是个重感情的人，他的朋友都是在日常的生活中结识的，谁参与到他的生活，谁才有资格成为他的朋友。

"那个，韩赫，他说他还是想跟我们一起听课，主要是想交个朋友。"沈言拉了拉肩上的包带，对站在车前的赵林苏说道。

交个朋友就交个朋友吧，也没什么。

韩赫对赵林苏笑了笑，伸出手道："多多指教。"

赵林苏面上本来全无表情，忽然嘴角上扬："很高兴认识你。"

他握了下韩赫的手，力道不轻不重。

韩赫道："这是你的车？"

"是。"

"我也有辆车，"韩赫对沈言道，"改天带你出去兜风。"

沈言心说大冬天的兜风，抽风吧？

他呵呵一笑，礼貌道："好的，好的。"

"先走了，"韩赫对着沈言一摆手，"微信联系。"

韩赫走了。

赵林苏看向沈言："你加了他的微信？"

"对啊，刚下课时加的，他来旁听我们的选修课。"

赵林苏又看了一眼韩赫离开的背影："看来大四的确很闲。"

"你怎么知道他大四了？"

"猜的。"赵林苏转身开车门。

沈言又受到了关心。

许俊浩过来趴在他们桌上，挤眉弄眼道："沈言，你要当心哪。"

"当什么心？"沈言莫名其妙。

"昨天体院那位。"许俊浩作怪表情。

沈言无语道："你别想太多，人家就是想交个朋友。"

许俊浩看他一脸不以为意，扭头对赵林苏说："'学神'，你看看他，一点不知道当今社会的险恶。"

"什么意思？"沈言插话，"那合着就我需要当心，赵林苏就不需要呗？"

"开玩笑，'学神'……"

许俊浩想说赵林苏这一副冷若冰霜的样子，谁敢接近啊，要不是沈言成天跟赵林苏混在一块儿，那往沈言这儿凑的排起队来能绕教室三圈。他没敢说，因为赵林苏身上充满一股不好惹的气息。

说来也奇怪，赵林苏也是一个挺和善的人，从来没见过他发脾气，他的专业水平是高，但也没见他对同学居高临下。许俊浩经常看他跟沈言开玩笑，不过要让他去跟赵林苏开玩笑，说不上来为什么，反正他就是不敢。

可能这就是"学神"的气场吧！

许俊浩点到为止："'学神'，你看着他点啊。最好和韩赫保持距离。"说完人就走了。

"神经。"沈言扬了下笔，他估摸着赵林苏应该差不多听懂了，"别理他，他就爱胡说八道。"

赵林苏笑了笑："他也是一片好意。"

"那倒是，"沈言顿了顿，道，"你在意吗？"

"无所谓。"

果然，沈言点点头，他也无所谓。

沈言没有特意给韩赫留座位，只是普通朋友，关系没到那个份上。韩赫加了他微信，头像是他本人在海上开游艇的照片，墨镜夹在头顶，笑得很灿烂。

怎么说呢，比起朱宁波，韩赫更符合沈言对富二代的刻板印象。

跑车游艇开 party，阳光沙滩大 house。

各人有各人的活法，沈言无心置喙别人的生活方式，只不过他还是更喜欢或者说更习惯和朱宁波、赵林苏这样简单纯粹的人交朋友。

如果当时立刻拒绝，沈言会觉得有点没礼貌。

不过合得来就是合得来，合不来就是合不来，这事得看眼缘。

沈言对韩赫没什么眼缘。

昨天下午加完微信，沈言已经在心里盘算着找什么合适的机会把人给删了。

韩赫来了。

他看到沈言和赵林苏坐在一起，两边座位都坐满人时，微微一愣，随后便笑了笑，发微信给沈言。

韩赫："没给我留座位？"

sy："蹭课的占座，不礼貌吧？"

韩赫拿着手机靠在教室外的墙上笑了半天。

有意思。

"聊什么呢？"赵林苏道。

沈言说："没什么，说我们没给他占座。"

"他让你给他占座？"

"没有，让我占我也不给占，真逗，当自己是大少爷呢。"

沈言哼哼唧唧的，赵林苏斜睨着看他，眼中微微泛出笑意。

下了课，沈言和赵林苏刚走出教室就碰到了韩赫，韩赫道："嗨。"

沈言道："你怎么不在教室里？"

"没座位，"韩赫笑道，"就只好站在外面旁听了。"

沈言被他这么一说，原本觉得自己挺理直气壮的，忽然有点不好意思起来。

"你没说让我们给你留座。"

"没关系，你说得对，我一个旁听的，占座不好。"韩赫继续笑道，他笑起来是很大方的，"食堂总不分专业了吧？"

三个人一起去食堂。

沈言习惯性地走在两人中间，然而不知道为什么，总觉得跟先前和朱宁波一块儿走的感觉不一样。

朱宁波呢，性格老实温顺，逆来顺受，这么一个超级富二代，居然那么低调，在宿舍里天天给室友扫厕所也不吭声。沈言发现之后还问他为什么不反抗，朱宁波却说他多做一点也没什么，这样大家都不会不开心。

就是因为朱宁波太老实，沈言才同情他，跟他交朋友，进一步地发现了他身上其他的优点，将他纳入好朋友的范畴中。

他对韩赫的初见印象还是挺不错的，感觉挺有风度，进退有礼，可稍一接触，沈言就发现这个人有点自以为是。

"你们经常去食堂吃？"

"是啊。"

"其实学校附近也有一些能吃的餐厅。"

沈言注意到韩赫的用词。

能吃？他不由得觉得有些好笑。

开在学校附近的饭店要符合学生的消费水平，都不会太昂贵，小吃店最多，有两家稍微上档次的餐厅，人均也就一百多。

看来这位韩大少的确是个符合他刻板印象的富二代。

韩赫能明显感觉到沈言对他的热情在逐渐降低，像是礼貌耗尽了。

一开始，韩赫也觉得奇怪，沈言和赵林苏，这两个性格完全不同的人是怎么凑到一起的。

现在他明白了，其实两个人还是有相似的地方的，而且是本质上的相似。

对他们认可的人，他们会无底线地去包容，相反，对他们不认可的人，他们会很快将其排斥出去，不给一点机会。

从昨天碰面握手开始，赵林苏就对他表现出一股轻蔑般的无视，他很清楚他是什么意思，但他不在乎，因为他认为他不可能做到。

"你太差了，真的，我是中单我也骂你。"

沈言在跟赵林苏聊昨晚游戏里的事。

"你不是中单，不也骂我了吗？"

"那叫骂吗？那叫技术指导，你还不领情。"

沈言作势要拿筷子戳赵林苏的额头，赵林苏也不躲，照样吃饭，沈言也没真戳，作势而已，两人之间有一种自然的默契。

韩赫在一边，没怎么动筷子，也几乎找不到什么插话的机会，这时终于说道："你们玩的什么游戏？手游吗？"

"端游。"沈言随口道。

韩赫"哦"了一声:"听上去很好玩。"

"还行,现在玩的人越来越少了,每天排队都好久。"

"能带我一个吗?"

沈言扭头看向韩赫,他那张斯文俊秀的脸上罕见地流露出一点冷淡的意思:"你想跟我们玩,至少得自己先练上几个月。"

韩赫笑了笑:"这游戏这么难?"

"不难,但也没你想得那么简单。"

沈言跟赵林苏吃完饭就要走,他们今天下午没课。

韩赫说他也要走。

学生的车都停在一个统一的停车场。

韩赫开了辆911跑车,银灰色车身,不知道做了什么喷漆的效果,在阳光下十分耀眼。

只要是个男人,看到跑车都会忍不住多看两眼,沈言也不例外:"哇,好炫的车!"

韩赫笑道:"要不我送你回家?"

"那还是算了,这车开着才过瘾,坐里面太挤了。"

"你想开也行啊。"韩赫拿着钥匙冲沈言的方向一伸手。

沈言拉开赵林苏那辆SUV的副驾驶车门,嘿嘿一笑:"我没驾照。"

车门关上,赵林苏把车开出来,经过韩赫身边,落下车窗,对着韩赫微微一笑:"明天见。"

SUV扬长而去,韩赫吃了一点汽车尾气,但他一点也不生气,反而笑得合不拢嘴。他实在是很久没有遇到这么有趣的事了。

韩赫上了车,打开微信。

韩赫:"这个周末,一起出去玩?"

沈言没回。

韩赫上下划了几下微信聊天的界面。

沈言对韩赫的印象从"有风度"到"有点烦"只用了不到一天的时间。

晚上跟赵林苏打游戏的时候,他又想起白天韩赫那副非要黏着他们还要跟他们一起打游戏的样子,许俊浩的忠告言犹在耳,他心说,这哥们还真有点可怕。

就这么一分神，他被对面上单不小心一个技能甩到塔下单杀了。

"怎么了？"赵林苏在游戏中说道。

"没什么，"沈言道，"刚想了点事情。"

"想什么？"

沈言回避道："没什么，就作业上的事，你来上路帮我卡一下线。"

沈言在转移话题。

赵林苏立刻就反应了过来，操纵人物的鼠标顿了顿。

两人打完游戏，赵林苏在语音中说"晚安"，沈言也回了句"晚安"。

关麦，下线。

赵林苏面对着电脑闪烁的屏幕若有所思。

"嗨。"韩赫站起身，冲着一起进来的两人招手。

赵林苏面无表情，目光中隐约流露出不耐烦。

他看向身边的人。

昨天明显表现出冷淡的人，今天脸上的表情却波动很大。

沈言先看看韩赫，再看看赵林苏，然后看看韩赫，又看看赵林苏。

沈言直接对赵林苏说："别过去。"

赵林苏微一挑眉，沈言已经非常不爽地往另一边的座位走了过去，赵林苏跟着过去，随后似笑非笑地看了眼仍举着手的韩赫。

沈言把韩赫删了。

两人坐下，赵林苏问道："怎么了？"

沈言瞟了一眼他的头顶："别烦。"

赵林苏笑了笑："周末有安排吗？"

"有。"

"去看比赛？"

"我突然又没安排了！"

下课了，赵林苏被教授叫走，沈言在原地等他跟教授交流完。

突然有人过来了，是韩赫。

"我哪里惹你不高兴了吗？"韩赫温声道。

沈言抬起脸，看到他头上的名字，心里还是有点不舒服，皱了皱眉："我觉得我们不是一路人，不适合做朋友，不好意思。"

韩赫笑了笑，两手撑在桌面上。

沈言抓了书微微后退，面上不快。

韩赫笑容愈深："周末一起去打球。"

"你神经病吧，我凭什么跟你去打球？"

韩赫直起身，淡笑道："沈言，我觉得你应该答应。"

"怎么脸色不好？"赵林苏道。

"没事。"

赵林苏发现从昨晚到现在，沈言跟他说了好几次"没事""没什么"这样带有敷衍性质的话。

他不动声色："明天下午两点集合怎么样？太晚了过去会堵车。"

沈言心里很乱，可以说是心乱如麻。

韩赫那几句话却让人恼火。

如果不是沈言觉得他不一定打得过韩赫，他高低得给他来上一拳。

"关你屁事。"

沈言推开桌子起身："我干什么，你管得着吗？你谁啊你？"

"你自己什么样的人，你自己不知道？"

韩赫被他反问得微微一怔，随即扬起了意味更深的笑容："你还挺聪明的。"

"废话，"沈言直接把包甩在肩上，对着韩赫扬了扬下巴，"大哥，你有空去查查录取分数线吧，别在这里耍了，挺搞笑的。"

韩赫被他骂了还笑："沈言，你真有趣。"

沈言浑身起鸡皮疙瘩，赶紧撤了。

临到门口，他觉得不解气，回头又竖了个中指。

韩赫对他做了个挥手的动作。

脑子里嗡嗡的，被搅得一团乱。

"周末……有点事。"沈言含糊道。

赵林苏静默片刻，没再追问："好，那就下次有机会。"

这天晚上，沈言没上线打游戏。

他心里烦。

偏偏韩赫又给他发了条短信。沈言直接把他的电话号码拉黑了。

林子："今晚不上分？"

sy："有点累。"

林子："早点休息。"

林子："晚安。"

sy："晚安。"

沈言从鼻子里哼了一声，双手垫在脑后，心里一阵一阵地烦闷。

他翻了个身，其实脑子很乱。

周末，沈慎依旧加班，上班之前照例来跟弟弟聊天。

沈言破天荒地问了沈慎一个问题："哥，等你以后结婚了，我们是不是就不会这么亲了？"

"啊？"沈慎看着弟弟，"说什么胡话呢，我们是亲兄弟，割不断的血缘，怎么可能不亲呢？"

沈言若有所思。

沈慎感动得摸摸弟弟的头发："宝贝，你终于意识到你对我的爱了。"

"别把我发型弄乱了，赶紧滚去上班！"

沈言起床去打球。

有什么烦心事，打一场球就能消化不少，他没兴趣跟无赖打球，但打球这事本身无罪。

公园里没人，他去了附近的球馆。

在球馆里，他碰上了之前夏天的时候在公园里抢地盘那帮人的其中几个。

他没认出来，是他们把他给认出来了。

"哟，小帅哥，来打球啊，你当初推荐我们来这儿是真不错，天气冷了，外面打球不合适了，这儿正好，收费也还行。"

几个人说说笑笑，完全没有当初抢地盘的火药味了。

都是爱打球的人，也没什么坏心眼，很快就接纳了沈言一起玩。

沈言哪好意思占他们原来队员的坑："我在学校里就是黄金替补，你们谁累了，我再上去替，什么位置都行。"

"好嘞，小帅哥，等你上场表演啊。"

沈言坐在下面招招手，表示没问题。

球鞋摩擦地面，吱吱作响，吆喝叫好声四起，汗水淋漓。

沈言忽然觉得很放松。

这种放松是一种纯粹的，没有任何复杂关系的东西，简简单单的，就是一起打篮球，一起运动，一起玩儿。

沈言喜欢简单。

他合起双手，抵在眉心，心说什么事都像打篮球那么简单就好了。

过了大概十分钟，有人休息，沈言上场，狠狠地流了点汗。

有人拍他的肩膀。

沈言今天穿了球服，背心短裤，正认真看着场上，被人一拍，他应激似的看过去，对方全然无知无觉，赞道："哥们，投得太准了！"他说完，还拍了拍沈言的胳膊，"呵，这肌肉，可以啊。"

沈言下场喝水。

从头发里流下汗水，他边喝水边发呆。

他好像变了，不知不觉中变得跟以前不一样了。

沈言扶着长椅坐下，心脏咚咚乱跳。

他突然感到一种淡淡的恐慌，抬眼看向球场，球场上都是个子高挑的猛男大汉，有人进了个球，绕场跑，那人笑嘻嘻的，举起双手，食指向天，满脸的"爷真牛"。

沈言仿佛看到了以前的自己。

现在呢？沈言又猛喝了两口水。

"小帅哥，累了？体力跟不上啊。"

沈言笑了笑："休息五分钟，休息五分钟。"

沈言拿起手机。

林子："早。"

林子："事情忙完了吗？"

沈言攥了手机，上下划动。

林子："无聊，出去打个球？"

沈言深吸了口气，还是回复了。

sy："我在打球。"

林子："在哪儿？"

sy："家附近的球馆。"

林子："一起？"

sy："算了。"

sy："你球打得太烂。"

"哟，怎么又来个帅哥？"

沈言听到议论声，抬头。有一个瞬间，他以为赵林苏来了。

"看到我，心情很糟哦？"

韩赫笑着走过来。

这身篮球服的打扮倒是比他平常看起来要顺眼一点，不过在沈言眼里，是怎么看怎么都烦。

沈言眼皮又耷下去，懒得问他怎么会来，有钱人总有有钱人的办法。

"来打一场？"

沈言没理他，低着头看手机微信。

"打一场吧，你赢了，从此还你清净，怎么样？"

沈言还是没理。

"怕了？觉得自己赢不了？"

沈言懒洋洋地掀起眼皮："你是读书少，只会激将这一招吗？"

"可是这一招很管用。"韩赫笑得很欠揍。

"学体育的也不一定就是笨蛋，你说是不是？言言。"

沈言被真正激怒了。

不为别的，就为那两个字。

"言言"也是他叫的吗？！

沈言站起身，脸色微沉："单挑，输了消失，说话算话吗？"

韩赫微笑着点头。

"那如果你输了呢？"

"我输了，我就从你的生活里消失。"

韩赫笑出了声，边笑边摇头："这样吧，如果你输了，你就和我混，怎么样？"

"行，"沈言也笑了，"希望你待会儿也能这么觉得。"

沈言很少生气，但他今天的确有点生气，不只是因为韩赫很令人讨厌，他心里有另外一股烦躁的劲，既然有人想找死，那他就不客气了。

场上的人已经打累了，听说有人要单挑，都纷纷下场预备充当观众。

"小帅哥加油！"

沈言拿了球在掌心，看向对面的韩赫。

"我记得你说过，你的专业不是篮球？"

"是的。"

沈言点点头："没毛病，看得出来你是真的菜。"

以为自己长得高点就了不起了？

韩赫知道沈言打球狠，以前在场上交过手，但那时是有队友的情况下。

双方都没有队友的情况下，沈言更狠。

火药味十分浓重，沈言温和的眉眼显出一股平常不多见的狠劲，那双眼睛亮得惊人，一眼望去，韩赫吃了一惊，沈言运球过去，反手上篮。

"嘭——"

修长的身影落下，沈言撩起篮球服的下摆擦了擦脸上的汗水，同时给了韩赫一个鄙夷的笑容，做着无声的口型。

"垃圾。"

表情又酷又不屑，跟他日常那副温和好说话的样子简直判若两人。

韩赫输了，而且输得很惨，输了之后，他没再笑。

沈言抚着头发向后，冷着脸对韩赫嘲讽一笑，忽然一抬手把篮球服脱了，露出肌肉线条明显、皮肤白皙的上半身，引起一阵口哨声。

难道他就怕了？笑话！

沈言心说，他还是那个他，没变。

"相信你是个男人，说话应该不会当放屁，以后别让我看见你，"沈言将脱下的球服甩到肩上，微笑道，"否则老子见你一次打你一次。"

韩赫始终站在原地不动。

沈言在众人的欢呼推搡中转身去拿东西。

"小帅哥，太猛了吧，看不出来啊，之前都是收着打的吧？"

沈言打着哈哈，用球衣胡乱擦身上的汗，正擦到后背，手腕突然被拉住了，他以为韩赫还要纠缠，回头凶狠道："你……"

烦不烦啦！

"赵林苏？"沈言微微瞪大了眼睛。

赵林苏脸臭得活像他们刚认识那会儿。

怒意从他的眼睛、眉毛和脸上肌肉的线条走向中爆出，仿佛马上就要发作。

"你怎么……"

赵林苏说道："把衣服穿上。"

沈言把球服穿上，羽绒服也披上。

赵林苏回头看向一旁的韩赫，韩赫已经回过了神，笑眯眯的。

赵林苏目光深沉地看着他。

韩赫仍在笑，心说这人的眼神像是要揍他一样啊。

赵林苏回头又拉起了沈言的手腕。

沈言微微一怔，手掌蜷了蜷，没挣脱，跟着赵林苏往外走。

"我开车了。"赵林苏语气稍稍平静。

沈言没说什么，手夹着羽绒服往外走。

车就停在球馆的停车场，911大跑车的旁边，没停好。

沈言过去，发现车后面的保险杠撞到了后面的墙壁。

他吸了口冷气，扭头看向赵林苏。

赵林苏面色冷淡地扫了那辆911一眼，沈言看他的表情，似乎他那车是想撞911而不是墙壁。

赵林苏把沈言送到小区门口，全程两人都没说话。

车停下，沈言没下车，赵林苏也没说话。

赵林苏说道："没事吧？"

"我能有什么事？"沈言自嘲一笑，"光天化日的，他能把我怎么样？"

赵林苏转过脸，沈言也转过脸，他胸口有股情绪，一直储存在他身体里的某个地方，他的性格、他们十年的交情等等复杂的因素，一而再再而三地让他压下那股情绪。

沈言鼓起勇气。

"赵林苏,我觉得你还是应该多交交朋友,你现在有些干涉我的生活了。"

赵林苏的情绪还停留在看到韩赫跟沈言面对面时,那种突然爆发失去理智的愤怒上。

沈言的这一句话犹如刺骨的冰水浇在了他的心头,让他一下冷静下来,这才发觉沈言眉头微锁,神情是回过神般的懊恼。

"我们还是像以前那样吧,简简单单的,就挺好。"

赵林苏说好。

沈言下车,走了两步后回头,车停在原地,玻璃反光,沈言看不清里面,他看了两眼,赵林苏开车走了。

沈言轻呼了一口气,面前白雾缭绕,心落到实处,又忽地飘向半空。

他以为说出来就没事了,可结果,心里好像还是有点乱。

沈言裹紧羽绒服回去,身上还流着汗,冷风一吹,凉凉的,沈言加快脚步走到楼下,楼道里小狗躲在纸箱里,露出一双黑黢黢的眼睛。

沈言跟它对视,小狗眼睛水汪汪的,看上去有点可怜的样子。

沈言心软了一下,却没过去,背着包上了楼。

屋内暖气很足,沈言脱了羽绒服去洗澡。

热水从头顶倾泻而下,沈言低着头,呼吸微微有点急促,他想起他下车时赵林苏的表情。

其实他也没怎么看全。

赵林苏侧脸对着他,始终没转过来看他,静得像一幅画。最后也就是开口低声说了句"好"。

沈言当时心里慌了一下。

不知道为什么,反正就是慌了一下,可能因为他从来没有见过赵林苏那种表情,仿佛很平静,可那种平静像是由于没办法做出任何别的反应,所以只能假装平静。

从前什么样,沈言感觉自己都有点记不清了,时间不是一条连续的线,能清晰分明地分成一段一段,想怎么往回拉就怎么往回拉。

冲干净，换衣服，沈言盘腿在床上坐下，他抬头看了一眼球衣，心说：加油，努力！

周日，沈慎终于休息了，他一休息，大清早就去了趟超市，买了一大堆食材回来大显身手。

"天气冷了，我给你熬点粥，放在电饭煲里温着，我买了些一次性的粥盒还有勺子，你早上走之前自己吃多少盛多少。"沈慎在厨房搅拌着砂锅里的鲍鱼干贝，扬声道，"哎，言言，你好像很久没从家里带早饭了吧？"

沈言正在客厅吃他哥蒸的桂花百合，闻言勺子微微一顿。

"啊，是，哥，你多煮一点行不行？"

"放心，肯定够吃，快过年了，我们公司现在也不是特别忙，每隔两天，我就给你熬上一锅，甜咸换着吃，你喜欢吃黑米粥是不是？过两天给你熬一锅黑米芸豆粥，甜甜的，是不是，小猪？"

沈慎在厨房做饭还做嗨了，在那儿扭腰摆胯地哼歌。

沈言边笑边摇头："谁是小猪，滚！"

"谁答应谁就是咯。"

沈言笑着。

兄弟间的感情亲密又纯粹简单，二十年了，都没有丝毫改变。

如果所有的关系、所有的感情都像这样就好了。

没有变故，稳定，长久。

sy："明天早饭带粥，行不行？"

林子："1。"

沈言不主动找他，赵林苏就不吭声，沈言找他，他会很快回复"1"。

"林苏应该也能吃吧？"沈慎从厨房出来，"我记得他对海鲜不过敏的。"

"他对什么都不过敏，野狗肚子。"

"哈，你这小子，别胡说，林苏多斯文。"

"不过你真别说，他小时候确实是，又黑又糙，尤其是那双眼睛，看着就野，哎……"可能是又快过年了，沈慎长吁短叹，感触良多，"时间哪，过得好快。"

沈言没说话，他舀了一勺百合，百合甜中带苦，味道在舌尖铺开。

"粥，小心烫。"沈言把早饭递过去。

"谢了。"赵林苏道。

"车修了吗？"

"修了，走保险，没事。"

"那就好。"

沈言抱着自己那份热乎乎的粥，心里依旧惴惴，他上了车，都没敢看赵林苏一眼。

"怎么不说话？"赵林苏开着车道。

沈言"啊"了一声："没啊。"

赵林苏笑了笑，扭脸看了沈言一眼："不会在粥里给我下毒了吧？一声不吭的。"

赵林苏在逗他，在努力地想要回到沈言希望的"从前"。

沈言也笑了笑："怕死别吃。"

赵林苏收回视线，嘴角微微弯着。

他今天头上又干净了。

沈言心说，赵林苏在努力，那他也得努努力。

沈言心情好了，赵林苏的心里却是冷冷的。

这个周末赵林苏只睡了六个小时。

睡不着，根本理不清自己是什么感觉、什么心情，就像是突然下了一场大雪，不是飘飘然落下的小雪花，而是一口气砸下来一座雪山，从热到冷，毫无过渡，几秒钟就冰封万里。

昨天凌晨，他吃了一点褪黑素，强迫自己睡觉。

第二天要开车，他不能疲劳驾驶。

6点多醒了就起床，洗漱穿衣，坐在阳台静静地看未亮的天，等天光大亮，闹钟响了，他起身下楼开车，过来接人，和沈言开玩笑。

韩赫今天没出现，沈言松了口气，心想他还算是个人。

赵林苏还是跟他坐在一起，上完课两人一块儿去吃饭，吃完饭赵林苏说想去图书馆，沈言说好，就又一起去了图书馆。

期末将至，图书馆里人多得要命，找不到位置，赵林苏说去学校外面的咖啡馆，结果咖啡馆里也全是人。

"算了，就中午那么点时间，也学不了什么，散散步消消食吧。"

两人在学校梧桐大道上散步，两边树光秃秃的。

"你寒假准备回去吗？"

"嗯。"

"什么时候回？"

"等考完试吧。"

赵林苏笑了笑，道："回去给你寄年货。"

"哈哈，那你走之前，我还得给你钱个行。"

"叫上朱宁波。"

"他？算了吧，他忙着呢。"

谈话如常，沈言松了口气。

他用余光看向赵林苏，赵林苏脸色稍有点白，他看着前方，没一会儿，似乎察觉到了沈言的视线，转过脸同沈言四目相对，赵林苏笑了笑，目光很温和。

"元旦去你家蹭饭，行不行？"

沈言微微一怔："那当然行了，昨天我哥还说起你呢。"

"慎哥说我什么？"

"他问你过不过敏，我说你是野狗肚子，对什么都不过敏。"

赵林苏勾了下唇角，轻描淡写道："你是狗嘴里吐不出象牙。"

沈言下意识地飞起一脚，赵林苏飞快地一闪："这是狗急跳墙。"

"才不是！"

两人追躲了两三个来回，沈言笑了，于是赵林苏也笑了。

下午，选修课结束，赵林苏把沈言送到小区门口。

沈言说"拜拜"，赵林苏淡笑着一挥手，等车门关上，他脸上的笑容就慢慢消失了。

一连两天，韩赫都没出现，这件事情像是过去了。

第三天就是元旦。元旦连着周末，正好是个小长假。

赵林苏按照约定上门蹭饭。

他有段时间没来，沈慎自然要好好招待，可惜忙中出错，做羊排时酒洒上去，啪一点，火蹿上来把手烫着了。

客厅里沈言和赵林苏听到动静，连忙过去帮忙。

"没事，就是烫了一下。"沈慎不以为意道。

沈言却很紧张："不行，你这烫得这么红，感觉都快要起疱了，家里有没有烫伤的药膏？要么我去拿牙膏来给你涂一涂。"

沈慎拗不过弟弟，只好道："烫伤药膏有，在我房间那个医药箱里。"

沈言去给沈慎找药膏，沈慎转头对赵林苏说道："林苏，不好意思，叫你来吃饭，结果搞成这副样子，真是的。"

"慎哥，好兆头，说明你新的一年干什么事都能干得红红火火。"

沈慎笑了笑："林苏，你太会说话了。"

这话要是被沈言听见，肯定会跳起来反驳。

赵林苏在沈言面前，是从来不说这样的漂亮话的。

厨房里此刻是乱糟糟的一摊，沈慎握着烫伤的手，皱着眉说："要不，我们出去吃？"

"不如我来吧。"

沈慎略微有点惊讶："啊？"

沈言找到药膏出来，赵林苏已经在厨房了，他拿了白兰地淋上没做完的羊排，幽蓝色的火苗一闪，他看上去很熟练地滑了滑锅，让羊排受热均匀。

沈慎啧啧称奇："林苏他……会做饭啊？"

沈言给他涂药膏，视线不断地瞟向厨房，他愣愣道："不知道啊。"

赵林苏会做饭，不只是"会"，而且是"精通"。

沈家两兄弟上完了药就在厨房门口看赵林苏做饭。

赵林苏没系围裙，围裙还在沈慎身上，今天虽然是元旦，他仍旧穿了件黑衬衣，袖子挽到胳膊上面，露出结实精瘦的一截小臂。沈慎是做了这么多年的饭才熟能生巧，他看赵林苏的架势像是受过专业训练一样，不禁问道："林苏，你是不是在哪儿学过？"

"还好。"

这答非所问的，沈慎也没再追问，只满脸惊奇。

做饭的过程让沈慎兄弟俩惊叹，成品味道也非常好。

沈慎边吃边夸:"林苏,想不到你还会做饭呢!"

"一个人住,总要会的。"赵林苏说道。

"真厉害,"沈慎边吃边说,"你这手艺,将来娶老婆肯定不愁了!"

赵林苏笑了笑:"会做饭跟娶老婆没什么直接的关系。"

"也是,我也挺会做饭的,"沈慎自嘲一笑,给沈言夹了块排骨,"言言,你放心,你就算不会做饭,要娶老婆也是易如反掌。"

沈言尴尬一笑,低头扒饭。

吃完饭,沈慎挽留赵林苏,说干脆在这里住一夜,晚上一起看元旦晚会,到时候他可以跟沈言一起睡。

"不了,我有别的事,"赵林苏拒绝了,"谢谢慎哥,你当心手。"

沈慎只好作罢,让沈言送赵林苏下楼。

电梯里,沈言问他:"你什么时候学的做饭?"

"有一段时间了。"

"挺厉害的。"

赵林苏笑了笑。

"比起有些人只会吃,确实算挺厉害的。"

"切,我也会做好不好?只是没你们做得好吃。"

挥手告别,沈言目送着赵林苏开车远去,两手插在口袋里,踢了踢街边的树叶。他静默了一会儿,心想,这算是回到从前了吗?

不知道,不确定。

沈言长叹了一口气,微微皱眉,或许时间会给他答案。

沈言很确定,他真的是很烦很烦韩赫。

韩赫夹着一本书,微笑道:"我的确是要来旁听,这节课没规定不能来旁听吧?"

当这个人出现的那一刻,沈言就知道他这是惹上无赖了。

对付无赖,那些光明正大的手段是没用的,而沈言又不是会耍阴谋诡计的人,只能冷着脸当没看见这个人。

韩赫给了沈言几天缓冲的时间才再次出现,他看沈言一副当他不存在的样子，微微一笑，不觉得有什么挫败感，或者说挫败感才是他再次出现在沈言面前主要的燃料。

越是被拒绝，他就越挫越勇。

韩赫夹着书在教室后排坐下。

下了课，沈言拔腿就走，赵林苏跟上，他没说什么，只是脸上挂起若有似无的笑容。

"你先回去，下午我去教授那里有点事。"赵林苏道。

沈言"哦"了一声："那你忙。"

赵林苏摆了摆手。

沈言走了，他本来是想直接回去，可是想想到了家里就会不由自主地不干正事，还是去了图书馆复习。

图书馆里人还是很多，沈言四处张望找座位，正看到许俊浩冲他招手，连忙过去。

"坐。"许俊浩压低了声音。

"谢谢。"

许俊浩打字给他："我女朋友走了，这个位置便宜你了。"

沈言嘴角抽搐，也打字给他："确定不是因为你需要人陪伴，才叫的我？"

许俊浩无声大笑。

沈言也笑了。

笑完之后，他脑子又抽了一下，他好像从来不跟赵林苏开这样的玩笑。

沈言轻摇了摇头，复习复习，来复习的，脑子里就只能装知识！

不知过了多久，对面的许俊浩突然骂了一声。

声音很大。

图书馆里很多都投来嫌弃的目光，包括沈言。

沈言皱眉，用眼神询问："干吗呢？"

许俊浩一手捂嘴克制住激动的情绪，一手把手机屏幕直接怼到沈言脸上。

"'学神'把体院那个混混打了！"

"叫我来，想谈什么？"

韩赫盘起手靠在墙上，脸上笑盈盈的。

赵林苏手插在风衣口袋里，淡淡道："离他远点。"

韩赫低头一笑，笑得很了然，带着点嘲讽的意味，眼角微微向上挑，有些许挑衅："我冒昧地问一句，你凭什么来要求我？"

赵林苏没回答，只是静静地看着韩赫。

韩赫觉得赵林苏这个眼神让他有点不舒服。

过分平静，毫无波澜，类似于目中无人。

"看来你不想谈，那我就失陪了。"

韩赫起身要走，却被赵林苏用两个字钉在原地。

"丁健。"

韩赫心头一紧，笑着问："什么意思？"

"听说你在申请出国留学，预祝你成功。我也冒昧地问一句，"赵林苏也笑了笑，"准备让丁健帮你做什么？"

韩赫半天没说话。

赵林苏收回眼神，懒得多看他："你让他很烦。

"别再让他看见你。"

韩赫气息略微急促："你有证据吗？"

赵林苏又笑了笑，脸上是真的流露出好笑的意味，他没回答，转身就要走人。

"你以为你就不让他烦吗？"韩赫冷道。

他心里很清楚，赵林苏不会把他的事捅出去，因为一旦捅出去，他就会有麻烦，出国留学也会泡汤，但是那样的话，他留在国内，绝对会找沈言的麻烦。

所以赵林苏，他不敢。

既然这样，倒不如想说什么就说什么。

韩赫笑着又靠回了墙上，他看着赵林苏停下的背影，不紧不慢道："他最近是不是对你冷淡了？看来我说的话他听进去了。"

"我觉得你还挺可笑的，不就多了个好朋友的身份吗？朋友算什么？"韩赫说着也笑出了声。

赵林苏背对着他不动。

"好，这次就算你拦住我了，可是以后呢？"

沈言跟许俊浩火速出了图书馆。

许俊浩本着看戏的精神，边跑边喊："在学校小西门那儿。"

学校小西门之所以带了个"小"，就是因为它本来不是什么正经的门，去年翻新操场的时候临时开了个门，后来工程结束了，那门也没堵上，就那么留着。反正小西门出去就是学校名下的一块荒地，听说以后要拿来给旅院扩建，大概学校觉得反正以后这里肯定要设门出入的，就干脆放在那儿了。

那个地方一般也没什么人去，有时候学生之间互相交易二手物品会过去。这次就是，有个人过去卖二手物品，发现有人在外面打架，定睛一看，他居然还都认识。

两个人打得很凶，他也不敢逗留，赶紧边撤退边发微信叫买家别来了，然后消息就传了出去。

"沈言，你慢点。"

许俊浩追不上沈言的速度，实在是跑不动了，只能停下来喘了两口气，弯腰扶着膝盖，伸手对着沈言的背影无力地挥动，嘶哑道："你……慢点……"

沈言跑得手里的包都快飞起来了。

等他赶到小西门时，一眼就看见了正互相挥拳的两人，他二话不说，抡着包上去直接就甩在韩赫背上。

"敢打我兄弟！"

韩赫身高接近一米九，专业练单板的，有时候还会打打冰球，从小到大也都不是什么善茬，论打架他没输过几回，赵林苏看着斯斯文文的，下手却很黑，韩赫本来就吃了不少暗亏，沈言加入战局之后，他就彻底变成了倒地挨打，很快就只能抱着头防守，大叫道："别打了！"

赵林苏挡住沈言，一手拉住他的手腕，一手扣住他的腰，把人往后拉："够了，够了，言言，别打了！"

沈言的胸膛剧烈起伏，对着躺在地上捂着肚子的韩赫怒道："我是不是跟你说过，别再让我看见你，否则我见你一次打你一次！"

他挥着拳头，挣扎着还要过去多揍他两拳。

赵林苏死拖着他不让他过去，靠在他耳边，声音急促道："言言，够了！"他手臂紧紧拉着沈言，沈言满眼愤怒地对着韩赫又扬了下拳头，扭脸看向赵林苏。

赵林苏颧骨上一片青紫，伤痕一路蔓延到他的右眼窝处。沈言一看，火立刻又蹿了上来："他敢打你眼睛？！"

"我没事。"赵林苏用两只手拉住了沈言的胳膊，压低了声音道，"他只是没伤在脸上，其实伤得比我重。我没事，你别碰他，听话。"

沈言喘了两口气，轻轻拍了下赵林苏的胳膊。

赵林苏慢慢松开了对他的禁锢，又过去弯腰对韩赫说了两句话，沈言没听到他说什么，赵林苏回过身来，沈言问道："你跟他说了什么？"

"没什么，"赵林苏拉了他的胳膊往外走，"以后也不会再来纠缠你了。"

沈言被拉着走了两步，脚步往地上一顿："我包，我包还在那儿。"他挣脱赵林苏的手，掉头回去拿掉在地上的包，然后又顺便狠狠地补了一脚。

"言言！"

赵林苏又过去拉人，沈言边被他拉着走边回头道："算你运气好！"

许俊浩吭哧吭哧地跑来，跟赵林苏和沈言碰了个面对面，他看赵林苏脸上挂了彩，也是立刻跳脚："'学神'，你的脸！"

"没事，"赵林苏说道，"别过去。"

"啊？那无赖怎么样？没事吧？"

"也没事，顶多轻伤，我下手有分寸。"

许俊浩心说，他根本就想象不出赵林苏下手的样子！

"学神"，多斯文孤傲的人，动嘴都很少，更别说动手了。

"先别说了，"沈言打断道，"你赶紧去医务室看看。"

"我没事，不去了，去了医务室老师也会问东问西，免得麻烦。"

许俊浩点点头，随即感叹道："'学神'，你这脸上挂了彩，显得很有男人味啊！"

他平常是不敢跟赵林苏开这种玩笑的，可是赵林苏一打架，他就感觉赵林苏有点"人设崩塌"的意思，让他敢说话了，这样看来"学神"也不是真的神，也有凡人的喜怒哀乐，冲动起来会跟人打架。

沈言还是很气，敢打他兄弟，他刚才真应该多踢两脚："赶紧走，不去医务室，那就上医院。"

上了车，方向盘在赵林苏手里，车没往医院开，沈言认出这是在往他住的小区开，沈言压抑着怒气道："我让你上医院。"

"我没事，"赵林苏说道，"我自己心里有数。"

沈言板着脸："你心里有数，你还跟人打架？"

沈言侧过身，对着赵林苏恨铁不成钢道："这种垃圾，你不理他，自有天收，你看看你那脸。"

"我脸上这点伤顶多疼个两三天，他至少得疼半个月。"

沈言半晌无语，心里还是很生气，同时也慢慢从怒气中明白过来。

赵林苏是为了他才跟人动手的。

"我打他，跟你没关系。"赵林苏突然道。

"你别说话。"沈言直接道。

其实赵林苏已在心中暗暗后悔，是他失控了。

当然他不后悔揍韩赫，只是后悔应该提前计划一下，这样就不会让沈言知道，不会让他担心内疚。

"把车开进去。"沈言指挥道。

赵林苏看向他，眼中略有疑问。

"医务室不去，医院也不去，回家上个药总可以吧？人猿泰山！"

赵林苏一言不发地把车开进小区，在沈言住的那栋楼下停下。

"我真的没事。"

"少废话。"

沈言生气了。

赵林苏坐在客厅的沙发上，手掌合拢垫在膝上，然后他才注意到手指凸出的那几个关节也挂了彩，青紫一片，大概是被韩赫衣服上的金属装饰品磕的。

沈言拿着药箱出来，赵林苏将手掌藏起来。

沈言拿了棉签，蘸了药膏，给赵林苏脸上的伤口涂药。

"真没事啊？"沈言皱着眉道。

"没事。"

药膏涂在脸上凉而辣，赵林苏低垂着眼，睫毛微微打战。

"怎么这么冲动……"沈言忍不住说，"这种人，你越理他他越来劲，你打他一顿，他今天答应得好好的，回头万一他报警或者上报学校……"

沈言越说越觉得韩赫做得出来，急得手腕发抖："你还要读研读博的，你……"他说不下去了，手垂下去握紧，胸口慢慢起伏着。

"不会的。"赵林苏轻声道，"他有把柄在我手里，他不敢。"

"什么把柄？"

"他的一些事，被我查出来了。他要还想一切顺利，就不会再生事。"

等毕业之后，收回毕业证的事也不是没有，不是只有他一个人会耍无赖。

"那你威胁他就好了，干吗要动手呢？"沈言急道。

赵林苏笑了笑，他一笑，就扯到脸上的伤口，他眉峰微皱，随即又舒展开："不打白不打。"

"你是白打的吗？你自己也挂彩了。"

沈言倒是没受伤，重新举了手给赵林苏涂药膏。

脸上的伤离眼睛太近了，沈言涂药都涂得心慌，眉头紧皱，棉签以极为轻柔的力道轻触赵林苏的眼窝。

赵林苏眼睛一眨不眨地看着沈言。

沈言涂完了眼周，还要给他涂颧骨下面，赵林苏一动不动，沈言伸手，轻碰了下赵林苏的下巴："转过来点。"

赵林苏微微扭过脸。

"再转过来点。"

角度还是不对。

沈言懒得再说，干脆用手托住赵林苏的侧脸扭到合适的位置。

赵林苏受伤的眼窝涂了化开的药膏，青紫色愈加浓郁。

"言言，"赵林苏低声道，"对不起。"

沈言微微一怔。

他想说他对不起什么？对不起太冲动打了韩赫？这不用对不起，他知道他是为了他，他没做错什么。

然而赵林苏接下来说的，让他无言以对。

赵林苏说："我不想让你跟这些人做朋友。"

沈言愣了两秒，心里不知道是怎么想的，扶住赵林苏脸的手掌向前一推，另一只手里拿的棉签惯性地冲着赵林苏颧骨上的伤口就怼了过去。

赵林苏脸别过去，闷哼一声，眉头微皱，面上流露出一丝淡淡的苦笑："不用这么狠吧？"

"我……我不……不是故意的……"沈言结结巴巴道。

赵林苏转过脸，目光重新看向沈言。

沈言缩回手："你别开玩笑。"

"没开玩笑，"赵林苏说道，"我说真的。"

沈言瞪大眼睛："为什么？"

"没有为什么，你就当我任性吧。"

"难道你想让我跟波儿绝交啊？"

"不是，像朱宁波这样的朋友我不介意，像韩赫这样的，不行。"

沈言虽然也很讨厌韩赫，压根就没想跟他做朋友，但是赵林苏说的话还是让他有点不爽。

他哥都不管他跟谁交朋友。

赵林苏见沈言久久不回答，缓缓道："你想跟韩赫交朋友？"

"怎么可能！"他回答得又快又急，语气紧张，赵林苏立刻笑了。

沈言一看他笑，就浑身不舒服，又道："我是说我没有跟韩赫这个人渣交朋友的打算，但也没说不交新朋友。"

沈言板着脸不说话。反正这次他是不会妥协的。

就算赵林苏是他最好的朋友，从小一起长大的好兄弟，他也不能把自己的交友权交给赵林苏。

这样，他们还算是朋友吗？这不成了上下级关系了？

赵林苏站起身，说道："我先回去了。"

沈言像没听见一样，毫无反应，等赵林苏走到门口换鞋的时候他才回过神，当然脑子还是乱的，但大脑优先运行了一个指令——把手里药膏拧紧了扔过去。

"啪"的一声，药膏落在脚边，赵林苏换鞋的手顿住。

"拿回去涂。"沈言粗声粗气道。

赵林苏捡起药膏回过脸。

沈言侧面对着他，脸往厨房那儿歪，一眼都不看他的样子。

赵林苏走了，门被轻轻带上，锁门的"咔嗒"声传来，沈言立马整个人抱头跪在了沙发上。

真是的，又不是他让赵林苏去打韩赫的，虽然他确实挺想打韩赫的……这下总感觉欠了赵林苏什么似的。

怪别扭的。

他跟赵林苏一直都是好朋友、好兄弟，从认识的第一年开始，走过这么多年，经历了那么多事，还真没有碰到过像今天这样为了对方冲人挥拳头的事。

这可真算是为兄弟两肋插刀了。

可是他又不太喜欢赵林苏这样做，友情也该有边界。

他不喜欢赵林苏对他的事情大包大揽，他希望两个人的关系是平等的，而不是谁照顾谁、谁罩着谁，更不喜欢赵林苏对他这种干涉的态度。

"怎么了？心不在焉的。"

沈慎夹了一筷子青菜放到沈言碗里："吃点菜，冬天要多补充点维生素。"

沈言"哦"了一声，用筷子在碗里夹了一点米饭，他忽然道："哥，我能问你个问题吗？"

沈慎边吃边笑，把嘴里的东西全咽了下去："弟，你知道吗？你每次用这种严肃中带着忧虑的语气跟我说话，都会语出惊人。我准备好了，你来吧。"沈慎摆出一副英勇就义的表情。

沈言犹豫了一下，缓缓道："如果当初……哎，算了算了。"

沈言夹了饭和青菜吃了。

"别吊我胃口！"沈慎急道，"快说快说，要不然我今晚睡不着了。"

沈言又扒了两口饭，这才犹犹豫豫欲言又止道："如果那个时候，菲菲姐说她……她喜欢你……你……"

"噗——"沈慎已经提前开始笑了。

"哈哈哈哈哈！"还好已经把饭咽下去了。

沈言一脸无语。

沈慎笑了一会儿，用手背摩擦着鼻尖，笑道："其实你还是很怕哥哥结婚，是不是？"

"不是。"

"哎，不用否认，知道你爱我，我也爱你，"沈慎做了比爱心的动作，沈言翻了个白眼，沈慎慢慢将大笑变成微笑，算是认真回答沈言的问题，"你菲菲姐跟我就是纯粹的朋友关系，没有一点暧昧，好兄弟，懂吗？我们俩的感情就像好兄弟，就像你跟林苏。"

"我吃饱了。"

"啊？就吃这么点？"

沈言溜进了卧室，把卧室门反锁上，往床上一蹦，躺着。

下午好不容易降下去的温度又上了脸。

就知道不该问他哥。

沈言抓起手机，想跟朱宁波聊聊，又不知道从何说起。

以朱宁波那个思想的单纯程度，恐怕也说不出什么。

沈言没找朱宁波，朱宁波竟然主动找了他，给他打了个电话。

"喂？咋了？"

沈言用手指按了下太阳穴，心说该不会又闹出什么事了吧。

朱宁波的语气很严肃："沈言，韩赫在找你麻烦吗？"

沈言愣了愣："你听说什么了？"

"我听说赵林苏把他打了，"然后朱宁波语气恶狠狠的，"怎么没把他打死！"

要他说多少遍，要理智！

"沈言，你放心，我绝对不会让他欺负我的朋友。"

沈言头疼道："波儿，你别乱来。"

他以前怎么没看出来朱宁波还有为朋友赴汤蹈火的潜力呢？

朱宁波压低了声音："我会让他后悔的。"

沈言："别乱来，我言尽于此。"

"不会的。"

挂掉电话，沈言看到微信上的消息提醒。

林子："对不起。"

林子："还好吗？"

沈言火速退出聊天界面，改备注。

沈言攥紧拳头打着拳。

赵林苏："明天还是9点？"

沈言盯着衣柜发呆半分钟。

9点就9点！

sy："1。"

赵林苏："能说吗？"

sy："说什么？"

赵林苏："晚安。"

第二天，沈言起床，面色淡然，下楼喂完狗，迈步走向小区门口。

车停得很近，人穿得很帅，脸上带着伤，没什么表情，眼睛在看到他的一瞬闪着亮光。

沈言犹豫了一下，走了过去，轻咳一声，态度大方自然，当无事发生："你的脸没事吧？"

"没事。"

"唰——"藏在身后的手亮了出来，赵林苏提着的早饭在晨风中摇晃。

赵林苏声音淡淡的："我向你道歉。"

他脸上的伤经过一个晚上，看上去更严重了，尤其是眼窝，乌青乌青的，一双凤眼倒是很亮。

沈言都不知道是该气还是该笑，劈手夺下赵林苏手里的早饭，狠狠瞪了赵林苏一眼，脸色微红。

"道什么歉啊你？"沈言憋了一下，"说清楚了。"

赵林苏笑了笑："你说什么就是什么吧。"

"滚！"

"药膏很好用，"赵林苏在车上说，"等伤好了再还，可以吗？"

沈言猛地扭过脸。

赵林苏微一挑眉："不是故意的。"

沈言："说'烂梗'天打雷劈。"

"真不是故意的，相信我。"

沈言咬着牙道:"药膏不用还了,你留着用吧,说不定哪天还能派上用场。"

说话这么欠揍,小心出门被揍。

赵林苏笑了笑,沈言准备瞪眼的时候看到了赵林苏开车的手,关节上青红一片,因为骨节突出,看上去尤为触目惊心。

"你手又怎么了?!"

"昨天受的伤,"赵林苏语气平稳,"只是看着疼,其实不疼。"

沈言收回视线,抱住手继续看车窗外的风景。

他才不会可怜、同情这个人。

早饭很香,来自附近的"排队王"早点摊铺。沈言忍了一会儿,没忍住:"干吗买这个啊?"

沈言说完就后悔了,想抽自己嘴巴,可是不说,他又怕憋死。

"怕你误会我道歉没诚意。"

误会什么,他又不傻。

"不喜欢?"

"废话!"

"那你喜欢什么?"

他喜欢一拳打爆地球,行不行?

"里面有东西。"

沈言扭着脸,当没听见。

"看一下,说不定你会喜欢。"

沈言不回头,不吭声。

"上次约你去看比赛,你没去,其实我还要到了他们全队的签名。"

"在哪里?!"

沈言转过脸,从早饭的盒子底下翻到个信封,信封拿出来,里面是一张他超喜欢的战队的合照,金色的全队签名。

沈言强压住脸上的笑容,盯着合照看了又看,忍了半分钟,实在忍不住了:"嘿嘿。"

赵林苏也微勾了勾唇角。

笑了一会儿,沈言回过了神,心说拿人手短,他不能这么意志不坚,恋恋不舍地又看了两眼，忍痛将照片放回信封，放进车上的手套箱里。

"不要吗？"

"不要。"

"要吧，"赵林苏道，"我不会因为一张签名照就逼你接受道歉的。"

车停下，沈言下车，回头盯着赵林苏，生怕这人会发神经把东西一起拿下来。还好，赵林苏理智尚存，只提了书包下车，他脸上的伤在阳光下愈加刺眼，边缘晕染的颜色，张牙舞爪，让人看了替他觉得疼。

沈言拽了下肩上书包的包带，眼神四处游移。

不管怎么说赵林苏也是他朋友，也是为他受的伤。

"真没事？"沈言指了指自己的颧骨，有点含糊道。

"真没事，又不是纸糊的。"

沈言"嗯"了一声："身上呢？身上没伤吧？"

"有点，都是轻伤，两三天就好了。"

沈言点了下头，赵林苏过来，手里拿着信封："收下吧。"

沈言手插口袋里，低头看着地面，鞋在地上蹭灰尘。

过了会儿，沈言转身准备走了："不要。"

赵林苏跟上："要我求你？"

沈言缩着胳膊往旁边跳了一下："你别搞笑啊。"

赵林苏笑了笑："真不要？"

就非得说"烂梗"？

"不是故意的，"赵林苏手指放在受伤的脸颊边，"真的。"

沈言缩着肩膀往教学楼快走。

赵林苏紧跟在他身后，保持了一点点的距离。

这次上学院热搜的变成赵林苏了。

赵林苏甫一亮相，教室里似乎都安静了一瞬。

沈言手指摸了下鼻子，快步走到角落赶紧坐下，赵林苏照旧坐在他身边。

周围有许多目光投来，赵林苏始终泰然自若，他不在意别人的目光。沈言呢，毕竟这事跟他有很大的关联，还是有点不好意思的。

没人敢来跟赵林苏搭话，倒是沈言的微信里很热闹。

"'学神'怎么把体院的给打了？"

"听说那个体院的在骚扰你，'学神'这是为兄弟两肋插刀啊。"

"看不出来'学神'打架那么猛，听说体院那个都请假住院了。"

沈言有点头疼，用胳膊轻轻碰了下赵林苏。

赵林苏转过脸看他。

"那家伙住院了，不会有什么事吧？"

"不会，"赵林苏道，"有事昨天就闹了。"

沈言压低声音道："还是太冲动了，以后别打架，暴力不能解决问题。"

赵林苏笑了笑："说得对。"

不知道为什么，挺正常的对话，沈言总觉得还是不对劲，要么就是赵林苏压低了声，要么就是赵林苏的笑，反正就是不对劲。

这是期末最后一节专业课，教授慷慨地给大家画考试重点，画着画着就跑偏了，整本书里这里是重点，那里也是重点，画完一看，大半本书全是重点，教室内哀声四起，教授不好意思地抬抬手，象征性地把刚才画的重点再删掉几页，双方就这么拉扯着，达成一致，准备期末考。

期末复习时，基本很少有人单刀赴会，多一个人多一份力量，收集整理资料都事半功倍的。

这学期朱宁波算是彻底背叛组织了，上课都时来时不来。

"去哪儿复习？"赵林苏说道。

沈言说："现在图书馆一定挤爆了。"

"你家还是我家？"

"我家吧。"沈言纠结了一会儿说道。

"好啊，言言。"

沈言单手挡住嘴，脸朝里，压低了声音愤愤道："那我也没同意你这么叫我啊！"

赵林苏学着他的样子，也单手挡住嘴唇，靠着沈言的方向，轻声道："就算是跟你给我取的绰号'小狗'扯平，怎么样？"

沈言眼睫颤动："你怎么知道?！"

"你说呢？"

上车，赵林苏又把信封给他："拿着吧，放在我这儿也浪费，这些人我都认不全。"

沈言抱着手臂，抗拒诱惑。

"就当我给你道歉，真的，真心话。"赵林苏拿信封碰碰他的胳膊，"沈言。"

沈言心中强烈动摇，最终还是用手指头戳着信封移开："不行，我不能要。"

赵林苏重新将信封放回车上，也许这就是冲动所付出的代价。

已经很好了，沈言只是拒绝了他额外的好意，并没有将他完全拒之门外。

赵林苏开了车，问道："吃糖行吗？"

"什么糖？"

"巧克力，果仁的。"

"来一颗。"

沈言含着巧克力，甜美的味道能让人的心情放松，他瞟向赵林苏，说道："你怎么不吃？"

赵林苏似笑非笑地看了他一眼："小狗不能吃巧克力。"

那确实！

沈言抱着手斜了他一眼，嘴角不受控地慢慢上扬，于是他抬手遮住了自己的下半张脸。

都怪赵林苏，他为什么就……就那么有意思呢！

每个人的观点不一样，同一场电影，有的人看了哈哈大笑，有的人看了觉得无聊透顶，沈言也不知道自己的观点算不算大众化，反正赵林苏经常能戳中他的笑点，说着说着就让他忍不住想笑。

沈言打开车窗，冷风吹入，他吸了口凉凉的空气，短发凌乱地在额前飘散，沈言说道："明天别给我送花啊。"

"豆腐花算花吗？"

沈言又是忍俊不禁地勾了嘴角："算！"

"说好了早饭我带，我哥买了很多粥料，隔两天熬一锅，"沈言一指赵林苏，"那些料没喝完之前，谁都别想跑。"

赵林苏正在门口脱大衣。

天冷了，他里头穿了一件有点领子的黑色毛衣，显得整个人很有气质："慎哥每天要早起熬粥，会不会太累？"

沈言收回目光，小声道："他都是前一天晚上熬的。"

"熬粥很费工夫，"屋里暖气足，赵林苏又开始脱毛衣，双手抓了毛衣下摆很快地往上一脱，露出里面一件深蓝色的T恤，"粥料在哪儿？我带回去试试。"

沈言背着手，眼睛看向墙壁："粥料花了钱的，怎么能给你呢？"

赵林苏把衣服挂好，来沙发前坐下："我可以拿东西换，比如签名照之类的。"

两人在客厅整理复习资料，赵林苏看笔记本，沈言整理书面资料，从教授平常上课的重点和去年考试的试卷里再筛一些东西出来。

两个人谁都没说话，各干各的。

气氛仿佛和往常没有什么不同。

时间过得很快，不知不觉就到了6点30分。

沈言道："呀，我哥下班了。"

赵林苏也看了一眼笔记本上的时间："慎哥应该差不多7点到家？"

"嗯，差不多。"

沈言把摊在茶几上的书和试卷收了收，赵林苏也合上了笔记本，他说："家里有菜吗？"

沈言抬头看向赵林苏。

赵林苏道："我来做饭吧。"

"不用，"沈言低头整理书，"昨天吃的还有剩的呢。"

"好。"赵林苏收拾书包。

沈言其实已经把书收得差不多了，手掌还是在茶几上装模作样地乱收。

"这个周末看电竞比赛，去吗？"赵林苏在门口问。

沈言抿了下唇。

"上次没去，浪费了两张票。"赵林苏说。

沈言呼出一口气，往后倒在沙发上，躺了一会儿捞起抱枕疯狂踩蹋，搞得自己气喘吁吁后才罢手。

烦死了！

把书装好，书包放到玄关，沈言又拿起手机时，才发现赵林苏给他发了几条微信，看时间好像是刚出门就给他发了，是购票信息。

赵林苏:"一张票 230 元,微信、支付宝都行。"

赵林苏:"我不去,你去吧。"

沈言嘴唇抿紧。

他一直都很想去现场看比赛,比赛的票不贵,就是场馆不够大,票太难抢,每次想去买票,点进去,几秒钟票就没了。

这人是怎么抢到的?还是那么难抢的场次。

不如改行当代购算了!

沈言转账 230 元。

sy:"去就去呗。"

sy:"又没人不让你去。"

微信马上就收到了回复。

赵林苏:"我那张挂二手平台卖了。"

sy:"说你傻你还不服!"

赵林苏:"开玩笑的。"

赵林苏:"周六下午 1 点,我来接你。"

sy:"我那张挂二手平台卖了,再见!"

沈言不用赵林苏接,他自己坐地铁去。

接来接去,整得挺麻烦。地铁反正不会晚点,也不用担心路上堵车,沈言掐着时间上地铁,下地铁时离比赛开始还有半小时。

现在但凡要坐公共交通,沈言都会戴个帽子,这样能最大限度地避免和别人视线接触,天气冷,他又围了条围巾,走到场馆附近时,碰上几个结伴同行的小姑娘,小姑娘们看他裹得严严实实的,频频投来目光。沈言心想,自己这形象似乎显得有点鬼鬼祟祟,赶紧把围巾扯到下巴下面。小姑娘们一看,反而笑了。

"不是,不是,认错了。"

"帅的呢。"

"是呀,好帅!"

沈言听到她们小声议论,有点不好意思,不过大体上还好,因为他从小到大都知道自己长得帅。

小姑娘们和他的方向一致，都是往场馆走，小姑娘们说说笑笑，时不时地投来目光，那种朋友靠在一起窃笑的画面很美好，沈言不由得也看了一眼，结果他一眼看过去，那些小姑娘像受惊一样"哇"了一声，鸟雀般呼啦啦就往场馆方向跑去，边跑边笑，笑声清脆。

沈言在原地停了一下，边笑边摇头，等他嘴角噙着笑意进入场馆时，发现赵林苏已经到了，就站在场馆的玻璃门后。

"来这么早？"沈言道。

"刚到。"赵林苏简单道。

沈言"哦"了一声，插在羽绒服口袋里的手向检票口方向指了指："进去？"

沈言第一次进入场馆现场观看比赛，心情抑制不住地激动，检票要检查身份证，沈言掏身份证的时候，差点把身份证掉在地上。

"你是怎么抢到票的？"在位子上坐下，沈言好奇道。

赵林苏道："运气好。"

沈言"切"了一声，心说要么网速快，要么手速快。

主持人已经上台，拿着话筒开始介绍今天的比赛。

比赛很激烈，现场气氛超嗨，来看比赛的居然是女孩子比较多，一声声尖叫此起彼伏。沈言没好意思叫，看到精彩处握着拳头喊"漂亮"，要么就是碎碎念地在场下着急："上啊上啊，杀杀杀！"

被比赛吸引，沈言忍不住靠过去跟赵林苏分析游戏局势。赵林苏游戏打得不行，说倒是挺会说，沈言说什么他都能接上，甚至还准确地预判了场上的形势。

沈言惊叹："阁下莫非就是传说中的电竞赵括？"

赵林苏被他逗笑。

沈言看得很投入，手握着拳头，眉头微微皱起，场上灯光一闪一闪地打在他的侧脸上。

赵林苏1点多就到了场馆，他有点担心沈言会不来。

不过沈言不是那种会出尔反尔的人，既然答应了，应该还是会来的。

一开始，赵林苏在外面等，天冷风大，他想了想还是进去等，万一沈言来了，看到他在外面吹冷风，说不定又要说他了。

幸好场馆是玻璃门，站在里面等也可以看见外面。

等到 1 点 30 分的时候,陆陆续续就开始有不少人过来了。

比赛是下午 2 点 30 分开始,开始后十五分钟不得入场。

赵林苏手插着口袋,透过玻璃门望出去,场馆前的广场灰扑扑、空荡荡的。

2 点 03 分,赵林苏看到了沈言。

沈言还是老样子,半长的羽绒服、卫衣运动裤。他老说赵林苏穿衣单调乏味,其实自己也没好到哪儿去,搭配仅仅停留在中学生水平,口头禅是"舒服就行"。沈言还围着一条围巾,戴着帽子,遮得都看不清脸,可是他仅露出的那一点眉眼和高挺的鼻梁就足以让路过的小姑娘们频频回头。

比赛结束时已经是晚上 10 点多。

最后抽幸运观众,沈言没抽中,满脸遗憾,不过遗憾的表情就维持了几秒,马上就又高兴起来了,给抽中上台的"啪啪"鼓掌。

走出场馆,沈言还意犹未尽:"现场看跟在电脑上看还是不一样啊。"

"喜欢可以下次再来。"赵林苏步履缓慢。

"偶尔体验一次就行了。"

"地铁快停了……"沈言向地铁指示牌的方向一伸手,"我去赶地铁。"

赵林苏说道:"我也是坐地铁来的。"

"啊?"

赵林苏满脸坦然:"怕堵车。"

沈言"哦"了一声:"那……走呗。"

最后一班地铁上,仍然是人山人海,沈言戴着帽子,低头回避众人的视线。

"怎么了?"赵林苏走在他身边低声道。

沈言双手插兜,裹紧外套:"没事。"

地铁里更挤,真是不知道从哪儿来的这么多人。

沈言抱着胳膊站在靠门边的位置,赵林苏跟他面对面站着,单手拉住上面的吊环拉手,手关节上的伤只剩下淡淡的颜色。

赵林苏个子高,往他面前一站,几乎就把人群给挡住了。

赵林苏今天外面穿了一件黑色大衣,里面同样穿了件黑色 V 领毛衣,露出米色的衬衣领子。

沈言扭过脸。

赵林苏正在看地铁外掠过的风景，下巴微微抬起，胡子刮得很干净。他忽而侧脸，跟沈言对视："怎么了？"

沈言眨了下眼，回避他的视线："你喷的什么香水？"

"香水？"赵林苏笑了笑，"我没喷香水。"

他侧过脸嗅了下自己的衣袖："可能新买的洗衣液太香了。"

"哦。"

沈言转过了身，背对着赵林苏，地铁里侧的广告牌闪着彩色的光，从他眼前掠过。

他轻呼了口气，定了定神。

地铁玻璃上隐隐约约地反射出车内的人影。

身后一大堆人在拥挤，抓着吊环的手臂稳稳地挡住了人群，地铁进站停止，一群人向他们这个方向倒来，沈言下意识地往前躲避，几秒的时间，人群各回各位，沈言白躲了，他没被任何人碰到。

赵林苏的手臂紧绷，凸出的指关节因为用力泛起红色，挡住了挤压过来的人群，没往沈言这边倒一下。

地铁重新向前行驶。

沈言听赵林苏说："还有五站。"

沈言隔了好一会儿才"哦"了一声，然后拉了赵林苏的袖子，把人拽过去跟他换了个位置。

赵林苏转过脸，手握上了他握住的那个拉环，眼睫轻眨，说道："你小心手。"

赵林苏笑了笑："没事。"

"就这么着吧，"沈言轻咳了一声，指了下赵林苏的手指头，"放下去。"

赵林苏把手放了下去，重新插回口袋。

脸上的伤恢复得快，几乎已经看不出什么，手上的伤还没彻底好，还是隐隐有疼痛感，此时正在微微发烫。

地铁里又是进站出站，人群晃动，沈言手攥着拉环跟着晃。

笑声若有似无地响起。

沈言斜睨过去："笑什么啊。"

笑声停了，嘴角却仍在上翘。

沈言扭头不看赵林苏，嘴角不知道为什么也不受控制地微微上扬了，然后就莫名其妙地笑了一下，他一笑，赵林苏也笑了，沈言又扭过脸，忍着笑意："我警告你，别笑了啊。"

"我笑了，"赵林苏靠在地铁上，脸上还是在笑，"怎么判吧？"

"寻衅滋事，拘留。"

"关哪儿？"

"公共厕所！"

一直到下了地铁，赵林苏还在笑，沈言被他笑得也忍不住笑，笑着去踹人："你笑什么啊？"

赵林苏边躲边道："祖国繁荣昌盛，我高兴啊。"

……

地铁站离沈言住的小区走路需要十分钟，赵林苏的家就远了。沈言问他要不要打车走，赵林苏说："等会儿吧。"

沈言说："我又不是女的，还用你送吗？"

"不是女的就不用送啊，你哥要知道我让你一人回家，非揍我不可。"赵林苏道。

沈言不说话了，眼睛躲在帽子里，嘴躲在围巾里，埋头走。

赵林苏跟他并肩走着。

沈言加快脚步，赵林苏也加快，沈言慢，赵林苏也慢。

沈言停了，转过脸瞪他。

"你差不多得了啊，"沈言嘴藏在围巾里，声音瓮瓮的，"信不信我也揍你？"

赵林苏笑容淡淡的，随即嘴角又高高扬起，笑容看上去有些许无奈："来吧，我不还手。"

沈言掉头就走。

赵林苏跟在他身后，不紧不慢地，保持看得见沈言这样一个距离。

周一开始各科的期末考试陆陆续续开始了，选修课的作业也全都提交完毕，一连考了四天，专业课终于考完了，最后一科结束，用于考试的教室里全是欢声笑语，不少人拉着行李箱来考，考完就赶紧冲向车站或飞机场。

沈言收拾了包，目光投向前排的赵林苏。

"沈言，我先走了，明年见啊。"

朱宁波从后面拖着行李箱过来跟沈言打招呼，脸上容光焕发。

沈言尬笑道："拜拜，明年见。"

朱宁波道："韩赫没再来找你吧？"

"没有，"沈言微微睁大眼睛，"波儿，你没干什么坏事吧？"

"没有、没有。"

朱宁波憨笑着拖行李箱过去，到前排又跟赵林苏打了招呼，两人交流了几句，赵林苏拎着包过来沈言这儿："收拾好了吗？"

"差不多了。"

沈言抽出包甩在肩上："考得怎么样？"

"还行。"

"你说还行那就是特别好。"

赵林苏笑了笑，没否认："去哪儿吃？"

"这学期的最后一顿了，吃点好的吧。"

两个人去校外吃鸡公煲，点了烤鱼和一个大煲，饭店里人不多，街上全是拖着行李箱叫车的学生。等上菜的时候，沈言撑着脸看向窗外，问道："你上次说考完试就回，买机票了吗？"

赵林苏道："买了。"

"几号的票。"

"年前。"

年前？什么时候算年前？

前后桌传来食物浓郁的香气，沈言很慢地眨了下眼睛，他侧着脸看向赵林苏，赵林苏后靠在椅子上，面上带着淡淡微笑。

"考完了，有没有想做的事情？"赵林苏说道。

沈言说："有什么事，就休息呗，等着过年。"

"要不要去哪儿玩玩？"

"远郊新开了个温泉馆。"

沈言忍不住笑了："干吗？想约我泡温泉？"

"对，"赵林苏点头，"我请客。"

"滚！"

沈言拿了筷笼里的一双一次性筷子扔过去，赵林苏双手合十地夹住："怎么了？"

"你说怎么了？"沈言又气又笑道，"两个男的去泡温泉，不觉得很怪吗？"

赵林苏将筷子放下："以前我们也经常一起游泳。"

"那都是好几年前的事了，初中时候了吧。"

沈言抬眼道："你约我冬泳，我就去。"

赵林苏单手掩唇笑了笑："真的？"

沈言怕他真能答应下来："假的。"

烤鱼和鸡都上来了，现烧的，咕嘟咕嘟地冒着热气，白色雾气升腾，沈言低着头吃，店里热，他把袖子都卷了起来。

"辣吗？"

"还行。"

赵林苏给他倒可乐："慢点吃。"

"饿了，"沈言道，"早上吃粥消化得太快，容易饿。"

"慎哥的粥料消耗完了吗？"

沈言愁眉苦脸："没有！"

赵林苏一笑："分我点吧。"

再好吃的东西，天天吃也会烦，沈言上次还拒绝了赵林苏的要求，这次他犹豫了一会儿就点了下头："到时候我跟我哥说，是你非要要的，注意'口供'，别穿帮了啊。"

赵林苏做了个"OK"的手势。

两个人吃得差不多了，桌面上的菜还在咕嘟咕嘟地冒着热气，没了吃饭的动静，一时沉默，沈言一条胳膊搭在椅背上，道："走一个？"

一人倒了半杯冰可乐，杯子清脆地一碰，沈言一口气喝完，像喝了杯烈酒似的"哈"了一声，赵林苏也喝完了，拿着杯子看他。

两人又是好一阵没说话。

这个学期过得好快，也发生了许多事情。

沈言还记得上个学期结束，考完试的那一天，他也是和赵林苏一起吃饭，赵林苏暑假要出国交流，沈言觉得在国外最难以忍受的就是吃不到中餐，以己度人，特地跟赵林苏连续在外面吃了三天。

最后一天，沈言跟赵林苏去了本城有名的小吃街，赵林苏没吃多少，沈言倒吃得肚子里装不下了，手里还提了不少回家，感慨万千地拍着赵林苏的肩膀说道："兄弟，你在那儿可要受苦了。"

赵林苏看他吃得都迷糊了，忍俊不禁，扭过脸笑，低声说了句饭桶，被沈言举着糖葫芦扦子追着跑。

这些事好像就发生在昨天似的。

"走吧。"沈言放下杯子，拿起挂在椅背上的外套。

两人上了车，冬日的街道呈一片淡灰色，街边的树木还绿着，应该是四季常青的品种，沈言看着窗外掠过的风景，一棵棵树撞进他眼里，拉长的绿，绵延的青。

"过两天，我们一起去游泳吧。"沈言突然道。

"冬泳吗？"

"你想冬泳你就去，别拉上我。"

赵林苏笑了笑："那去我们以前学游泳的那个游泳馆。"

"嗯。"

"什么时候？"

"你很急吗？"

赵林苏又笑了一声，沈言听他笑得似乎心情很好，黑着脸看过去，赵林苏嘴角上扬着，他笑起来本来是自带一股嘲讽劲，现在倒是笑得挺温柔，沈言都好长时间没见过他那张"天才脸"了。

也许是被沈言盯着的时间长了，赵林苏的嘴角慢慢放下，又恢复了一张平静淡然的脸孔："我不急。"

沈言心里忽然又明白过来了。

头靠在车窗上，沈言说道："想笑就笑吧。"

赵林苏嘴角用力抿着，坚持不笑。

"笑吧，"沈言凉凉道，"别憋坏了，冬天容易得面瘫。"

赵林苏笑了好一会儿。

等他不笑了，沈言才说话："寒假，朋友一起出去玩玩。"

"知道。"赵林苏说道，"谢谢你的邀请，言言。"

谢谢你，还把我放在朋友的位置上，原谅我所做的一切。

"肉麻死我了，我告诉你，你再叫我小名，我真不客气了。"

"别以为我不知道你外号啊，小吕布。"

赵林苏又笑了："你还记得。"

赵林苏这个名字，在一般人看来取得很不走心，他父母虽然是大教授，但很烦文绉绉的名字，认为大道至简，两人的姓加上赵林苏的出生地，就这么定下了。俩教授觉得这个名字涵盖了"从何处来"这个宏大的哲学命题，颇为得意。

可惜小学生才不管你什么哲不哲学，只管怎么取外号，彼时三国演义也正在热播，赵林苏就倒霉了。

三姓——三姓家奴——小吕布。

几个星期就完成了简单而伟大的三连跳。

对于吕布，赵林苏没什么意见，"家奴"两个字，就大大地不中听了，但是赵林苏也没在意，因为在他这个小天才眼里，在座的各位全是垃圾——沈言除外。

不过后来"小吕布"之名很快就销声匿迹了。

红灯时，赵林苏笑侃："副班长，你这算不算屠龙之人终成恶龙？"

沈言微一琢磨，愣了愣："你知道？"

"嗯，"赵林苏道，"有人来求过我。"

"啊？"

"副班长说我叫同学外号，违反小学生行为准则，扣了我一面小红旗，你能不能让他把小红旗还给我？我就叫了一次，我以后再也不敢了。"

赵林苏原封不动、惟妙惟肖地把当时前排同学的话复述了一遍。

沈言脸有点红："他扯淡，我是第一次批评，第二次警告，第三次才扣的小红旗！"

"哈哈哈……"

赵林苏笑得沈言脸颊发烫："别笑了，这有什么好笑的？那是班级纪律，我又不是光针对你这一件事。别笑了，叫你别笑了！"

沈言伸手戳过去，赵林苏没躲，让他戳中了胳膊。

他笑得更大声了。

沈言说话算话，寒假第三天，他跟赵林苏约了去游泳馆游泳。

沈言带了装备下楼，本来想喂狗，结果狗不在，沈言心想大概是哪个邻居抱出去遛了。他直接去小区门口扫了单车骑车去了游泳馆。

冬天游泳馆里人不多，沈言在门口扫了码，戴上钥匙环去更衣室淋浴，换衣服。

沈言拿着手机出了更衣室。

sy:"我到了。"

赵林苏没回，沈言把手机放好，伸展着身体看向人数寥寥的泳池。

淡蓝色的水池里，水波微荡，不远处有人正劈波斩浪地游向岸边，胳膊很长，拍起阵阵水花，游到岸边，泳镜推上，赵林苏对着岸上的沈言笑了笑："来了？"

沈言"嗯"了一声。

沈言本来正在拉伸，赵林苏一直看他，他过去，用脚踢起了一点水花往赵林苏那儿泼。

赵林苏微偏了偏头，他不是躲沈言泼来的水，而是下意识地把鼻尖压向手背。

鼻腔有点温热的痒。

"哇！"岸上的沈言目瞪口呆，"赵林苏，你流鼻血了！"

沈言哭笑不得，人还没下水呢，就先在岸上陪人休息上了。

赵林苏鼻子里塞了点纸巾，再酷的脸这个时候也打了折扣。沈言忍不住想笑，翻着白眼看游泳馆的馆顶。

沈言越想越觉得好笑，在一旁"扑哧扑哧"笑个没完。

"别笑了。"赵林苏语带无奈。

"那天在车上，我也让你别笑了，你听了吗？"

沈言道："三十年河东三十年河西，忍着吧。"

他说完又是一阵笑。

游泳馆里温度适宜，不远处零零星星地有人在游泳聊天，沈言跟赵林苏坐在岸边，双脚浸在水里，恍惚间有种回到过去的错觉。

沈言低头看向水面。

赵林苏仰着头止血，水里只映出了他的下巴，还有一身矫健漂亮的肌肉。

沈言扭过脸，忍着笑。

沈言手掌撑在岸上，岸上也是湿淋淋的，赵林苏坐在他身边。

沈言再次低头看向水面，却不知什么时候，赵林苏也低头看向了水面，水面成了镜子，波光粼粼地倒映出两人，赵林苏已经拿掉了纸巾。

沈言忙收回目光："你鼻子没事了？"

"嗯。"

赵林苏重新下了水。

沈言坐在岸上不动，过一会儿，他听赵林苏道："下来比一圈？"

"来就来。"

初学游泳时，两人经常比赛，少年人精力旺盛，可以游一个下午都不停，游着游着就来劲了，互相比，无论长距离短距离。按胜负来说的话，还是沈言赢的次数多，有时候沈言赢太多，就会故意让一下赵林苏，赵林苏的天赋大部分全在脑子上了，运动不是他的强项。

"我们赌点什么？"

"赌什么？"

"我赢了，你答应我一个要求；你赢了，我也答应你一个要求。"

沈言愣了好一会儿。

这种赌法跟赵林苏这种凡事都要缜密计划的人很不搭。

随便提一个要求，有太大的不确定性了，万一谁提出什么不合理的要求，也得答应？

沈言犹豫，赵林苏静静地看着他。

反正他应该不会输，沈言手攀了下泳池边："比就比！"

没有裁判，没有观众，两个人在无人的水区一齐下水，赵林苏道："我来发令？"

"好。"

"那就准备了，1，2，3——"

沈言飞快地游了出去。

他不知道赵林苏初中以后有没有练习游泳，但他其实经常游泳。游泳和篮球是他最擅长的两项运动，这两项运动，赵林苏应该都不如他。

他们约定游一个来回。

到泳池尽头时，沈言比赵林苏领先半个身位。

沈言有一瞬的走神，如果他赢了，他该提什么样的要求呢？让赵林苏改变自己，多交朋友，不要总和自己一人玩？

好像这个要求对赵林苏来说也是一种干涉。

回身再游，沈言用手臂拍起水花，他想赵林苏是知道他擅长什么的，那为什么会提出打这个赌呢？

胡思乱想着，沈言的动作并没有放慢，离池边还有二三十米，他偏过脸想回头看看赵林苏还落后多少，却发现赵林苏居然不见了！他微微有些发怔，动作略一迟缓，身边一股水流快速滑过，沈言若有所感，猛地将脸埋入水中。

赵林苏在潜泳，在离池边还有三十米的情况下。

沈言不游了，下意识地张口呼唤："赵林苏！"

水下只有水流和气泡的声音，他的呼唤没有作用，颀长的身影仍在向前。

手臂碰到泳池边缘，赵林苏的脸露出水面，他面色发白，呼吸很慢，好一会儿才缓过劲回头。

沈言在他身后不远，站在泳池里，怔怔地看着他。

"我赢了。"赵林苏声音嘶哑。

沈言慢慢过去，他盯着赵林苏看了一会儿，确认赵林苏已经喘匀了气，直接一拳抡了过去。

赵林苏闷哼一声脸偏了过去，颧骨被击中，疼痛感几乎没有，他现在最疼的是肺，连呼吸都像带刺。

"有病吧你？"沈言道，"你知不知道非专业潜泳是会死人的？！"

赵林苏转过脸，面上水淋淋的，他笑了笑："我有分寸。"

沈言恨恨地瞪他一眼，直接双手撑住泳池边缘，从水里哗啦啦地起身，头也不回地往外走。

赵林苏爬上岸，跟了上去。

沈言走到更衣室，拿钥匙去开衣柜，锁芯老是对不准，他火大地骂了一声，回头看向跟来的赵林苏："行，你赢了，你有什么要求？你说。"

他怒火高涨，眼中挑衅，仿佛赵林苏提什么要求他都会说"好"。

他赵林苏敢这么玩命，行，他成全他！带着怨气般的冲动赌气。

赵林苏浑身湿淋淋地走过来，他似乎有点站不稳，单手撑在衣柜上，低声道："我错了。

"没什么要求，要求你别生气了，行吗？

"我跟专业游泳的练的，真的，练了好几年了，有视频，不信我给你看视频？我不会拿自己的安全开玩笑的，相信我，好吗？"

沈言转过脸，看了会儿墙壁，又转回脸："耍我好玩吗？"

赵林苏眼神闪烁，苦笑道："不是要你，只是想拼一把。"

沈言放下手里的钥匙，语气稍稍平和："愿赌服输，你说吧。"

沉默良久。

"说啊。"沈言有点不耐烦道。

赵林苏轻咳了一声。

"算了。"

沈言抬眼看他："怎么就算了？你想要什么，你说就行了。"

"我怕我说了，"赵林苏道，"你又生气。"

沈言说道："我有那么容易生气吗？我是气筒啊我？"

赵林苏笑了，沈言绷着脸没笑，赵林苏也渐渐收敛了笑意。

"就一起再坐会儿吧。"赵林苏说道，"像我们一起学游泳那时候一样。"

这算什么要求？

玩命一样，就为了这么个要求？

沈言觉得这人简直不可理喻。

沈言眼睫一颤，想到那个可笑的要求，他一屁股在椅子上坐下。

没一会儿，赵林苏也坐下了。

更衣室里很安静，只有水滴和呼吸声，好像真的回到了从前，那个单纯的、两个少年只有彼此的夏天。

沈言的怒气慢慢平息。

"够了吧?"沈言低声道。

赵林苏说:"结束。"

沈言猛地起身,手里的钥匙"当啷"一声掉在地上,他怔了一会儿,马上捡起钥匙,这次开锁很顺畅,他拿了衣服,匆匆走向里面的洗浴室。

等沈言进去后,赵林苏笑了笑,他也不想玩命,可是如果不拼尽全力的话,真的是很难追上。

沈言在里面冲澡,浴室是一格一格的,私人的空间,他单手扶着墙,低着头让热水冲向后颈,他跟赵林苏之间真的有那么大的不可调和的矛盾吗?

如果赵林苏爱清净,只想和他一人做朋友,他好像也没什么权利干涉。

沈言出了浴室,赵林苏还坐在那儿,听到声音才回头,他脸色还是有点白,拿了衣服准备进去,被沈言叫住:"还好吧?你脸色不好,等会儿别在里面晕了。"

"我没事,"赵林苏说道,"十分钟就出来。"

"你是大姑娘啊?随便冲一下就行了,五分钟,五分钟不出来,我就叫人,"沈言板着脸说道,"让大家都来瞻仰瞻仰中国男子游泳未来的希望。"

赵林苏笑了:"男子游泳还行,用不着我。"

"赶紧去。"

五分钟后,赵林苏出来了,不知道是热气熏的,还是真缓过来了,脸色红润了一点,就是刚痊愈的颧骨又添了颜色。

沈言打的时候没犹豫,打完了有点后悔。

打他脸干吗啊,恢复得多快啊,不够给他留教训。

"你送我回去。"沈言道。

"好。"

亲眼见了这人如常开车,沈言心里才稍稍放下了一块大石:"赵林苏,我认真严肃地跟你说,下次别整这一出。"

"知道了,"赵林苏再次解释,"我真的练过。"

沈言哼笑了一声,阴阳怪气道:"嗯嗯,练过,在国家队待过是吧?"

赵林苏边笑边道:"你是不是等这个嘲笑回来的机会很久了?"

"对啊,"沈言道,"我小本本上都记着呢,我说了,别玩'烂梗',会反噬的,你等着,后面还有呢。"

路上，赵林苏一直在笑，嘴角微微上扬着。

沈言看他笑就烦，眼不见为净地看向窗外。

到地方下车，赵林苏叫了一声。

沈言一回头，薄薄的信封扔过来，他下意识地用双手接住，略有些愕然地看向赵林苏。

"这才是真正的要求。"赵林苏脸上新添了伤，人微微前倾，淡笑道，"开开心心地收下吧。"

金色的签名排布在照片空白的角落，沈言躺在床上盯着那张照片看。

照片上他喜欢的战队和那些签名好像都成了陪衬。

十几年啊，他跟赵林苏做朋友都已经这么久了。

沈言翻过身，把照片塞在枕头底下。

其实一开始，赵林苏并不是沈言最好的朋友，甚至都不是他的朋友。

他记得在赵林苏转来这个学校之前，他有其他的好朋友的，可是现在，时间久了，他连那个好朋友的名字、脸长什么样都不记得了。

赵林苏不一样。

赵林苏他是单独成列的，在沈言的心里独占了一个位置，那个位置叫"一辈子的好兄弟"，如果不出意外的话。

无论他们分开多久，他都永远不会忘记赵林苏这个名字和他的样子。

沈言轻叹了口气。

一辈子，好兄弟。

听上去好像关系牢不可破，永远不会变似的。

多好。

沈言接连翻了好几个身，最后干脆坐起来打开电脑。

时隔小半年的时间，他再次求助搜索引擎。

犹豫斟酌了好一会儿，沈言谨慎地输入："好朋友只有我这一个朋友，也希望我也只有他一个好朋友怎么办？"

浏览五分钟，网友的智慧总结如下：要么绝交，要么就认了。

要不要这么极端？

就不能来点中庸的选项吗?!

其实他也知道,赵林苏是能接受他交新朋友的,他只是希望沈言把他当成最好的朋友,无人可以取代的那种。

可是他已经把他当成最好的朋友了,是赵林苏有点太没有安全感了,非要管着他,他哥都不管他。

"怎么不开灯?"

沈言差点直接从椅子上摔下来,手忙脚乱地把笔记本合上,回头道:"哥,你怎么不敲门!"

沈慎轻敲了两下门,挑眉道:"可能因为你没关。"

"哎呀,就是不敲门有什么。"沈慎笑着挤眉弄眼,"是现在吃饭,还是等你一会儿?"

"没胃口,不想吃!"

不吃饭是不可能的,哥哥会碎碎念到他耳朵发痛,沈言只能乖乖地在位子上坐下,端起饭碗。

天冷,沈慎炖了骨头汤涮火锅,冰箱里存储的牛肉卷、丸子、蟹棒……下班买回来的新鲜蔬菜一起整整齐齐地摆在桌上,沈慎调好一大碗蘸料:"来,这胃口不就马上有了?"

谁能在冬天拒绝一顿火锅?

反正沈言不能。

"先吃骨头,在电饭锅里炖一天了,都炖烂了。来,给你盛一块。"沈慎拿大勺子给沈言盛菜,"汤也好喝,小心烫。"

"我又不是小孩子了。"沈言脸上挂着淡淡的笑容。

"你怎么不是小孩子,大学都没毕业呢。"

骨头汤鲜美醇厚,沈言本来应该胃口大开,不过还是有点心不在焉的,心里装着事,饭都不香了。

"哥,"沈言放了勺子,"你为什么从来没谈过恋爱,是因为太忙了吗?"

沈慎把碗里的汤喝完了,这才道:"忙,肯定也是一部分的原因,主要还是没缘分。弟,你该不会是替咱们在天上的爸妈催婚吧?怎么,老人家托梦给你了?"

沈言嘴角抽搐:"还没到清明呢。"

沈慎又是哈哈一笑。

"别催嘛，"沈慎眯眼道，"你哥哥我呢，有钱无闲，谈恋爱和结婚对我来说就是锦上添花的事，它不是我人生的目的，而是一种遇见，弟，遇见你懂吗？我等的人，应该在不远的未来吧，等到这个人出现了，我们遇见了，然后就自然而然地恋爱、结婚了呗。"

"那你怎么能确定你遇见的就是这个人呢？"

"不知道啊，"沈慎耸了耸肩膀，"凭感觉。"

"哎呀，你就不用这么紧张了，你才多大？喜欢就去追嘛，我老早就说过了，趁年轻，早谈恋爱早分手也是一种经历，你哥我就很后悔当年没有谈恋爱，想我年轻时如此风流倜傥、英俊潇洒，当年也是迷倒万千少女……"

沈言看他哥举着手做追忆状，无奈地摇了摇头，喝了口汤后，说道："你现在也挺帅。"

"真的？"

"真的。"

沈慎因为这句帅，收拾餐桌的时候都在美滋滋地哼歌。

沈言在厨房洗碗，沈慎进去把抹布扔给他："我知道，你小子老是说什么没结果的谈恋爱就是要流氓……"

"是不以结婚为目的谈恋爱就是要流氓。"

"哦，对对对，你这观念也太陈旧了，恋爱就是恋爱，感觉最重要，懂不懂？感觉，有感觉就上嘛，瞻前顾后想那么多，黄花菜都凉了。"

"再说吧。"沈言模棱两可道。

"哎，"沈慎拍了下沈言，被沈言瞪了一眼，"少男心事总是诗啊。对了，家里的粥料怎么少了？"

沈言心头一跳："赵林苏要吃，拿走了。"

"哦，林苏要啊，怎么不再多给点？"

沈言对着橱柜悄悄翻了个白眼。

"哎，好像林苏也没谈恋爱吧？"

沈言不吭声。

"这就是心理学上的一个什么现象，想不起来了，反正就是说经常单身的人跟另一个单身的人交朋友，那两个人就会一直单身，一旦其中有一个人脱单了，另一个也会很快脱单。你加油，你脱单以后，应该马上就到林苏了，哈哈。"

沈慎又拍了下沈言，这次沈言人麻了，附和着干巴巴地笑了一声。

洗完澡回房间，时间还早，沈言把枕头底下那张签名照拿出来放在包里，打算有时间去买个相框装起来。

盯着照片看了一会儿，沈言放下照片在游戏里上了线。

"苏林赵"在线。

沈言试探着给他发了个"1"。

苏林赵："2。"

上单毕加索："你是真够二的，怎么样，游泳健将？"

苏林赵："感谢关心，目前生命体征还比较平稳。"

沈言忍不住笑了。

上单毕加索："问你个问题？"

苏林赵："请讲。"

上单毕加索："我玩的那个游戏，就是你电脑上没卸的那个游戏，你真没玩过？"

苏林赵："玩过半小时，很佩服你。"

苏林赵："你竟然能坚持玩那么久。"

苏林赵："你是为了以后上太空特训？"

苏林赵："那游戏太晕人了。"

沈言直接笑出了声，憋着笑在游戏对话框里打字。

上单毕加索："请勿在纯洁的游戏里说坏话。"

苏林赵："没有吧。"

上单毕加索："小心流鼻血。"

苏林赵："天气太干了，真的。"

上单毕加索："嗯嗯，是游泳馆里太干燥了。"

苏林赵："有可能是这样。"

苏林赵："不如试试温泉馆？"

上单毕加索："为了温泉馆的安全，还是算了，别出人命害了人家。"

……

沈言没开游戏，就在游戏的聊天框里津津有味地消磨了几乎快一晚上的时间，等他感觉笔记本键盘都在微微发烫时，才发现时间已经到了晚上 10 点多。

没理会对面的"苏林赵"又发来一条信息，沈言直接火速下线关机，跳下椅子，上床钻进被子，用时之短预计能打败全国 99% 的人。

整个人窝在被子里，沈言都想抽自己两下。怎么不知不觉就跟赵林苏聊了那么久。

闭眼，躺尸。

躺尸失败，摸手机。

赵林苏："下线了？"

赵林苏："今天玩得很开心。"

赵林苏："晚安。"

怎么办，他现在好像真的被他搞出了条件反射，没这一句"晚安"，就好像一天没结束似的。

沈言脸钻出被子，双手垫在脑后，看着天花板轻轻叹气。

到底该怎么办……

沈言重新滑入被中。

先睡觉。

番外 初识

沈言自告奋勇地接下了和赵林苏同桌的任务，班主任很感动，让他自己注意安全，如果适应不了，一定要及时汇报。

"老师，您放心，我一定行，我会和他做好朋友的。"

沈言拍胸脯保证，小脸上写满了领到任务的骄傲，回到教室后立刻就找准了目标，先去友好地打了个招呼。

"你好，赵林苏，我叫沈言，我是你的新同桌，就坐在第四组最后面那一排。"沈言向后指了指，"我帮你搬座位吧。"

赵林苏一直低着头在抽屉里忙，不搭理他，沈言就耐心地在旁边等，等了半天没等来回应，他以为赵林苏没听懂，解释道："我刚刚去办公室，老师同意了的。"

赵林苏依旧没理他，沈言明白了，赵林苏这是在跟他抬杠呢。

面对困难，沈言同学从来不退缩。

赵林苏不吭声，他也不吭声。

班主任到教室的时候，发现两个小孩在那儿僵持着，一猜就知道是赵林苏不肯动。赵林苏第一天来上学的时候，连教室都不肯进，他好说歹说才把板着脸的小孩劝进来，沈言一个小孩哪说得动那头倔驴啊。

班主任哭笑不得地对沈言说："沈言，你和王若萱先换位子吧。"

沈言不肯："老师，我个子高，坐在王若萱这里会挡住后面同学的视线，赵林苏，你多高啊？你是不是比我矮？"

死活不抬头的人一下抬起了脸，两只眼睛瞪着沈言。

沈言心说，哼，你长得黑我就怕你啊。他也瞪了回去，绝不能在气势上输掉。

赵林苏一下子站了起来。

两个人面对面互相瞪着。

赵林苏跟沈言说了他们认识后的第一句话："你踮脚了。"

这个人比他高一点点，怎么还要赖在前面的座位啊？

沈言的眼神传达出了以上信息，赵林苏那张黑脸慢慢泛出了一点微不可察的红晕，他移开了视线，拎起书包，抄起桌肚里的虫罐子，绷着张小脸往后排走了。

班主任在讲台上目瞪口呆地看着这一幕，对着沈言悄悄竖了个大拇指。沈言开心地点了点头，这只是一个小小的成功，相信未来总有一天他能带好赵林苏，让赵林苏学会遵守班级纪律！

两个人同桌的第一天，赵林苏就被沈言烦得不行。

"上课两只手要放好。

"你上课别再玩虫子了，让它们也休息休息吧。

"写作业对我们的学习有好处，赵林苏，你是不是不会写字？

"赵林苏，你别再瞪人了，这样很没礼貌的。

"翻白眼也是没礼貌的行为。"

赵林苏扭头就走，跑到教室外面去了，沈言锲而不舍地跟上，一整个课间，都是他逃他追，赵林苏躲着沈言走，沈言跟在后面追。

后来赵林苏开始无视沈言，直接就在教室外的花坛挖土找虫子，不管沈言在他耳边怎么念经他都当没听见。

沈言从小到大都有股轴劲，他说了要带好赵林苏，要跟他做朋友，他就绝对不会放弃！

沈言认真地想了想他和赵林苏的相处细节，发现跟赵林苏只讲道理是没有用的，赵林苏根本不理他，他得先让赵林苏愿意听他说话才行。

怎么才能让赵林苏搭理他呢？

沈言冥思苦想了好几天，终于想到了一个好办法，故意凑到正在花坛前玩虫子的人身边说话。

"丁春秋是谁？"

沈言看着赵林苏脸上流露出的好奇心，内心得意的小尾巴都要翘到天上去了，表面却云淡风轻道："丁春秋你都不认识？现在电视上可火了。"

没有小学生能拒绝电视机。

沈言坚定地这么认为。而他的这一理论最终也收获了胜利的果实。

"他从来没上过学，什么都不会，每天就在学校里玩泥巴和虫子，连电视都没看过。我想明天带他回家看电视。"沈言一本正经地对他哥说。

他哥差点没笑喷："真的假的？这么可怜啊，是山区里的小孩吗？"

沈言点点头："好像是的。"

老师介绍赵林苏的时候，是说他在那座山里跟着父母学到了很多他们不会的知识。

其实沈言不觉得赵林苏玩虫子不对，他只是觉得赵林苏在课堂上玩虫子不对。

他知道赵林苏懂得很多很多，他不知道的东西，他也想向赵林苏请教，可是赵林苏总是不听他说话，他必须得让赵林苏愿意和他说话才行。

"哇……"沈慎皱了皱眉，这孩子，那还真是怪可怜的，"他明天要到家里来吃饭吗？我给他做点好吃的？"

"这个不用，他要先回家吃完饭再过来。"

"他家住哪儿？"

沈言说了一个房价高到离谱的知名小区。

沈慎的表情瞬间僵住：弟，你确定你知道自己在说什么吗？

赵林苏第一次来沈言家的时候，是他的姥姥、姥爷送过来的，沈慎和对面家长一番交流，终于搞清楚了事情的真相，他嘴角抽搐，笑着说："放心，就让林苏在我家玩吧，不会有什么事的。"

"还要多谢你们家言言肯帮助我们林苏，真的太感谢了，我们给言言买了点小礼物。"

两边大人在门口推来推去，沈言在一旁眨巴着眼睛听了一会儿就觉得无聊了，他悄悄给赵林苏使了个眼色。

赵林苏板着一张小脸，在沈言第三次向他使眼色的时候，赵林苏挪了下脚步，从姥姥的身侧往沈言的方向移动了一点点距离。

沈言笑了，他笑起来眼睛弯弯，让赵林苏感觉整个屋子好像都亮了一下。

沈言过来拉赵林苏的手时，赵林苏像触了电一样把沈言的手给甩开了，甩出去的那一瞬间，他下意识地看向沈言。

沈言没生气，还是笑着的，不急不躁地又伸出了自己的手。

"我带你去我的房间，我房间里有很多玩具，可好玩了。"

赵林苏迟疑而警惕地看着沈言伸出来的手。

他的整个童年几乎都是在野外度过的，陪伴他的是父母、父母所带的那些学生、一起工作的研究员，那些都是大人，他和他们的共同语言很少，真正填满他时间的是那些不会说话的虫子。

同龄人对他来说，比虫子要陌生危险百倍。尤其是像沈言这样，非常文明又很懂规矩的男孩子。

沈言的手白白净净的，看上去特别干净。赵林苏的手被晒得黑红一片，刚才被沈言拉住的时候，对比非常强烈。

赵林苏再一次脸红了。

沈言催促他说："快点，电视剧5点播，我们只能玩一会儿了。"

白净的小手伸过来，赵林苏把手往背后抹了抹，终于慢慢递了过去。

那天，沈言给赵林苏看了他拼了一半的乐高，赵林苏把那个乐高拿在手里观察了一会儿，很快就上了手，沉默地把沈言没拼完的那个小乐高给拼好了。

沈言张大嘴："你好厉害啊。"

赵林苏嘴角翘了翘。

沈言接过去兴高采烈地看了一会儿，小脸露出了很为难的表情，连连唉声叹气。

"干什么？"赵林苏主动道，他说话有点慢，好像还不适应和人交流。

"我在想要不要把它拆掉。"

沈言摸着拼好的乐高说："拼好了真好看，可这不是我拼的，我想自己拼完。"

赵林苏的脸又红了，他一言不发地从沈言手里抢过乐高，很快就将拼好的乐高拆了一半，还原成了它本来的样子。

沈言看向赵林苏："你不会生气吧？"

赵林苏板着一张黑黑的小脸，倨傲地"哼"了一声，表示自己对此不屑一顾的态度。

沈言不跟他计较，友好道："下次我们可以一起拼。"

"不要。"赵林苏说。

"为什么?"

"你跟不上我的速度。"

沈言放好乐高,对着赵林苏做了个鬼脸:"我去看电视了。"

赵林苏亦步亦趋地跟上去,大人们已经不在了,沙发前的茶几上放着一盘切好的水果,沈言过去坐下,端起水果,用小叉子叉了块柊果递给赵林苏:"你吃。"

赵林苏摇了摇头:"我吃过饭了。"

"这是水果,不是饭,吃水果对身体好,你吃嘛。"

沈言见赵林苏不动,也不勉强他,放下水果说:"那你想吃了就自己吃,我来开电视。"

沈言去找遥控器。

赵林苏摸了下沙发后慢慢坐下,他看着沈言摇头晃脑的背影,心想,原来这个人也不是只会遵守小学生行为守则。

找到遥控器,沈言又回到沙发上,他一屁股坐在赵林苏身边,赵林苏有点不自在地往旁边挪了挪。

电视打开了,沈言津津有味地给赵林苏讲前情提要,赵林苏听得很认真,用余光偷偷地看沈言眉飞色舞的表情,感觉这个同桌好像也不是那么讨厌了。

不知不觉之间,两个小朋友坐得越来越近,甚至靠在一起讨论电视里的人物行为。

两个人一直看到太阳落山,沈慎说赵林苏的家里人要来接他了。

沈言说他送赵林苏下楼,沈慎要一起,被沈言拒绝了。

"你明天还来看电视吗?"沈言在电梯里问赵林苏。

赵林苏将手背在身后,脚在电梯里画了个小圈,说:"随便。"

"那你来吧,我觉得两个人看电视比一个人看有意思。"

"好吧,那我就来吧。"

沈言看赵林苏明明一脸自己想来还装作是不得不来的样子,又忍不住笑了起来。

他一笑,赵林苏就斜着眼睛看他。

沈言说:"你明天上课别玩虫子了。"

赵林苏的表情变得有点不好。

"下课我们一起玩，两个人玩虫子也会比一个人玩有意思。老师说你懂很多很多有关大自然的知识，你教教我，好不好？"

沈言大眼睛眨巴眨巴地看着他，赵林苏紧绷着的小脸慢慢地放松了下来。

两个人玩会比一个人玩有意思吗？

好像是这样的……他觉得刚刚和沈言一起看电视一起聊天，很有意思，不是电视有意思，是沈言很有意思。

电梯门开了，赵林苏下定决心般地看向沈言："好。"他快速地说完，跑出了电梯，跑了两步又忍不住回头。电梯门正在缓缓关上，而沈言就在分别的缝隙里冲他招手，也冲他笑。

从此相伴，青春不老。

图书在版编目（CIP）数据

难猜 / 冻感超人著. -- 武汉：长江出版社，2024.
9. -- ISBN 978-7-5492-9691-0

Ⅰ. I247.5

中国国家版本馆 CIP 数据核字第 2024WN8317 号

难猜
NANCAI
冻感超人著

出　　版	长江出版社
	（武汉市解放大道 1863 号）
选题策划	澜　亭
市场发行	长江出版社发行部
网　　址	http://www.cjpress.cn
责任编辑	李剑月
特约编辑	澜　亭
印　　刷	北京盛通印刷股份有限公司
版　　次	2024 年 9 月第 1 版
印　　次	2024 年 9 月第 1 次印刷
开　　本	700mm × 1000mm　1/16
印　　张	19.75
字　　数	330 千字
书　　号	ISBN 978-7-5492-9691-0
定　　价	49.80 元

版权所有，侵权必究。如有质量问题，请与本社联系退换。
电话：027-82926557（总编室）027-82926806（市场营销部）